光文社文庫

文庫書下ろし

女豹刑事《デカ》
マニラ・コネクション

沢里裕二

光　文　社

目次

フィリピン全図
サンタ・アナ
0 200km
ルソン島
南シナ海
フィリピン海
スービック
マニラ
マニラ湾
ミンドロ島
フィリピン
レイテ島
セブ島
スールー海
ミンダナオ島
マレーシア
マニラ周辺略図
ケソン市
高架鉄道 Line3
ケソン通り
高架鉄道 Line2
リサール通り
キアポ
チャイナタウン
マラカニャン宮殿
サン・ファン市
イントラムロス
リサール公園
マニラ市
マニラ・ホテル
マンダルーヨン市
エルミタ
高架鉄道 Line1
マラテ
タフト通り
マカティ市
マニラ湾
パサイ市
フィリピン国有鉄道
N
ニノイ・アキノ国際空港
0 2km

紗倉芽衣子《さくらめいこ》　警視庁公安部特殊工作課から国家情報院（NIS）に転籍。「女豹《パンサリス》」。

小口稔《おぐちみのる》　国家情報院の副長官。芽衣子の上司。「ボンド」。

小林晃啓《こばやしあきひろ》　国家情報院のメンバー。「虎《タイガー》」。

萩原健《はぎわらけん》　モナコの民間情報収集会社『フリーザー』所属。元公安。「コロンボ」。

ヴィッシー・ラズロー　フレンチマフィア。表向きはカサブランカで貿易会社を経営。

リー・ズハオ　台湾人《タイワニーズ》リッキー・ショーを名乗るヒットマン。

マイク・ガルシア　フィリピンのガルシア・ファミリーのボス。

モニカ・ロペス　浅草のフィリピンパブ『サラマッポ』のホステス。

沢村夏彦《さわむらなつひこ》　半グレ。フィリピンを拠点とする特殊詐欺グループの首謀者。通称「ルーク」。

元尾忠久《もとおただひさ》　中古車販売会社『満代商会《まんだいしょうかい》』の総帥。

序章　カサブランカ・ダンディ

二〇二一年　八月三日　午前十一時五分　カサブランカ

ホテル『プリンス・ド・パリ』を出た男は、ぶらぶらとアッサン通りに並ぶモロッコの特産品ショップを覗《のぞ》いていた。

ショーウインドウに映る顔は北東アジア系で、口髭《くちひげ》を生やしていた。ラルフローレンのブルーのポロシャツに白のストレートパンツ。それに真新しいスニーカーを履いている。ナチュラルブラウンのショルダーバッグをたすき掛けにして、うろうろ歩く様子は、土地の人から見ればまさに東洋から来た観光客そのものだ。

さすがに八月には少ないが、カサブランカでは、いまだにトレンチコートにボルサリーノのハットを被ったハンフリー・ボガート風の観光客が交じっているという。ハリウッド映画『カサブランカ』はモロッコがフランス領だった頃の話で、この国の人々には人気はない。

アルガンオイルが置いてある店は人気だ。食用オイル、美容用オイル、どちらもモロッコ土産として喜ばれる。男はいくつもの瓶を購入した。

つづいてバブーシュの専門店に入った。

革や布で作った色とりどりのバブーシュが壁一面に並べられている。スエードにビーズをあしらった、さらに派手なものもある。バブーシュに限らずモロッコ製品の特徴は、カラフルであるということだ。

海に面した町とはいえ内陸部は砂漠で、建物の基調は北アフリカの特徴として白が多い。照り付ける太陽で街がホワイトアウトして見えるほどだ。

勢いこの国の人々はカラフルな衣服や絨毯、インテリアを好むのだろう。タジン鍋もその例にもれない。土鍋としての効能も優れているが、その色彩の鮮やかさと幾何学的なデザインが人気の秘密だ。

だが男はバブーシュ専門店で白と黒のシンプルなバブーシュだけを購入した。買い物袋をふたつぶら提げた姿は、ますますアジア人観光客に映る。

男はパリ通りに戻ると、ホテルではなく通りに面した四階建てのビルに入った。

一階はフランス料理店で、老いた店主が店の前で、スマートフォンで店先に並べた鉢植えの花々を撮影していた。ジャン・ギャバンのような物静かで哲学者風の目をした老人だ。

男はジャン・ギャバンに軽く微笑《ほほえ》んで店の脇の階段を上がった。ジャン・ギャバンも会釈を返してきた。ランチタイム前の長閑《のどか》な時間であった。

白く美しいビルだが築百年ということで、エレベーターはない。

急な階段だ。

各階にひとつずつオフィスがあるようで、三階の踊り場では、木製扉の向こう側から、テレビの音が聞こえてきた。スポーツニュースのようだ。

地球の裏側の東京ではオリンピックの真っ最中だが、昨日はここカサブランカも熱狂に包まれた。陸上男子三千メートル障害でモロッコ選手が金メダルを獲得したのだ。

テレビではその映像が繰り返しオンエアされていた。いまもきっとそうだ。

男はそのまま四階へと進む。

オークウッドのいかにも重そうな扉に、金のプレートが貼ってある。

『ヴィッシー・トレーディング』

食品と雑貨を扱う貿易会社だ。もっともそれは表の顔だ。

男は五回ノックした。二回目と三回目の間は少し間《ま》をあけた。

「入れ」

想像していたよりも甲高い声がして、扉のロックが外れる音がした。

扉を開けるとそこは五十平米ほどの部屋で、男が咄嗟《とっさ》に連想したのはアメリカ大統領の執務室であった。

ただし薄暗い。エアコンはよく効いていた。

部屋の中央に大きな木製の机があり、ヴィッシー・ラズローはそこでノートパソコンを睨《にら》んでいた。背後の窓から差し込む陽光がヴィッシーの周囲だけを明るくしていた。

五十代の鷲鼻の白人だった。

白の開襟シャツにサスペンダー。長袖は半分まで捲《まく》られていた。座っているのでパンツは見えない。

壁際に立っているコートスタンドに、ベージュのジャケットが掛けられているので、おそらくパンツもベージュだろうと想像する。コートスタンドの頂きにはパナマ帽が無造作に掛かっていた。

カサブランカにやってくる外国人に多いスタイルだ。

「リー・ズハオ。それが本名だね」

ヴィッシーに英語で確認された。おそらく手元のノートパソコンに自分のデータが詳細にアップされているのだろうと男は思った。

「さてね。名前はいくつもありすぎて、どれが本名かなどとっくに忘れている」

男は低い声で答えた。

「英語は完璧のようだな。日本語は？」

語学チェックのようだ。

「日本で生まれ育ったんだ。ネイティブに話せる。あんたは日本語がわかるか」

とリーと呼ばれた男はフランス語で答えた。

「私は日本語が苦手だ。日本に行ったこともない。日本の友人とは常にマニラで会っているから会話は英語だ。日本人はフィリピン・イングリッシュがうまい」

ヴィッシーが流暢な日本語で返してきた。

「私も日本人ではない」

男は今度はアラビア語で伝えた。

「アラビア語はこの仕事が終わるまで使うな。反応しただけでも死を招くぞ」

ヴィッシーの目が尖《とが》った。

「理解しているつもりだ。あくまでもプレゼンテーションに使ったまでだ」

男は英語に戻した。

「本当のプレゼンはこれからしてもらう」

ヴィッシーが立ち上がり窓に向かった。やはりベージュのパンツを穿《は》いていた。麻のパンツだ。

「あそこに立っている痩《や》せた男が見えるか」

木製のブラインドを上げ、観音開きの窓を外側に押し開いた。ヘアドライヤーのような熱風が入ってくる。

パリ通りの向こう側の高級バッグ店の前で、ハンチング帽を被った男がショーウインドウを眺めている。

距離にして二百メートル。

「よく見える」

「やれるか？」

「水平だとぎりぎりだが、降下させるであれば、たやすい」

男はショルダーバッグから葉巻入れを取り出した。アル・カポネやウィンストン・チャーチルが咥《くわ》えていたような太巻きの葉巻を取り出した。

「ちょっと見せてくれ」

ヴィッシーが手のひらを差し出してくる。男は素直に渡した。

「電子葉巻ではないようだな」

「そんな保安検査機に反応するようなものは持ち歩かないよ。キューバ産のロミオ・Y・ジュリエッタだ」

男はヴィッシーから葉巻を返してもらうと咥えた。オイルライターで火をつける。

窓の下を眺めながら、二度煙を吐いた。

咥えたまま三度目の煙を吐いた瞬間、葉巻の尖端《せんたん》から何かが飛び出した。炎が上がったわけではない。煙が僅《わず》かに尖端からも出て、小さなカプセルが飛び出していったように見えた。

ショーウインドウを眺めていた男が、首の後ろに手を当てた。蚊を叩く仕草に似ている。ハンチングが少し前に垂れた。

五秒ほどで、男はショーウインドウのガラスに手をつき、ずるずると頽《くずお》れた。

「プレゼンなので即効性の高いものにした。だが実戦では、五分から十分後に効能が現れるものを使う。見破られにくいし、私の逃亡時間が稼げる」

「実に芸術的だ。気に入ったよ」

ヴィッシーがデスクに戻り、パスポートと二枚のカードを取り出した。

中華民国のパスポートだ。

「三十二歳。台湾人《タイワニーズ》リッキー・ショーだ。この任務では、このネームで通してもらう。日本や澳門《マカオ》での仕事には関知しない。日本の銀行に前払い金として二千万円入れてある。クレジットカードは限度額無制限だが、私がいつでも停止できることを忘れるな。おかしな行動をしたら、すぐに停止する」

ヴィッシーがそう言った。

「これから三年、このカードで生活させてもらうよ。あんたも成功報酬は米ドルで二千万だということを忘れるな」

男はパスポートとカードをショルダーバッグに入れると、冷酷な表情を浮かべたまま、用心深く扉の方へ後退していった。

決して背中を見せなかった。

「第三次世界大戦が勃発するのが楽しみだ」

「私がスタートの一発を撃ってやる。我が祖国のためにもな」

男はそういうと、ドアノブを後ろ手で廻《まわ》し、ヴィッシーを見つめたまま廊下に出た。

「三年後にモンマルトルのカフェで会うのを楽しみにしているよ」

ヴィッシー・ラズローは片手を挙げて見送った。

ドアは静かに閉まった。

第一章　ラスト・クリスマス

1

二〇二三年　十二月二十日　午後九時　マニラ

店内にワム!の『ラスト・クリスマス』が低いボリュームで流れていた。リリースから四十年を経たいまでも色褪せない冬の定番ソングだ。ここマニラでも人気があるとみえ、十二月に入るとホテルやナイトクラブのバンドもこぞってこの曲を演奏している。気温二十七度、湿度六十パーセントの中でのクリスマスソングは一層華やいで聞こえる。

カラオケが全盛のこの時代にあってもマニラではまだまだ生バンドが盛んだ。

紗倉芽衣子《さくらめいこ》はダーツバーのガラス窓に面したカウンターから、通りを挟んだ向こう側にあるクラブ『サンパギータ』の入り口を見張っていた。

秘密捜査は大詰めを迎えていた。

マニラの老舗歓楽街エルミタの一角だ。

新たな客が来た。欧米系の男ふたりだ。

サンパギータの扉が開く。

熱風のような強烈な音が溢《あふ》れ出してくる。生バンドの音だ。

女性ヴォーカリストがマライア・キャリーの『オール・アイ・ウォント・フォー・クリスマス・イズ・ユー』を歌っている横顔がちらりと覗いた。

歌声は本物のマライアよりも上手く聞こえる。

コピー天国のフィリピンバンドの本領発揮だ。

*

『この国のバンドはね、オリジナルの本人よりも場数をこなしているから上手くて当たり前なのさ。毎晩、六ステージだぜ。それも国内だけじゃないぜ。澳門、香港《ホンコン》、東京、シドニー、ホノルル、ラスベガスと廻っている連中も多い。近頃はフランス、スペインも増えたね。世界一の出稼ぎバンドだ』

張り込み中のリサール公園のベンチで知り合ったパンチョスが、そう教えてくれた。四十過ぎのギタリストだ。

いつもサンミゲールの缶を二本携え、昼から夕方まで海を見ながら飲んでいる。南国の日差しと酒焼けで顔はいつ見ても真っ赤だ。

ときどきウクレレでエルビス・プレスリーのナンバーを歌ってくれたりもする陽気な男だ。ウクレレというところがいい。本職のギターを弾いてくれることはない。そっちはただでは絶対弾かないという。

『娼婦が決してただでは股を開かないのと同じさ』

パンチョスは午後五時になるとギターケースをぶら下げて、マビニ通りの方へと消えていく。それから深夜二時までが仕事で、四時頃アパートに帰って眠るという。食事は仕事先の賄《まかない》らしい。金は使わないという。

このなんとも愛嬌のあるフィリピーノが、張り込みをする芽衣子にとってはよいカモフラージュになっていた。

芽衣子の任務はここマニラの何処《どこ》かを拠点に日本に向けて特殊詐欺を仕掛けているグループを壊滅させることだ。

首謀者は日本からおびき出したかけ子を当地に軟禁し、日本に電話をかけさせているようだ。

警視庁が日本で捕らえた複数の受け子の証言では、いずれも『ルーク』と名乗る者からの指示に従って金を受け取りに行ったということが判明している。

新手の手口で、なかなか巧妙だった。

詐欺にあった家の多くは家族の誰かが海外渡航中だったのだ。そのため海外からの発信番号をなんら不思議に思わなかった。

電話に出るとこんなふうに言う。

『シンガポール国際弁護士事務所です。御子息が当地で犯罪に巻き込まれました。裁判費用がいります。日本のフィリピン領事館員が取りに行きます。大丈夫です。日本人のスタッフです』

あるいはこんなふうにだ。

『俺だけど、いまマニラでパスポートと財布をなくしてしまった。外務省の人がお金を取りに行くので渡して欲しい。そうすれば俺がこっちの大使館で金を受け取れる。パスポートの再発給手続きも含めて百万円渡して欲しい』

外務省がそんな立て替えをすることは決してない。

だが国際電話であることが信憑性を持たせしてまう。新しい演出だ。受け子から上は不明であった。

手がかりはいくつかある。

海外渡航者の名簿がどこかからながれているということだ。その捜査は東京に任せ、芽衣子は捜査権のない、マニラで犯人を追っている。

ルークだ。

指示は証拠が残らないテレグラムを通じて行われていたというが、警視庁刑事部捜査二課は実行犯のスマートフォンからどうにかテレグラムの復元に成功した。

そして文面の特徴からルークは四人いると結論づけた。詐欺担当の捜査員からすれば、どんな短いメールでも個性は出るものらしい。

だが発信元がマニラであると突き止めたところで、捜査は行き詰まる。

フィリピン警察に捜査協力を求めるのが常道だが、それではむしろ犯人に捜査の手が伸びていることを知らせてしまうようなものだ。

この国は世界に名だたる賄賂《わいろ》国家である。犯人たちが豊富な資金をちらつかせてフィリピン警察に協力を求めれば、彼らは喜んで第三国への出国を手助けすることだろう。

澳門、バンコク、ジャカルタ。新たな潜伏先になる都市は近くにいくらでもある。

飛ばれたら捜索は一からやり直しだ。

警察庁は外務省に依頼する以外、手立てはなかった。

そこで外務省はフィリピン大使館と正式な政府間交渉をせず、新設したばかりの国家情報院（National Intelligence Service）にこの事案を託した。最善策である。

フィリピン国内での潜伏捜査及びルークの抹殺工作を実行することにしたのだ。政府も特殊詐欺の海外拠点を根絶させることを優先したわけだ。

国家情報院は半年前に設立されたばかりの日本版ＣＩＡである。

本来、我が国における米国のＣＩＡや英国のＭＩ６のカウンターパートナーは、内閣情報調査室（ＣＩＲＯ）であるが、彼らは情報分析が主たる業務であり、海外におけるリアルな工作活動には不向きであった。

日本には内閣情報調査室の他に、警察庁警備局、公安調査庁（ＰＳＩＡ）、防衛省情報本部（ＤＩＨ）があるがいずれも国内諜報活動に忙殺され海外にまで手が回らないというのが実情であった。

そこで在外大使館を統括する外務省に新たに情報機関が設置されたのだ。

それが国家情報院である。非公然工作機関だ。

ここに国内四諜報機関から選りすぐりの工作員が集められた。

芽衣子は警視庁公安部特殊工作課の潜入工作員であったが、直属の上司が国家情報院の副長官に就任したことから特殊工作課は全員異動となった。

軟禁されかけ子にさせられている日本人たちを解放し、ルークを抹殺することが任務だが、まずは彼らの拠点を探すことと、ルークを特定しなければならなかった。

三か月前、ケソン・シティの廃墟ホテルから脱出し、日本大使館に保護を求めた大平郁《おおひらいく》夫《お》という男がいた。

その供述によると、自分を闇バイトサイトでリクルートしたルークは三十歳ぐらいで、週に一度作業が終わった頃に『ルーク・ミーティング』に出かけていたということだ。大平郁夫が盗み聞きした幹部の会話によると拠点は四か所に分散しており、それぞれにルークがいるらしいという。

捜査二課の分析と一致している。

ホテルはすぐにもぬけの殻になったが、大平はリサール公園という単語も聞いていた。それから三か月、芽衣子はリサール公園を張り続けたわけだ。

時間は午後二時頃から夕方までと決めて、見張った。

特殊詐欺は、その日のうちにATMから送金させることを必定《ひつじょう》としている。そのために電話は午前中に集中し、午後四時頃までに送金を完了させようとしているはずだった。翌日になると家族に相談するケースが増え偽電話であることがバレやすいからだ。

犯人たちの仕事もその頃には終了する。

フィリピンと日本の時差は一時間。

東京の午後四時はマニラの午後三時だ。その一時間前ぐらいから張り込むことにしたのはそんな分析からだ。

毎日、ジョギングを装い公園に出向いていたが、たまたま休むベンチで顔見知りが出来たことはありがたかった。

ひとりで何時間も公園を見張っているのはいかにも不自然で、現地人と世間話をしながらであれば、工作員としての気配を消すことが出来たからだ。

五十ヘクタールもある巨大公園だが、巨大過ぎるゆえに人と待ち合わせる場所というのもおおよその見当がついた。

ホセ・リサール記念碑の前か隣接するイントラムロスの城壁あたりが相場だ。

芽衣子たちが座っているのはその記念碑に近いベンチだった。

先週、ようやく大平が証言した人物に似た人相の男が記念碑の前に現れた。パイナップルのように髪を刈り上げた太った男だ。黒縁の大きめの眼鏡を掛けている。黄色のTシャツにカーキ色のハーフパンツ。足元はビーチサンダル。

午後四時過ぎ、パンチョスとぼんやり海を見つめていたときのことだ。

仮にルークAとした。

パンチョスに「走ってくる」と断り、芽衣子はサングラスを掛け、ジョギングを再開した。同じように公園を周回するランナーの中に紛れ、記念碑に近づいた。

サングラスのフレームの両隅に小型カメラのレンズが付いている。撮影された動画は、オートマチックにスマホに転送される仕組みだ。

ルークAの顔を捉えた。

走り疲れた体《てい》を装い、記念碑に接近する。

じきにふたりの男が寄ってきた。ふたりともルークAと同じように太っていた。

おそらくルークB、C。

「まいった。俺は今週三千万に届かない。ルークにどやされたよ。明後日までになんとかしろって」

ルークAがBとCにそう言っているのがマニラ湾から寄せる海風に乗って聞こえてきた。

言いながら他のふたりに紙切れを見せた。

「こっちは二千万もいかない。手持ち金が五十万もない婆さんばかりだった。ちょっとデータがいい加減すぎるんじゃねぇか」

そう言ったのはルークBだ。金髪、ブルーのポロシャツにベージュのハーフパンツ。やはりビーチサンダルだ。

かったるそうに缶コーラを飲みながら、ルークAにメモ紙を渡した。

どうやら一週間で詐取した金の金額が書かれているようだ。

「たしかに近頃来る名簿は若干古かったりするよな。掛けた番号がまったく違う人物で、逆切れされたりする。昨日なんか、孫に成りすましてかけているのに、出た女が女子高生で、悩み事を延々打ち明けられたバカがいた。うちはどうにか三千万達成したけどな」

そういうルークCはスキンヘッドに口髭を生やしていた。ロサンゼルス・ドジャースのムーキー・ベッツに似た感じだ。やはりルークAに紙を渡している。

「で、ルークは？」

金髪のルークBが聞いた。

「今日はまだでかい送金を待っているそうだ。明後日エルミタの『サンパギータ』で忘年会との伝言だ。もちろんルークの奢《おご》りだ」

パイナップル頭のルークAがふたりにそう言っている。

「結局ルークのところにだけいい名簿がいってんじゃねぇのか？」

ルークCは不満そうだ。スキンヘッドをパンパンと叩きながら言っている。

「そういうことは言わねぇ方がいいぞ。あいつがキレたら手が付けられねぇ。渋谷のクラブに上前をハネにきたヤクザが、耳を千切り落とされたのを忘れたのかよ」

ルークAが諭していた。

「あぁ、鼻孔にフォークも刺し込まれていた。思い出しただけでも吐きそうになる」

「俺は明後日までにどうにかあと一千万上乗せできるように踏ん張るさ。けど、もう電話詐欺なんて面倒臭くなってきたな。毎日、かけ子を監視しているのも飽きてきたし」

ルークBが金髪を搔《か》き毟《むし》った。

「明後日、そこらへんのことについても話があるようだ。俺たちがマニラにいるメリットをもっと上手く使おうっていう話だ」

伝達役らしいルークAが言っている。

特殊詐欺グループのヒエラルキーが垣間見られた。

こいつらの上に真の首謀者であるルークがいるということだ。

Aがおそらく最側近でBとCはその下に位置するパート統括者だ。それぞれ別々の拠点におり、さらにこの下にサブマネジャーがいるのだろう。

相当大掛かりな組織であり、もちろん日本にも金の回収担当がいるはずだ。

首謀者である真のルークの面を割る必要があった。

「額はきっちり俺が報告しておく。新庄《しんじょう》には電話がいくと思う。ワンコールで出ないと俺にもとばっちりが来る。ちゃんと出て詫びをいれろよ。源田《げんだ》は問題ない。女の店にでも行って来いよ」

ルークAが言った。これで金髪のBが新庄、スキンヘッドのCが源田という名だとわかった。

「頼んだ。山川《やまかわ》には迷惑をかけねえよ。ルークから電話が来たら、明後日までに一千万は上積みしてみせると言う」

金髪の新庄が頬を撫でながら答えた。その眼は血走っているようだ。幹部とはいえノルマを達成できないと酷い目にあうのだろう。

三人はばらばらにリサール公園を出て行った。それぞれの拠点がどこであるか確かめたいところだが、ひとりでは無理だ。

明後日三人が集合する場所はわかっている。芽衣子はパイナップル頭の山川を尾行することにした。

ベンチで一緒だったパンチョスはまだのんびりウクレレを弾いている。

ハミングしているのはビートルズの『ミッシェル』。

ビートルズナンバーの中でも出だしがフランス語で有名な曲だ。

パリ五輪まであと七か月。出稼ぎバンドの需要もさぞかし高まるだろう。パリのホテルラウンジで、パンチョスが思い入れたっぷりにギターを奏でている姿が目に浮かぶ。

山川は公園に面したリサール通りに出ると、道端に駐《と》めてあったスクーターに跨《また》がった。

芽衣子は自転車だ。脚力には自信があるので心配ない。

夕陽とアゲンスト気味の潮風を額に受けながら、山川のスクーターを追う。

タフト通りに入り南にむかっている。

エルミタ、マラテを抜けてパサイに入ったようだ。

不意に左折するとマーケットが広がっていた。二階建ての家が並び昭和の日本の商店街の様でもあるし、英語と漢字が混在する看板は香港を思わせたりもする。

店ばかりではなく通りにまで屋台を広げ、リヤカーやマニラ名物ジプニーが往来していた。店先に立つ人々はみな愛想がいいが、このあたりは一本奥に入るとマニラの中でもかなり危険な地帯だ。

山川はまさにそのダークゾーン側へと進んだ。

路地もないほど隣同士の家々はくっついており、いずれも正面の壁が崩れそうな建物ばかりが並んでいる。糞尿の臭いもきつい。

一角に瓦礫《がれき》の山が見えた。

ゴミ捨て場になっているようだ。

コンクリートの破片に交じって壊れたテレビや冷蔵庫、エアコン、洗濯機なども廃棄されていた。

不用品の粗大ごみの捨て場になっているようだ。

数人の子供たちがドライバーやペンチを片手に冷蔵庫やエアコンを分解していた。使える部品を抜き取り故買屋に売るのだろう。

日本では産廃業者が厳しい規制の下で解体処分しているが、この一角に関しては、住民の勝手のようだ。

冷蔵庫やエアコンについているコンプレッサーはかなりの値が付く。高圧圧縮機は軍需品に転用可能だ。

こうしたところから過激派ゲリラに部品が流れないとも限らない。

芽衣子は唇を噛んだ。

山川のスクーターが一軒のビルの前で止まった。ビルと言ってもいまにも崩れ落ちそうなコンクリート打ちっぱなしの二階建てだ。

間口が広く中の様子は丸見えだ。濡れた床の奥に大型冷蔵庫と製氷機が置いてある。小さな製氷場のようだ。表通りの生鮮品を扱う店やバーに氷を運んでいるのだろう。冷蔵庫の前の丸椅子に痩せた白髪の女が退屈そうに座っていた。フィリピン人の顔とは違う。

山川はスクーターごと店内に入った。芽衣子は少し手前で止めた。中の様子はどうにか見える。

「ハーイ、紅花《ホンファ》おばさん。レイアはいるかい？」

スクーターを降りた山川が老婆に紙幣を渡した。中国人のようだ。

「レイアは上だよ。あんた、あんまりドスンドスン腰を振るんじゃないよ。いまに天井が落ちるよ。そんなんで私は死にたくないからね」

老婆が天上を指さした。

「わかった、わかった。静かにやるさ」

山川は狭い階段を上がっていった。

それなりの稼ぎがあるのだから、女が欲しければゴーゴーバーなどで豪勢に遊べるはずだ。ここパサイにもその手のバーはいくらでもある。わざわざ私娼窟のようなところにやってきたのは、それだけ目立ちたくないということだろう。

セックスにかかる所要時間はどれくらいであろう。

思わずため息がでる。

山川が指揮する特殊詐欺グループの拠点をなんとしても突き止めたい。そのためには彼がセックスをし終えるまで待たねばならないということだ。

じっとここにいるのも不自然だ。

芽衣子は自転車で表通りへと出た。山川が十五分で終えるということはないだろう。屋台でアイスクリームを買う。

伝統的なウベ、紫芋のアイスクリームだ。マニラにも洒落たカフェはいくらでもありアイスクリームは人気で、欧米風のさまざまな種類があるが、芽衣子はこのウベに嵌《は》まっている。

二十分後に再び裏通りの製氷場の前を通過した。まだスクーターは止まったままだった。老婆も座ったままだ。

少し先に進むと、子供を抱いた太った女が「マネー、マネー。マイ・ベイビー・ノーミルク」と喚《わめ》きながら近づいてきた。

芽衣子の自転車が真新しすぎたので、中国人か日本人、あるいは韓国人の観光客が紛れ込んできたと思ったらしい。マニラではタクシーに乗っていても、こうした物乞いには終始出会う。

面倒なので尻のポケットから紙幣を抜き、二百ペソ（約六百円）を渡した。このところ一ペソは三円弱だ。だが物価の安いマニラでは金銭感覚は麻痺しがちだ。給料も物価も日本の十分の一だと考えると早い。

教師の初任給は二万七千円相当だ。それに見合った物価になっている。

子供を抱いた女は破顔した。つまり日本の感覚なら六千円を渡したのと同じなのだ。

「シェーシェー、カムサハムニダ、アリガトウ、サラマートゥ」

女は中韓日とタガログ語で礼をいう。中韓よりも日本語が後に来るのは、近年のマニラの観光客事情をそのまま表している。

だがこれがいけなかった。

瓦礫の山で解体に勤しんでいた子供が一斉に駆け寄ってきた。裸足の子が多い。手には煙草の箱やキャンディをいくつも持っている。

買ってくれというのだ。

芽衣子の回りは、子供だらけになった。身動きが取れない。

ふと振り返ると、製氷場の前で老婆がじっとこちらを見ていた。芽衣子は空に向かって紙幣や銅貨を放り投げ、瞬時にペダルを踏んだ。

ここまでだ。

尾行は怪しまれた時点で終了するのがセオリーだ。

＊

ワム!の『ラスト・クリスマス』が終わり、バーのBGMはジョン・レノンの『ハッピー・クリスマス』に変わった。

戦争、紛争の年だっただけにこのクリスマスソングは身に染みる。

ウォー・イズ・オーバーであって欲しい。

芽衣子はひたすらルーク一味が出てくるのを待った。

とにかくルークの面割りが最優先だ。

顔写真さえ撮れたら日本で顔認証が出来る可能性大だ。

リサール公園で撮った山川、源田、新庄の三名の画像はすでに東京へ送っており、現在国家情報院の調査部が分析中だ。

まずは、じっと待つしかない。

『サンパギータ』はクラブというよりも、マニラで言うところのKTVだ。日本人には理解しにくい呼称だがカラオケテレビの略だ。カラオケがあって女の子がいる店だが、これが日本のキャバクラを意味する。

十二月はクリスマスシーズンということで特別に生バンドが入っている店が多い。

KTVはゴーゴーバーと異なり基本売春はない。

ホステスと語り、飲んで歌うだけだ。けれども、それは日本のキャバクラほど厳密ではない。バーファイン（罰金）という裏金で連れ出し可能なホステスもいる。仕事中の女の時間を奪うので店に罰金を払うのだという。

フィリピンでも売春は違法だ。だがゴーゴーバーやKTVでの連れ出しはほぼ見逃されている。店が罰金の中から、所轄の警察署にも罰金を納めているからだ。

パイナップル風に刈り上げた山川、金髪の新庄、スキンヘッドの源田はばらばらに店に入った。

芽衣子は開店時間の午後六時には通りからずっと入店者を確認し、三人がやってきた九時過ぎには、このバーのガラス窓からずっと見張っている。

三人の他に日本人らしき男の姿はなかった。ルークはそれ以前から店で待機していたのか？

午後十一時になろうとしていた。

「やだぁ。また負けね。ラモンはダーツがうますぎるよ」

背中で女の声がする。

「ショーほどじゃねぇよ」

窓に反射した若いカップルの男と女が抱き合っている。

「ショーってあの台湾人？」

「そう、リッキー・ショーとか言っているが、あいつのはダーツなんてもんじゃねぇ。二百メートル先を歩く人間の首や目を矢で確実に狙えるんだ。マイクも目を剝《む》いていたぜ」

ラモンがそんなことを言いながら、デニムのショートパンツに包まれた女の尻を撫でまわし始めた。

「ガルシア・ファミリーに入ったの？」

「いいやマイクが言うには、あいつはあくまでヒットマンとして雇っただけだそうだ。俺はほっとしたよ。あんなクールな奴がファミリーに入ってきたら、シュリルをたちまち寝取られちまう」

ラモンが巻き舌の英語で言っている。

ガルシア・ファミリーはエルミタを拠点とする新興マフィアだ。ボスは三十代半ばで、二十代から三十歳前後の若者たちだけで構成されているという。日本の半グレ集団に似た組織らしく、旧世代のフィリピンマフィアと死闘を繰り広げているという。

「そんな心配は要らないわよ。私はあんな冷徹な眼をした男は嫌いよ。まるで狼か狂犬みたい。いかにも北東アジア系の顔って感じだわ。私は情熱的な東南アジア系じゃないとだめなの」

シュリルがラモンにバストを押し付けて腰に手を回した。

気が散ってはならないので目の前の店に集中した。

十分ほどすると『サンパギータ』のオークウッドの扉が開き、まず金髪の新庄がブルネットの女の肩を抱きながら現れた。パンツが見えそうなほど短いスカートを穿いた女だった。連れ出しのようだ。

続いてスキンヘッドの源田がちょっと太めの愛嬌のある女と出てくる。彼女は着替えたようで、大きなヒップをブルージーンズに包み、上はタンクトップになっていた。太い二の腕で源田のスキンヘッドをロックしたりしてはしゃいでいる。

四人はそのまま歩いてホテル街へと消えていった。

山川とルークはまだ出てこない。

こんなとき単独の張り込みは二者択一を迫られる。

源田と新庄をホテルまで追い、出てくるのを待ち、その後も尾行し拠点を割り出すか、このまま山川とルークと思われる人物が出てくるのを待つか、だ。

芽衣子はルーク待ちに賭けた。

三十分後今度は山川がひとりで出てきた。最悪の展開になった。

これも見逃すか、ステイするか。苛立《いらだ》ちながらバーを出ようとした。山川の拠点だけでも押さえた方がいい。

と、そのときサンパギータの扉が再び開き、大柄な日本人と細身のフィリピン人が並んで出てきた。背後に数人のフィリピーナが見送りに出てきた。

「おっと、ボスのお帰りだ。後でお前の部屋に行く」

背後でシュリルのTシャツの裾からバストに向けて手を入れていたラモンが慌てて手を引き抜き、芽衣子よりも先にバーを飛び出していった。

ガルシア・ファミリーのトップ、マイク・ガルシアのようだ。GIカットで怒り肩だ。背はそれほど高くないが、背中から俠気《きょうき》が漂っている。

横にいる日本人は？

山川と同じパイナップル頭で黒縁の大きな眼鏡をかけている。

メインのルーク？

「狙撃手もそっちで用意してもらえるんだよな。俺らは殺しは直接やらない。間接的にならいくらでもやるがな」

日本人が聞いている。

「うちの組織で俺の金を掠《かす》めた間抜けがいる。いまは泳がせているがどの道生かしておく気はない。その作戦に利用しよう」

マイクらしき男が笑う。

芽衣子の胸の鼓動が高鳴った。ただちにカウンターに置いてあったスマホで撮影を始めた。夜間モードだ。

「あんた、何撮影している。あの人たちを撮影NGよ」

シュリルがいきなりサンミゲールのボトルで殴り掛かってきた。窓ガラスに映り込んでいなければ、後頭部に衝撃を受けていたところだ。

咄嗟によけた。

ボトルは空《くう》を切った。

「えっ、まずい人たちなの？　私、後ろにいるフィリピーナたちが素敵だなって思っただけよ」

空とぼけていった。芽衣子が女好きなのは事実だ。

「嘘っ。日本のメディアだろっ」

空振りに終わったボトルを今度は下から振り上げてくる。喧嘩慣れした女だ。そのボトルを腕で払いのけ、芽衣子はシュリルを左手でぐいと抱き寄せた。胸と胸が合う。シュリルは見た目以上に巨乳だった。

「あなたも可愛いわ。探しているのよ。今晩の相手」

ショートパンツの股間に手を伸ばす。

「やめろよ。私はそっちの気《け》ないからっ。なんでこんな女がここにいるんだよ。叩き出せよ」

シュリルが暴れた。

「おうっ。本当にレズかどうかは輪姦《まわ》したらすぐにわかる。そうじゃなかったら、ひいひい悦《よろこ》ぶからな」

ダーツをしていた目つきの悪い男たちが四人、取り囲んできた。面倒なことになった。顔中タトゥーの男に腕をつかまれる。

ねじ伏せる自信はあったが、ここで本領を発揮するわけにはいかなかった。

「いやぁあああ。男はいやぁあああああ」

大声を上げて男たちに次々に体当たりを食らわせ、よろけた隙間から逃げた。

サンパギータの前から白のBMWのSUVが出て行ったところだ。数台のスクーターが後に続いている。芽衣子もダーツバーの脇に止めていたスクーターに飛び乗った。今夜は尾行用にこいつを用意してあった。

マビニ通りを白のBMWは北上していた。どこかのクラブの生バンドがジャクソン5の『サンタが町にやってくる』を演奏している。

南国のクリスマスは夜風も生温《なまぬる》い。芽衣子はスロットルを全開にした。

2

十二月二十四日　午後二時四十二分　東京

世田谷《せたがや》区深沢《ふかざわ》一丁目の住宅街。雪になりそうな空だ。

「ちょっといいですか」

自転車に乗った警察官に助手席側のウインドウを叩かれた。世田谷中央署の地域係だろう。岡林隼人《おかばやしはやと》は面倒くさそうにウインドウを下げた。地味なセダンだ。

「はい？」

「いや、ずっとこの辺りを回っているようですが、なにか探し物でも？」

職質だ。

「ええ、自分たちは新潟の不動産業者です。地元の顧客からこの辺の物件を依頼されましてね。東京の同業者とも提携しているんですが、自分たちの眼でも見ておかないと」

岡林は名刺を出した。

『新海《しんかい》エステート』

運転席にいる同僚の星野祐輔《ほしのゆうすけ》も同じ名刺を出す。ついでに警察官に言われる前に運転免許証も取り出している。

名刺に書いてある電話番号を確認されても問題ない。

新海エステートは実在し、電話に出た社員は、岡林と星野が同社の社員であることを認め、現在東京に出張中であると返答するはずだ。

むしろ電話で人定《にんてい》をしてくれた方がありがたいぐらいだ。

新海エステートは防衛省情報局のカバー・オフィスである。

新潟は重要監視拠点のためカバー・オフィスがいくつも点在していた。ロシア、中国、北朝鮮対策である。

「そうですか。わざわざレンタカーを借りてご苦労さんですな。この名刺、いただいてもいいですか」

星野の免許証ナンバーを控えた警察官は慇懃無礼な笑みを浮かべている。岡林は指紋採取に必要なんですよね、という声を胸にしまい、

「どうぞ」

と営業マンらしい笑顔を見せてやった。

「寒いですから気を付けてくださいね」

警察官はふたりの名刺を大切そうに、防寒服のポケットにしまい自転車で引き返していった。

同じく治安維持に努める立場にある公務員同士でありながら、ＤＩＨの諜報員にとって警察ぐらい煩《わずら》わしい存在はない。

　こちらは非公然活動のため、職質でも検問でもいちいち偽装しなければならないのだ。

「まったく面倒くさいですね」

　星野がため息まじりに液晶に映るマップをテレビに変えた。午後のワイドショーがクリスマス・イルミネーションの特集をしている。

　平和な国だ。

　ＢＧＭに山下達郎《やましたたつろう》の『クリスマス・イブ』が流れていた。

　岡林の郷愁を誘う曲だ。

　母親がこの曲が好きで、岡林は赤ん坊の頃からこの曲を聴かされていた。そのせいか聴くたびに、故郷福井の街並みが浮かんでくる。

　見張っているのは、フロントガラスの斜向《はすむ》かいに見える高い塀に囲まれた邸宅であった。『満代商会《まんだいしょうかい》』の総帥、元尾忠久《もとおただひさ》の邸宅である。

　登記簿上で確認したところ約二百坪の広大な屋敷だ。

　満代商会は元尾が一代で築き上げた中古車販売会社であるが、現在は運送業、産業廃棄物処理業、リゾート開発などの多角経営に乗り出している。

　創業四十五年。元尾忠久は今年で七十一歳である。

急成長の裏には強引な同業他社の買収や従業員への苛酷なノルマ、さらには事故車両の保険金不正請求などが取りざたされている会社だ。

だが岡林たちが張り込んでいる理由はまったく別なところにあった。

外局の防衛装備庁幹部の汚職疑惑である。

廃車する重機の処分は防衛装備庁と契約している数社の産廃処理業者が請け負っているが、満代商会の産業廃棄物処理会社、満代工業もそのひとつである。

数年前から満代工業の扱いが急激に増えた。

疑問を持った本省大臣官房室の査察官が内偵した結果、防衛装備庁の幹部に収賄の疑惑があった。

設備調達や特注車両の入札には多大な利権が絡んでいるが、廃棄価格は押しなべて同じであることから目が行き届いていなかった。

自衛隊使用車両は民間転用が出来ないため、査定価格などない。鉄屑《てつくず》として処分するため業者としては数を多く受注することがメリットとなる。そこに癒着があったと査察官はみた。

防衛装備庁幹部と満代商会の間にはある政治家が介在していた。

防衛副大臣の経験もある民自党の若手ホープ松平隆信《まつだいらたかのぶ》だ。もしその取引にこの政治家が絡んでいるとやっかいなことになる。確実な裏付けを取り一気に省内で解決してしまわないと人事で報復されるからだ。

逆に確実な証拠を押さえてしまえば、松平隆信にも突きつけ防衛省から手を引かせることができる。

大臣官房室は情報本部に内偵を依頼してきた。東京地検特捜部や他の情報機関に漏れる前に、全体像を摑んで欲しいとの要請だった。単純な贈賄事案が安全保障事案に発展する可能性を大臣官房室は想定したわけだ。そうなれば外務省に新設された国家情報院が乗り出してくる。防衛省情報本部としては、国家情報院が動く前に、どうしてもこの件を握り潰しておかねばならなくなった。

「早く出てこねぇかな」

岡林は顎《あご》を扱《しご》きながら元尾邸の正門に視線を走らせた。

松平隆信の秘書が一時間前に入ったままだ。安藤将司《あんどうしょうじ》という男だ。

今日は日曜日なので元尾忠久も在宅している。

「安藤が金を受け取って来るんでしょうかね」

星野は正門の隣のシャッターを見据えている。

大型車が六台も入るガレージのシャッターだ。安藤はタクシーでやって来たが、帰りは元尾の部下が車で送る可能性もあった。

「そうだろう。与党議員と官僚が会食してもまったく怪しまれない。そこで秘書から子供の誕生日祝いだとか、入学祝いだとか口実を付けて小口《こぐち》で渡される。常識の範囲内の額だ。ただ積もると大金となる」

「問題は満代商会側のメリットですよね」

星野が口の端を歪ませた。

「そこだよ。いずれは販売側に回るために認可を求めているのか、あるいはまったく別な情報を得ようとしているのか。知りたいのはそこだが、まずはあの秘書の動きを克明に追うことだ」

諜報活動で肝心なことは、徹底した集中監視だ。

それにしても骨の折れる任務だ。

窓から空を見上げると、白い空に濃い灰色の雲が張り出してきていた。ひと雨降りそうな気配だ。

「雨ぐらいならいいが、雪にならないといいな」

『クリスマス・イブ』を聴きながら、ふとそう呟いた。

「東京は本当に雪に弱いですよ。ちょっと降っただけで都市機能が麻痺してしまいます。寒い国とはえらい違いですよね」

星野も空を見上げた。

お互い雪にたとえて、この国の安全保障の脆《もろ》さを語っている。寒い国とは岡林も星野も勤務経験のあるロシアと中国だ。

さらに十五分経った。午後三時過ぎだ。

前方からワゴンが一台やって来る。白のアルファードだ。ナンバーは見えない。

城壁のような元尾邸の壁の前に駐車すると、スライドドアが開きサンタクロースが四人も降りてきた。それぞれプレゼントがたっぷり入っていそうな袋を担いでいる。

先頭のちょっと太めのサンタは特大の箱を抱えている。クリスマスケーキらしい。

「なんだ？」

岡林は眉《まゆ》をひそめた。

「今日はイブですから、元尾が孫のためにパーティでもするんじゃないですか」

星野がテレビのボリュームを下げながら言った。

「なるほどな」

そう言いながら首を傾《かし》げた。袋がやけに重そうだ。結び目から黒いパイプのようなものが見えていた。どのサンタの袋の結び目からも同じパイプが見えている。

ケーキの箱を抱えたサンタがインターフォンを押し相手が出ると、サンタたちは全員でジングルベルを歌いだした。

すると巨大な鉄扉が金属音をあげて開いた。観音開きだ。

アプローチの先に建物が僅かに見える。

コンクリート打ちっぱなしのモダンなデザインの邸宅だった。

サンタたちがジングルベルを歌いながら威勢よく入って行った。彼らを乗せてきたアルファードが去っていく。

「案外、満代商会の社員なのかもしれませんね。社長一族のクリスマスパーティのために駆り出された社員。オーナー経営者の企業ではよくあると聞きます。いずれにせよパーティが始まるので、安藤はそろそろ出てくるでしょう」

星野がステアリングを握り直した。

五分ほどして、アルファードが逆方向から戻ってきた。

岡林たちのセダンを通り越していく。今度はナンバーが読めた。「わ」ナンバーだった。

「あれもレンタカーだぜ」

「運転している男は野球帽にマスク、サングラスでしたね」

星野がいう。

咄嗟に人相や風体を目に焼き付けるのは諜報員の習性だ。

アルファードは来た時とは向きを変えて元尾邸の前に駐まった。エンジンはかけたままで、スライドドアをわざわざ開けている。

さらに五分ほどし、サンタクロースが一斉に戻ってきた。手にはそれぞれバールを握っている。鉄パイプに見えたのはどうやらバールだったらしい。

「強盗団ですか?」

星野が戸惑った声をあげる。

最近流行のいきなりバールや鉄パイプで殴りかかる凶悪強盗団のようだ。

殺人も厭《いと》わない連中だ。宝石店や富裕層の邸宅が狙われているが、ほとんどの実行犯が闇バイトサイトで集められた素人で、逮捕してもなかなか司令役や首謀者にはたどり着けないという。

「どうやらそうらしいな。まったく余計なことをしやがって」

岡林は舌打ちした。

憎悪すべき犯罪者たちだが、ここは防衛省がしゃしゃり出る幕ではない。自分たちが追っているのはあくまでも議員秘書の安藤将司だ。その安藤はまだ出てきていない。

「安藤もやられてしまいましたかね」

星野も他人事《ひとごと》のように言う。

「やられていないまでもパトカーや救急車が来るまで出てこないだろうな。元尾家の手助けをするだろう」

生命に別状がなければ元尾に恩を売るチャンスだ。安藤は体育大学の武道学部の出身だ。

ひょっとしたら格闘で強盗を追い返しているかもしれない。

「我々もここにいるのはまずいですね。警察が来たら目撃証言を取られますよ」

そうなると身元をさらに深掘りされる。

そう言っている間にサンタクロースを乗せたアルファードは発進した。駒沢通り方面だ。

「星野、暇つぶしだ。あの車を追え」

「はいっ」

星野が灰色のカローラアクシオを発進させた。風景に溶けるような地味な車種だ。

アルファードは自由《じゆう》通りを玉川《たまがわ》通り方面へと進んだ。

じきに駒沢オリンピック公園が見えてくる。

一九六四年の最初の東京オリンピックの際の第二競技場として知られる公園だ。硬式野球場から弓道場までさまざまな競技施設があり、巨大な記念塔はいまも燦然《さんぜん》と輝いている。

その記念塔の脇では千駄ヶ谷の国立競技場と共に聖火が灯《とも》されていたという。

残念ながら岡林が生まれる二十年も前のことだ。映像でしか知らない。

「我々もパリオリンピックに駆り出されるんですかね」

やはりオリンピックのことでも考えているようで、星野が前を向いたまま唐突に呟いた。

要人警護は警視庁のSPの役目だが、国際会議や閣僚級外遊の際の随行員は各省庁からも選抜される。裏外交の格好の場となるからだ。その中には各情報機関の職員がまぎれ込んでいるのは言うまでもない。

「我が省の大臣が行かない限りDIHからは付かないだろうな。海外活動は当面NISに一本化されるそうだ」

「軍事課報はＤＩＨに任せて欲しいですけどね。外務省なんて貴族集団じゃないですか」

星野は不満そうだ。

「おい、またサンタだ」

その駒沢オリンピック公園の自由通りに面した駐車場からデリバリーピザ店の配達用スクーターが一台飛び出してきた。

そのドライバーもサンタクロースの格好をしている。今日に限ってはこの格好は何ら不自然ではない。むしろ人気者で舗道を歩いていた数人の小学生と母親たちがサンタに手を振った。

サンタもそれにこたえている。

赤い帽子と顔の半分が隠れる白髭で顔はよくわからないが眼は大きくくっきりしていた。体形からして女性。それも外国人女性のようだ。

サンタガールだ。

と、サンタガールは強盗団のアルファードの左側真横についた。

アルファードのスライドドアが開く。

太ったサンタが袋を抱えて親指を立てた。

スクーターのサンタも頷き親指を立てると、いきなりリアに取り付けてあるトランクの上蓋が開いた。スロットルグリップの付近のボタンで操作できる仕組みになっているようだ。

アルファードの大柄なサンタが袋を投げ入れ、足で蓋を閉めた。頬から下を覆っていた髭が飛びそうになりサンタは慌てていた。この男も彫りの深い外国人のような風貌だ。

袋を渡すとアルファードは少し先でUターンし、駒沢通りへと引き返していく。スクーターの方はまっすぐ玉川通りの方へと進行したままだ。

「スクーターの方を追おう」

岡林は星野にそう命じた。強盗団の素性よりも渡された荷物の中身の方が気になった。

「了解です」

サンタガールのスクーターは速度を上げた。玉川通りとの交差点を右折した。渋谷方面だ。カローラも鈍い音を立てながら続く。

曲がってすぐサンタガールは左側の舗道に入り、スクーターを止めた。見ると田園都市線の駒沢大学駅の地下に降りる入り口の手前だった。

サンタガールがリアトランクから袋を取り出し、担ぎながら駅に降りていく。

「俺が追う。状況はラインで知らせる」

岡林はカローラから飛び出した。すぐに階段を下りる。サンタガールは券売機の付近にいた子供たちに手を振りながら女性トイレへと消えていった。

「サンタもトイレに入るんだな」

「お尻出したサンタってかわいいだろな」

大学生らしい若者ふたりが改札に向かいながら言っている。同感だ。

岡林はじっと待った。

女性トイレの出入りは多かった。

十分ほどしてトイレから東南アジア系と思われる女が出てきた。

マロンブラウンのセミロングで浅黒い目鼻立ちのくっきりした顔立ち。美貌の持ち主だ。

フィリピン、インドネシア、マレーシア系に見える。

ネイビーブルーの丈の短いダウンジャンパーにホワイトジーンズ。

肩には黒革のがっしりしたトートバッグを掛けている。足もとはハイスペックそうなスニーカーだ。

派手ではないがいかにも高級感が漂うスタイル。

この女がサンタガールに違いない。

あの強盗団のサンタが放った袋にこれらの衣装が詰め込んであったとすれば納得がいく。

サンタ衣装は袋に詰め込んで、そのままトイレに放棄してきたのではないか。

そう考えると辻褄《つじつま》が合う。

女は改札機へと進んだ。岡林は間隔をあけて地下ホームへの階段を降り行く女を追った。

女は渋谷、押上方面のホームに立った。岡林は十メートルほど離れた位置に立ち、さりげなくスマホで彼女の全身を撮った。ただちに星野に転送する。

駒沢大学駅は、クリスマスイブのせいか日曜の午後のわりには空いていた。こんな日は家で家族と過ごすものなのだろう。

独身の岡林は福井の両親を思い浮かべた。母親が山下達郎やワム！の古いクリスマスソングのCDをかけながら、せっせと自作のケーキを作っていることだろう。スポンジの台に生クリームを塗り苺《いちご》を載せただけのケーキだ。子供の頃はうんざりしたものだが四十になったいまは妙に懐かしい。そしてそのケーキを五十年も食べ続けている父の辛抱強さには脱帽だ。

『間もなく電車が入ります』

そのアナウンスが入ると同時に、岡林は額に何かがかかるのを感じた。指で拭いてみると琥珀《こはく》色の液体だった。

一瞬、天井から油でも落ちてきたのかと思い上を見た。

天井に異変はなかった。

ふと横を向き東南アジア系の女を見ると、その背後にいた背の高い男が口から何かを外し階段の方へ速足で戻っていく。冷酷な双眸《そうぼう》の持ち主だった。

「うっ」

岡林は突然咳《せ》き込んだ。喉が苦しい。

VXガスか?

岡林は死を意識した。

突風と共に電車が入ってきた。女のマロンブラウンの前髪がふわりと上がる。岡林の方を向いたその眼が笑っている。

なぜだ? おまえら何者なんだ?

胸底でそう叫ぶものの身体中が猛烈に痺れてくる。息も苦しくなってきた。追尾はもはや諦め、のろのろと階段へと向かう。

一段上がるごとに、足が重くなってくる。

だがここで倒れるわけにはいかない。DIHの沽券《こけん》に関わる。どんなことをしても、この身体を同僚の元へ運ばねばならないのだ。

改札を出て地上への階段を昇る頃には、すでに視界が霞《かすみ》がかってきた。何も考えられなくなっていた。呼吸が乱れる。ただ本能だけが前に進むことを命じていた。

ようやく地上に出ると雪が降りだしていた。

目の前にカローラがある。渾身《こんしん》の力を込めて扉を開け、岡林は助手席に転がり込んだ。

「岡林さん、どうしました。顔が真っ青です」

「すまんが後を頼む」

岡林はそれだけ伝え息絶えた。

3

午後五時。銀座《ぎんざ》五丁目。

サンタクロースは粉雪が舞う銀座通りにも現れた。

陽気に愛想を振りまく三人組だ。棒が入ったような袋を担いでいた。

誰もが何かの撮影なのだろうと思っているに違いない。

それもそのはずで、サンタクロースの前には業務用カメラを担いだカメラマンと煌々《こうこう》と光を浴びせるライトマンがいるのだ。

実にうまい演出だ。

サンタたちはカメラにVサインをしたり、舗道を歩く人々に手を振ったりしながら、徐々に高級腕時計店『瑞西堂《スイスどう》』に近づいている。

──女豹《パンサリス》の情報は本当だったようだな。

国家情報院の副長官小口《おぐち》稔《みのる》は胸底でそう呟きコーヒーカップを手に取った。

サンタクロースたちの撮影隊とは車道を挟んだ反対側にあるガラス張りのカフェである。

老舗カステラ店のカフェだ。

小口は巨大なステンドグラスを背にして座っていた。この位置からは六丁目の銀座シックスのあたりまで見渡せる。

小口はその高級時計店の入るビルの袖看板を確認する。二階の袖看板の文字を記憶する。『銀橋《ぎんばし》トラベル』

濃いコーヒーを一口飲んだ後に特選カステラを切って食べた。徳島県産の和三盆糖《わさんぼんとう》をふんだんに使っているらしく上品な甘味が舌に広がった。

ロケ隊に見える一行は瑞西堂の前で立ち止まる。

サンタがカメラに向かって何か話しかけ、振り向きざまに店内に入って行った。

小口はこの時点から撮影しようかと思ったがやめた。どうせ夜のテレビニュースで、もっと良いアングルの映像を流すことだろう。

サンタたちは店内に入るなり、バールのようなものでショーケースを叩き割っていた。

案の定、通行人たちがスマホで撮影を始めている。

店の前にいかにもプロらしいカメラマンとライトマンがいるのでこれが本物の強盗だと誰も思わないのだ。店員たちの様子までは見えないが、おそらく呆然と立ちすくんでいることだろう。

約三分でサンタたちは出てきた。

三人とも袋を抱えている。

店から飛び出してきた女性店員の叫ぶ顔が見えた。

ここまでは声が届かないので何を言っているのかはわからない。その後ろから額から血を流した男性店員がふらつきながら出てきた。

ようやく通行人たちも騒ぎ始めた。

小口はコーヒーを飲んだ。カステラで甘味に染まった舌にコーヒーの苦味を注ぐ。旨《うま》い。実に旨い。

サンタとスタッフたちは銀座通りに駐めたままのワゴン車に、次々に乗り込んでいく。

十秒ほどでワゴンは雪道にスリップしながら新橋方面に走り去っていった。

ようやくその場の異常さに気づいた通行人たちが血にまみれた男性店員を介抱し、スマホで喚いていた。いずれも警察、救急車と叫んでいるのだろう。

ビルの二階の窓辺にスーツ姿の男たちが集まっていた。小口はおもむろに眼鏡をかけた。フレームにカメラを仕込んだスパイグラスだ。

二階から下を覗く男たちを写した。

この中に慌ててマニラに連絡をする者がいるはずだ。

三分ほどでパトカーが三台、救急車が一台やってきた。銀座通りは騒然となった。

小口は眼鏡を外し、コーヒーとカステラの味を堪能した。

ロケバスは第三者名義で借りたレンタカーで、借りた人物も闇バイトサイトで雇われただけだろう。

車を借りて何処かのパーキングに鍵付きのまま放置せよと命じられたはずだ。

警察が来たら一時的に盗まれた、というだけでいい。

当人はことの全貌を知らないのだからそれ以上は語れない。おそらく借りたのは一時間ほど前だ。

ワゴンは今頃、借主が放置したパーキングに戻されている。現場はここから近い新橋《しんばし》か内幸町《うちさいわいちょう》辺りか。

借主が再びワゴンを運転し、あちこち走り回る。それだけで警視庁の捜査支援分析センターは惑わされる。

サンタの衣装を脱いだ者たちは散り散りになって逃げる。

犯人を特定し居場所を押さえるまでに一か月はかかるだろう。やれやれだ。

小口はカステラを食べ終わり席を立った。

会計時に長官、朝倉周三《あさくらしゅうぞう》のためにバームクーヘンの詰め合わせを買う。

朝倉は甘党なのだ。

雪が本降りになってきたのでタクシーを拾った。

内堀《うちぼり》通りの桜田門《さくらだもん》の交差点を左折する際、ふと警視庁のビルが懐かしく思えた。今年の春まではここに在籍していたのだ。

転属先となった国家情報院は外務省庁舎にある。警視庁のやや西。国会議事堂を正面に見ると地図上では左だ。

部下の女豹が『それは紛うことなき左遷ですね』といった。

当たっているかもしれない。

小口はスマホを取り出した。

その女豹に電話を入れる。

「ボンドだ。おまえさんの情報は正しかった。首謀者のルークはそいつで間違いない。だがサンタ・アナの拠点を挙げるのは後回しにする。もう少し泳がせたい。ルークとガルシア・ファミリーとの関係を深掘りして欲しい」

「どういうことですか」

女豹が不機嫌そうな声で返してくる。

ルークのマニラでの拠点を特定した以上、早く突入し、囚われているかけ子を解放したいのだろう。気持ちはわかる。

「すまんが電話では説明が出来ない。三日後に俺がマニラに行って説明する」

小口は二時間前の時点で満代商会の元尾社長邸が襲撃されたことを掴んでいた。NISの国内班が、DIHを尾行していたのだ。

追跡に夢中な者は、みずからが追尾されていることには疎《うと》いものだ。

警視庁内に張り巡らせている情報網からも通報があった。

通報したのは元尾の妻、志津子《しづこ》であるが、元尾自身は聴取に応じていないという。

強盗に襲われた家の主人《あるじ》が聴取に応じないとは不可解である。

さらに民自党の保守派の新鋭松平隆信の秘書、安藤将司が居合わせていたというのもきな臭い話だ。

松平隆信は現在は党外交部長である。東シナ海に於ける防衛の必要性を強調しているが、その背景には重機産業との癒着が見え隠れしている。

強盗を追っていたＤＩＨの諜報員の様子がおかしいとの報告も上がっている。

同じ日にどちらもサンタだ。

「分かりましたジェームズ。マカティで美味しいステーキをご馳走になりたいです」

「ジェームズと呼ぶのはやめろ」

小口は電話を切った。

公安部特殊工作課長だった頃のコードネームはジミーであった。

国家情報院に転属した際に、長官が副長官は短縮形ではなくジェームズとした方がいいと言い出した。

長すぎるのではないかと異論を唱えたところ『では、ボンドに』と切り返された。

ちなみに長官のコードネームは『ポアロ』だ。

第二章　ブラック・ナザレ

1

二〇二四年　一月九日　午前十時　マニラ

町中が熱狂に包まれていた。

フィリピン最大のフェスティバル『ブラック・ナザレ』だ。

芽衣子はリサール公園の大群衆の中に紛れ込んでいた。

ブラック・ナザレはスペイン統治時代の一六〇六年一月九日に、キリスト教布教の目的でメキシコから『黒いキリスト像＝ブラック・ナザレ』が運ばれて来たことを起源とする宗教行事だ。

像はカリエド駅近くのキアポ教会に安置されているが、年に一度パレードに出る。来比の由来日にちなみ、パレードは毎年一月九日と決まっている。

沿道には約二百万人の観客が集い、死人が出る年もあるそうだ。

ここリサール公園もパレードコースのひとつだ。

熱狂的な見物客たちは、黄色のシャツを着て裸足で像に群がっていた。

ブラック・ナザレの像は普段、キアポ教会で黄色の服を着ているからだ。

芽衣子は群衆に紛れ込んだ日本人の男たちを追ってきていた。

ルークだ。

昨年の暮れにようやくエルミタのクラブの前で撮影に成功した首謀者のルークだ。

画像を東京のNIS本部に送ったところ、顔面認証システムで沢村夏彦《さわむらなつひこ》という人物と七十パーセント一致したそうだ。

案の定、沢村には犯歴がたっぷりあった。

横浜出身の三十二歳。中学を出るとすぐに中華料理店で働き始めたが、すぐに窃盗と恐喝で逮捕され横須賀の少年院に入っている。

その後も暴行、売春斡旋などで何度も逮捕されていた。

母親は六十二歳で、かつて日ノ出町の風俗店に勤務していたが、現在は認知症を患い専用のホームで暮らしている。

沢村の父親は不明だ。

生まれ育った日ノ出町の仲間たちと半グレ集団を結成し恐喝、暴行に明け暮れていたが、二十二歳ぐらいから六本木のホストに転身。

水があっていたようで、最初の店で頭角を現し、以後、順に格上の店に上がっていき、一年目で高額所得者となっていたという。

これまでの地を這《は》うような人生で、沢村はみずからの素性を偽る術《すべ》を身に付け、富裕層の女たちを次々に落としていったのだ。

大政治家の庶子。そう騙《かた》っていたという。

羽振りがよくなってからは犯罪から離れ、芸能関係者やベンチャー企業の成功者らとの西麻布人脈を広げた。ここでも沢村は誰もが知っている大物財界人の庶子と吹聴していたようだ。

二十五歳で西麻布に自前の高級会員制バーを開き独立する。

西麻布の高級会員制バーとは、成功を夢見る挑戦者たちが集まる場所ではなく、成功者か名家に育った者たちばかりが集まる場所だ。

ホスト上がりの如才ない振る舞いと、鍛え上げた造り話で沢村は人気者になり、かつて自分が落とした良家の女たちをつかっていたこともあり、店にはとんでもない金が落ちていたようだ。ところが沢村がその栄華に酔いしれたのは束の間で、二十七歳のときに国税が入った。

経済犯にとって警察よりも恐ろしいのが国税庁のGメンだ。

警察は犯人の居場所を追いかけるが、国税庁はとにかく金の在りかを突き止めてくる。そして差し押さえるのだ。

隠匿していた三十億円をすべて差し押さえられた沢村は、西麻布の有名店のオーナーの座から転げ落ちた。

客だった各界の成功者たちは、報道で沢村の素性を知ると誰も手を差し伸べてはくれなかったようだ。

セレブ危うきに近よらず、である。

金が回らなくなった沢村は、特殊詐欺の集団を結成した、という。

そしてまとまった金が出来たところでマニラに渡ったようだ。当地で沢村はフィリピーナと結婚し、永住権を有している。

マニラでの通称名はルーク・サンドバル。まったく新しい人間に生まれ変わったというわけだ。フィリピンは母国を追われた者にとって、再スタートを切りやすい国である。

犯罪者引き渡し条約がなく、母国での犯罪に寛容なのだ。この国に金を落としてくれればそれでなにごともOKだからだ。

そしてこの国にあつまる逃亡者の特徴は、母国に対して強烈なルサンチマンを抱いていることだ。

沢村もそのひとりだろう。

昨年の十二月二十日、エルミタのクラブ『サンパギータ』でこの沢村を発見し、追跡した結果、芽衣子はルソン島の北端にあるサンタ・アナという小さな町にたどり着いた。

海沿いのリゾート地だ。

そこに沢村は、部屋数十五室の四階建てマンションを一棟借り上げていたのだ。

『シャトー・パシフィック』

翌日、最寄りのカフェから観測をした結果、定期的にフードデリバリーの配達員がやってくることがわかった。

ワゴン車で大量のピザやバーガー、ドリンクなどが運ばれてくる。

その量から換算して、総勢三十人はいると推測した。

ここに捕らわれているかけ子は二十五人前後で監視役のスタッフが五人ぐらい。そう見積もった。

大ボスの沢村がいるとすれば最上階であろう。

日が暮れると同時に芽衣子は、敷地内の庭に入り込み、エアガンで銃弾型盗聴器を最上階のベランダに撃ち込んだ。

幅一メートルのコンクリートも通す強力盗聴器だ。

マンションはジャミングされていなかった。あっさり彼らの声が聞こえてきた。

『ぬるいこと言ってんじゃねぇぞ。リストが足りねぇんなら、手あたり次第に押し込んでやる。日本なんかどうなってもいいんだ。ルークを舐めんじゃねぇ』

沢村と思われる男が、怒鳴っている声を聴いた。

その後の盗聴で知ったのが銀座の高級腕時計店への強盗だ。

闇バイトサイトで集めた実行要員たちに、サンタクロースと撮影スタッフの扮装を命じ、襲撃させるという話し合いを聞いたのだ。

電話による詐欺ではなく、押し込み強盗を企てようとしている。自分たちがマニラという安全地帯にいることで、より大胆で凶暴な犯罪に切り替えたようだ。

——これがきっと新たなトレンドになる。

芽衣子はただちに東京に報《しら》せた。

国家情報院の副長官、小口稔は何ら手を打たず、見物に行ったという。

呆れた話だと思ったがその理由は三日後に聞かされた。

十二月二十七日、小口がマニラにやって来たのだ。

＊

「威嚇《いかく》のための強盗、それが見物した俺の結論だ」

創業百十二年の歴史を誇る『ザ・マニラホテル』のメインバー『タップルーム』。

ジェームズ・ボンドさながらのブリティッシュ・ブルーのスーツで現れた副長官、小口稔はロックグラスを片手にそう切り出してきた。

大事な話は通信機器を通さず、直接話すというのが小口の流儀だ。グラスの中身はジュラの十二年物。シングルモルトウイスキーだ。

ふたりは他の客から離れた隅の席にいた。周囲のテーブルはすべて空席だ。

「威嚇？　時計の瑞西堂をですか？」

芽衣子はモヒートを呷《あお》りながら答えた。昨年ハバナでの任務以来、モヒートが気に入っている。

このホテルの歴代来客リストにはザ・ビートルズやアームストロング船長と並びアーネスト・ヘミングウェイの名もある。

ヘミングウェイはおそらくこのホテルのプールサイドでモヒートを呑んだのではないか。

「違う。彼らの狙いはそのビルの二階にある旅行会社なはずだ。銀橋トラベルという」

小口は続いて葉巻を取り出した。

フィリピン産のタバカレラ。

八十年前、このホテルで指揮をとった連合軍司令官ダグラス・マッカーサーが好んだという葉巻だ。

ヘミングウェイならキューバ産のコイーバを持参していたはずだ。さして理由はないが芽衣子はマニラよりはハバナ、マッカーサーよりヘミングウェイが贔屓《ひいき》だ。気分的な選択だ。

「どういうことですか？」

「旅行者リストを横流ししていたんだろう。銀橋トラベルに沢村の協力者がいるはずだ」

小口が葉巻に火をつける。

東京でこの光景を眺めたら気障《きざ》の極致だがザ・マニラホテルのバーにはうまく溶け込んでいた。小口はカバーである英国の貿易商になり切っているのだ。

芽衣子は現地の協力者の設定。

あえて堂々とバーで語り合うことで怪しまれないようにしている。各国要人が多く訪れるこの伝統あるホテルは、そのセキュリティチェックの体制の厳格さには辟易するが、逆に盗聴の心配もなかった。ホテル内は完全にジャミングもされている。

「そういうわけですか」

腑に落ちる仮説だ。

「たぶん、このところ急激に件数が増えたので、その協力者がリストの提供を休止したんだろう。それに対する威嚇だ」

小口の顔の前で葉巻の煙が入道雲のように膨らんだ。

「瑞西堂はいい迷惑でしたね」

モヒートを呷る。

「リストの提供ばかりではない。おそらく銀橋トラベルの誰かが回収した現金の地下銀行役も請け負っていたと俺は見る」

「たしかに旅行代理店は便利だわ。世界中に取引相手が存在するんですものね」

芽衣子は肩を窄《すぼ》めた。

バーのステージにバンドマンたちがあがってきた。かのライザ・ミネリもここで歌ったことがあるそうだ。

闇社会を語る際によく使う地下銀行システムとは、実際に送金が行われるわけではない。相互にプールしてある現金を、相手国の組織と融通しあうのだ。

日本で受け取った金額をマニラの組織に伝え、その組織が立て替えて渡す。悪の信用取引だ。証拠はまったく残らない。

旅行会社や貿易会社が関わっていれば、それはより容易になる。どちらも同じ手口の信用取引をしていることが多いからだ。

「現金の運び屋としても使えるだろう」

小口がウイスキーを旨そうに呑んだ。

この上司の舌はリスクの高い仕事に向かうほど酒が旨く感じるという。実行するのは部下だということを忘れている。

「一般人が、そんな危ない橋をわたりますか」

バンドが音を出した。フォー・リズムに女性ヴォーカリスト。

曲は『ユード・ビー・ソー・ナイス・トゥ・カム・ホーム・トゥ』。ヘレン・メリル・バージョンを完コピしている。

「手にした額が大きすぎて、組織の運び屋では手に余ると判断したのだろう。それで空港の内部構造、入国審査官の態度にも精通している旅行会社の社員を活用したとしてもおかしくない。もちろんフィリピン人協力者もいる」

とスマホを見せられた。

男女の顔写真だ。

男の顔の下には銀橋トラベル島田《しまだ》龍平《りゅうへい》と記されている。

女はフィリピン女性らしい。モニカ・ロペスとある。

「この女は？」

「島田が頻繁に通っているフィリピンパブのホステスだ。浅草にあるパブだ。調べたら彼女の渡航手続きはすべて島田が行っている。内縁関係にあったと見ていいだろう」

芽衣子はふたりの顔を凝視した。十秒見て網膜に叩き込んだ。最低二年は忘れない。

「なるほどそのコンビで現金を運んでくる疑いがあるということですね。それを確認するまで踏み込むなと」

芽衣子はモヒートを飲み干した。

しばらくはサンタ・アナのマンションを見張り、沢村の行動パターンを捕捉しておくことになる。

曲のリズムに合わせて身体を揺すりながら確認した。そのほうが怪しまれない。

「そういうことだ」

「ただし、盗聴を聞いている限り、かけ子の環境は劣悪です。出来るだけ早く解放しないと、かけ子が逃亡の末、始末されるということもあり得ますが」

危惧として伝えておく。

「分かっている。だがこの事案、単純な特殊詐欺事案ではない可能性も出てきた」

「といいますと？」

思わず眉間にしわが寄る。

「満代商会だ」

そう言って小口は、クリスマスイブの日にあったもうひとつの強盗事件について話し始めた。

「瑞西堂が襲われる約二時間前に、満代商会の総帥、元尾忠久の屋敷が襲われている。やはりサンタの格好をした強盗団だった」

「それは偶然ではないと？」

「強盗に入ったのを見て見ぬふりしていた連中がいた。こっちが尾行しているのを知らずにな」

小口は得意そうな顔をした。

「うちは誰を尾行していたんですか？」

「ＤＩＨの連中さ」

同業者だ。

芽衣子は口を挟まず頷いた。

ＤＩＨが監視していたというだけで、満代商会が安全保障問題に関わっているとうかがえる。そしてわがＮＩＳは四情報機関の国内活動全般に目を光らせているということだろう。

海外諜報担当部門とはいえ、国内の情報も可能な限り蓄積しておきたい。連動する事案は頻繁に発生するからだ。

国内情報を探るには他の四情報機関を見張るのがもっとも合理的な手法となる。

「ＤＩＨのふたりがサンタを追ったが、そのうちのひとりが消された。サンタが逃亡中に車から放り投げた荷を受け取ったのがこのフィリピーナだ。繋がりはわからんがね。その二時間後に島田龍平が勤務する銀橋トラベルの階下の高級時計店が襲撃された」

小口は再びモニカ・ロペスの画像を指さした。

「なんだかわくわくしてきますね。その荷物に秘密が隠されていそうです、高級時計店襲撃はむしろカモフラージュ」

小口がうちのヤマに繋がるという意味がわかった。

「消されたＤＩＨの諜報員はこのフィリピーナを追っている最中だった。防衛省は固く口を閉ざしているがね」

単に沢村率いるルーク一派が、二重強盗《ダブルスチール》を図っただけなのか。はたまた満代商会がなにか国家的陰謀に関わっていることを知って襲ったのか。

奪った荷物によるということだ。

「双方のサンタたちは捕まったんですか？」

「まだだ。いずれ割れるだろうが、二か月はかかるだろう」

「捕まえても、闇バイトサイトで釣られて指示を受けただけの連中でしょうからね。それにとっくに海外に逃亡されているかもしれないですね」

モヒートのグラスが空になった。もう一杯頼みたいところだが、ここでウエイターを呼ぶと話の腰を折ることになるので我慢する。

「その通りだ。満代商会とルーク一派が繋がる根拠はいまのところない。だがもし元尾邸への襲撃もルークの威嚇攻撃だとしたら、何かのサインと見ることも出来る。満代商会の元尾忠久社長は事情聴取に対して、たいしたものは奪われていないの一点張りだ」

その供述こそが、疑う根拠になる。

マニラを介在させた安全保障に関わる取引。

なんとなくそんなことが匂う。

現状、フィリピンと中国は南シナ海の領有権をめぐり敵対しているが、マニラと澳門の闇社会同士は繋がっている。利害が一致すればフィリピンマフィアもチャイニーズマフィアも国家の安全保障などはそっちのけで手を組む。ましてや他国である日本の事情などおかまいなしだ。

マニラ・コネクション。

この街ではありとあらゆる犯罪シンジケートが複雑にからみあっている。

芽衣子の脳裏にエルミタの夜に沢村夏彦と一緒にいた男の顔が浮かんだ。マイク・ガルシアだ。

「沢村だけではなく、周辺関係を洗ってみます」

芽衣子は少しだけ身を乗り出した。

「危険手当は東京の銀行に振り込んでおく」

「たっぷりお願いします」

芽衣子は限度額無制限のクレジットカードを持っている。キャッシングも可能だ。その引き落とし口座にさえ金が積まれていれば、世界中どこでも不自由はしない。

「私の他にもマニラに工作員を入れていますか」

「悪い質問だ。コラボをしてもらうべき事態が発生すれば接続員《コネクター》を送る」

小口が不快な顔をした。

NISの工作員は、他の工作員の動きを知らされることはない。同じ事案を追っていても、それぞれ別な指示を受けており、それは小口と長官だけが把握しているのだ。情報漏れの危険、あるいは同僚が他の機関に寝返っている可能性も否定できないからだ。命にかかわる情報でもあった。

芽衣子は、答えるはずがないと知っていて訊いたのだ。

だが、いまの小口の不意をつかれたような目の動きで分かった。

他にも入れている。

「すみません。確かに悪い質問でした。もしかしたら寒い国にいるはずの虎《タイガー》が、この南国の島に入っているのかなと、ちょっと嫉妬しましてね」

「おまえの誘導には乗らん。話を戻す、ルーク一派が単なる仲間割れによる威嚇強盗をしただけと判明したならば、予定通りサンタ・アナのマンションにいる日本人かけ子の解放作戦に移っていい。その場合のやり方は任せる。だがその前に彼等のマニラでの背後関係を調べてほしい」

小口は今度は表情を変えずにそう言ってきた。

――虎の投入はない。

芽衣子はそう確信した。

「わかりました」

芽衣子はここで、ウエイターに手を上げフローズンダイキリをオーダーした。

「ブラック・ナザレ」

小口がグラスの丸い氷を回した。

「えっ？」

「現金の引き渡しはその日だろう」

女性ヴォーカリストの掠れた声と共に、小口が自信ありげに言った。

＊

小口のその予見は見事に当たった。

昨夜から沢村はエルミタに入り、側近の三人とガルシア・ファミリーの連中とクラブ『サンパギータ』で共に過ごし、女を三人も引き連れてロハス通りに面した高級ホテルに泊まっていた。

そして今朝、ひとりでロビーに降りてきた。

側近の三人、山川、源田、新庄がロビーで迎え、すでに群衆で埋まりつつあるロハス通りをリサール公園に向かって歩き出した。

全員、Tシャツにハーフパンツ。沢村のTシャツの柄はローリングストーンズの舌のマークだった。

芽衣子はあえて間合いをつめて尾行した。

前後左右から押し寄せる人波は、まっすぐ歩くのが困難なほどに膨れ上がり、しっかり接近していなければ見失ってしまいそうだった。

同時に二年前のソウル梨泰院《イテウォン》での群衆雪崩事故を思い出す。それほどの人出だ。

沢村たちはリサール公園に入った。

ブラック・ナザレは果たして今頃どこを運行しているのかわからない。人々は口々に、チャイナタウンからイントラムロスにはいっただとか、いいやまだキアポ教会を出たばかりだとか、言っている。

この群衆ではスマホで情報を得ようにも、落としたら最後踏みつぶされるのは必至で、確認のしようがなかった。

それは前を歩く沢村たちも同じで、ただ流れに沿って前進しているようであった。いつもなら五分も歩けばたどり着けそうな距離を三十分以上もかかって、ようやくリサール公園に入った。

ここもたいそうな人であったが、通りよりはさすがにましだった。歌っている者もいる。顔を黒く塗り、自らもブラック・ナザレになっている者も多くいた。

る。天に向かって祈りをささげている者もいる。

沢村たちは、ホセ・リサール記念碑の前で立ち止まった。比較的この辺りが空いていた。ブラック・ナザレの山車《だし》が通るコースからはずれているのだろう。

一月だというのに南国の太陽は眩しすぎ、気温は二十八度だ。フィリピン人が一年中陽気なのは、冬というものを知らないからだろう。

この国で出会った人たちに、人生の秋だとか、冬だとかいっても、首を傾げられるばかりだった。夏に生まれて夏に死んでいく。

それはそれでなんだか羨ましい。

芽衣子は日差しを避けるために、いつものサングランスを掛けた。動画撮影も可能なサングラスだ。

ブラック・ナザレを載せた山車が、リサール公園に入ってきた。

熱狂した群衆が像に触れようとその方向へと駆け寄る。ホセ・リサール記念碑の前から人が退いていく。

が、沢村たちは動かなかった。

てっきり群衆に紛れて、現金の受け取りをするのではないかと推測していたのだが、まったく動かない。

上手く計算されている。芽衣子はそう思った。

群衆に紛れて取引をするが、強奪者や捜査員の監視の所在を確認出来る場所に立っているのだ。

群衆という盾を失った芽衣子としては、後退するしかなかった。この場でブラック・ナザレの山車に向かわない者の方が不自然なのだ。

胸底で軽く舌打ちしながら、群衆の背中を追い、再び人の群れに紛れながら、記念碑付近を見やる。その距離は百メートルほどだ。

サングラスの蔓《つる》に付けられていたボタンを押し、マイクロレンズが捉えた画像を右目側のレンズにだけ映し出す。レンズがモニターにもなる仕組みだ。左目は普通のままだ。

ボタンをタップし続けると、望遠倍率が高くなる。

NIS自慢のハイテク装置だ。

右目に沢村たちの様子が大きく映し出される。

スキンヘッドの源田が顎をしゃくった。

その方向に視線を向けるとロハス通りの方から、日本人観光客の一団を引率した島田龍平とモニカ・ロペスが現れた。

それぞれリュックを背負っている。他の客たちもそれぞれにリュックを背負っていた。団体と言っても客は五人だ。

この混雑中で大変だったろうが、なるほどうまい合流の仕方だ。島田がわざわざこの日のために仕立てたツアーだろう。

空港では顔見知りの入国審査官と保安検査員を抱き込んで、全員の荷物をノーチェックで出させたはずだ。

島田はブルーのポロシャツにベージュのチノパン。添乗員らしい地味な出で立ちだ。モニカは白のタンクトップにピンクのエナメルのマイクロミニ。顔写真ではわからなかったがスタイルは抜群だ。マロンブラウンの髪をたなびかせながらやって来る。

他の客たちはTシャツにハーフパンツばかりだ。真冬の日本からやって来たばかりだから肌が生白い。皮膚がまだ南洋の島に慣れていない感じだ。時差は一時間だが、寒暖差は二十度以上ある。

沢村たちもこの観光客の中に紛れ込む気ではないか。

そう思い、沢村に視線を戻すと、彼はすぐ近くに立っていたふたりのフィリピン人に目配せした。どちらも人相が悪い。ひとりは頬に切り傷があった。もうひとりはやたらと背が高い。

ふたりが親指を立てると、どういうわけか沢村たち四人はその場から離れた。隣接するチャイナタウンの方へ歩いていく。

どういうシナリオになっているのか？

芽衣子はホセ・リサール記念碑の方へと歩を進めた。サングラスの映像は切った。

島田の率いる日本人観光客の一団まで十メートルと迫ったとき、人相の悪いフィリピーノがふたり近づいた。

「あっ、皆さん、ちょっとお待ちください。こちらは、さっき言いましたブラック・ナザレの側に接近するためのボディガードの方です。山車の周囲は熱狂した観客が多く大変危険なので、この方たちにガードしてもらいます」

そんな声が聞こえてきた。

続いてモニカが男ふたりにタガログ語で話しかけた。

「レイアよ。彼はルーカス」

と島田を指差す。芽衣子は滞在三か月で、タガログ語もある程度は習得していた。

「俺はハンソロ。こいつはチューバッカだ」

頬に傷のあるハンソロが背の高い男を親指で差した。

映画『スター・ウォーズ』に因んだ符牒で統一しているわけだ。

「ルークに渡して」

レイアことモニカと島田も背中のリュックを降ろし差し出した。

頬に傷のあるハンソロと背の高いチューバッカがそれを受け取り、四人が握手をした。後方で熱狂の歓声があがる。

振り向くと青空の下、陽光に照らされた黒十字架とキリスト像がくっきりと見える。公園中央でいったん止まっているようだ。

触ると厄除けになる、奇跡が起こる、問題が解決するという伝説から人々は、我も我もと像に近づいていった。

「それではいきましょうか。ハンソロさん、チューバッカさん、先導をお願いします」

「OK。俺たちが人を掻き分ける。ついて来いよ」

チューバッカとハンソロが先頭に立って歩きだした。強面と腕力で群衆を押し分け、観光客が通れる道を確保しようというのだろう。

往年の日本のヤクザが祭りを仕切るようなやり方だ。この国では金さえ積めば警官でも同じことをしてくれる。

歩き出した一団に芽衣子も続いた。間合い五メートル。

不意にチューバッカがTシャツの首筋を押さえて、右に飛び退いた。左右を確認しさらに空を見上げている。

カモメが三羽舞っていた。

「危ねぇ。ションベンをかけられるところだった」

そう口にしたとたん、チューバッカの身体がぐらりと揺れた。

「どうしましたか？」

島田が腕を取ろうとすると、チューバッカはそのまま前のめりに倒れ込んだ。土の上にうつ伏せになった後も身体を痙攣させ続けている。

つづいてハンソロも呻きながら倒れた。

周囲に人が集まってきた。二十人ぐらいだ。そのうちの何人かがチューバッカとハンソロのリュックを奪い取り、ブラック・ナザレを囲む群衆の中に紛れ込んでいく。

あっという間だった。

公園を警備していた警察官も数人駆け寄ってきた。

「その日本人が何か液体を撒いたぞ」

誰かがタガログ語で言っている。

「えっ、いまなんて言ったんだ。モニカ、通訳してくれ」

島田は呆気に取られていた。そこにフィリピン人の子供が寄ってきて、島田のポケットに小瓶を入れた。目薬のような小瓶だ。島田は気づいていない。

「知らないよ。私、あなたと関係ない。何もわからない」

モニカは早口でそういうと、その場から駆け出した。

芽衣子はわざとモニカにぶつかり転んだ。

モニカが目を吊り上げて、芽衣子を飛び越えていく。黒い小さなショーツを眺めながら、彼女のトートバッグに盗聴装置付き発信機を放り込んでやる。ボタン形電池の最小サイズと同じ大きさだ。

「邪魔よ。どいてっ」

ホワイトジーンズについた湿った匂いのする土を払いながら起き上がった。

五人のツアー客は呆然とその場に立ち竦んでいる。

「死んでいるぞ」

チューバッカを仰向けにし瞳孔を確認した警察官がいう。島田はただちに捕らえられた。

土の上にうつ伏せに這わされ、ボディチェックを受けている。

ポケットから目薬のような小瓶が取り出される。

「なんだそれは、俺は何も知らない」

島田が蒼ざめてそう訴えているが、もはやどうにもならないだろう。

「話は、署で聞く。そこにいる日本人たちも一緒だ。一列に並べ。連行する」

警察官は観光客たちにも拳銃を抜いて命じた。英語だ。日本人たちも理解したようだ。

芽衣子は目立たないように、そっとその場を離れた。

金が奪われ、島田は拘束された。二名の殺人容疑となれば、さすがに賄賂は利かないだろう。無期懲役はまぬがれまい。もはや、島田が日本に帰ることは難しい。

可哀そうなのは一緒に来た観光客たちだ。彼らもまた当面、帰国はかなわない。

芽衣子はモニカを追った。

ごった返すマビニ通りを横切り、ロビンソン・プレイス・モールに入った。日本の郊外にある大型ショッピングモールと似た作りだ。

先月まではメインホールに大きなクリスマスツリーが設置されていたが、年が明けてからはなくなっていた。

今日に限っては周囲の通りよりも、モールの中の方が空いているようだ。

芽衣子は通路に張り出すような格好でテーブルを並べたカフェに座った。

紙コップのコーラを飲みながら、おもむろにスマホを取り出し、追跡アプリをタップする。

モニカの居場所を示す信号がマラテの中心部で点滅していた。

マラテはエルミタと並ぶ歓楽街だ。

ここロビンソン・プレイス・モールはその二大歓楽街の中央に位置している。

——追える。

芽衣子はそう確信した。

コーラを一気に飲み干し、紙コップを握りつぶしながらモールを飛び出した。

行く手はブラック・ナザレのいるリサール公園とは逆方向だ。

道は空いている。

ふと雑貨屋の前にある自転車が目に止まった。古く車輪はさび付いているが、タイヤに空気はきちんと入っているようだ。

「マスター。あの自転車を百米ドルで売ってくれない？」

白髪頭に皺《しわ》だらけの店主にいきなり二十ドル札を五枚握らせる。

「百二十だ」

抜け目のない店主だった。

しょうがないので二十ドル札をもう一枚、レジカウンターに置く。

ボロ自転車で百二十ドル（約一万八千円）だ。ロビンソンモールの自転車ショップなら三千ペソ（約八千円）で新車が買えた。この際、急いでいるので行きあたりばったりでもしょうがない。

「尾行して襲おうとしても無駄よ。これ以上は持っていなんだから。それと外交官を襲ったら、やっかいなことになると付け加えておくわ。とくに我が中国とはね」

そう釘を刺してやる。

「チャイニーズとなんか揉めるものか。すぐに外交問題にしやがる。持って行きなよ」

店主は鍵とレジカウンターの横にあったバブルガムを一袋くれた。おまけのつもりらしい。色が違う五粒入りだ。

盗聴用のイヤーモニターを片耳につけ、さび付いた自転車を漕いでマラテに向かった。せっかくだからバブルガムを一個口に放り込む。グリーンの粒にした。大きく膨らませながら走った。

2

ゴーゴーバーやKTVラウンジがひしめくマラテの中心部に入ったが、日の高いこの時間は閑散としており悪臭が漂っていた。まるでゴーストタウンだ。世界中の歓楽街がそうであるようにマラテもネオンが灯るまでは、死んでいるようなものなのだ。

強い向かい風が吹いてきて風船ガムがパチンと破れた。

その瞬間、イヤーモニターからモニカの声が入ってきた。

「マイク、私、びっくりしすぎて、倒れちゃうところだったよ」

まだ息が荒いような口調だ。

「物語に信憑性をもたせるには身内ごと騙すのもひとつの手だ」

英語だ。マイク・ガルシアが言っているようだ。

「あのふたりは、ファミリーのメンバーじゃなかったの？　死んだわよ」

「当然さ。リカルドもスアレスも闇カジノで売り上げた金を掠め取っていた。ファミリーを裏切ると必ずああいう目にあう」

「いったい何が起こったのか私には、まったくわからなかったわ」

モニカの声はまだ震えていた。目的地に到着したばかりのようだ。

電波が入る圏内に入ったところで、芽衣子はスマホの追跡マップを再確認した。

現在地点より南側、歓楽街のはずれの方でマークが点滅している。芽衣子は自転車を漕ぐ速度をさらに早めた。

マビニ通りとタフト通りのちょうど中間あたりで点滅マークと現在地マークが重なった。

『MALAKI《マラキ》 MOTORS《モーターズ》』

すぐわきにある中古車販売店だ。

通りに面した駐車場に五台の日本車が並び、その背後に修理工場とオフィスがあった。

オフィスで話しているようだが、ブラインドが下ろされているので中の様子はうかがえない。芽衣子は十メートルほど先に進み、耳を澄ませた。

「本当に腕の立つ狙撃手を抱えているようだな。俺も見抜けなかった。どんな奴か聞いてもいいか」

低く凄みのある声がする。だがいわゆるジャパニーズ・イングリッシュだ。沢村の声だろう。

「見抜かれるような奴なら雇っていないさ。すまんが素性はまだ明かせない。いずれ夏彦にも紹介する。その時まで待て。こっちの裏切り者の始末と、夏彦のリクエストを一気に片付けたんだ。いずれにせよグッジョブだろう」

マイクが機嫌よさそうに笑う声が続いた。

「だったらなぜ島田もやってしまわなかったの？　彼と一緒にいた私が疑われるわ。彼がいろいろ喋って、私が日本に戻れなくなったらどうするのよ」

モニカは自分の立場だけを心配していた。島田に愛情などもっていなかったということだ。

「島田はたとえ刑務所に入れられても何も喋らないよ。目の前でふたりのマフィアが殺されるのを見たんだ。むしろ当面刑務所にいるほうが安全だと思うさ。東京で俺を裏切ろうとしている連中も、島田がマニラの刑務所にいることを不気味に思って当面また従うだろう」

沢村が日本語で言った。

東京で沢村を裏切ろうとしている連中とは誰だ。

芽衣子の脳裏に満代商会と元尾忠久の名が浮かんだ。

「島田が喋らんように弁護士を手配してある。安心させたら余計に喋らないさ。山川、弁護士は？」

「すでに警察が手配してくれましたよ。ドニー・カルロス弁護士がもう警察署に向かっているはずです」

沢村の問いに山川が答えた。源田、新庄もそこにいるのだろう。公園にいた警察官ふたりもすでに買収されていたということだ。

ほぼ完ぺきなシナリオだ。

欠陥はただひとつ。ＮＩＳがマークしていたということだけだ。

「それでリュックは？」

沢村が凄みのある声に変えた。

「直《じき》に来る。そうイラつくな。サンミゲールでも飲んで気を鎮めろよ」

マイクが窘《なだ》めた。微かに缶ビールのトップを引く音がいくつも聞こえた。

「日本円で一億五千万だぜ。途中でパクられたら承知しねぇぞ。これだけの現金を空港でうまく通せたのは島田だからだ。マニラに入ってからの護衛はそっちに頼んだが、取引《ディール》は金が目の前に置かれるまで完了しない。それまで乾杯はなしだ」

悪党ほど猜疑心が強い。常に人を騙すことばかり考えているから、相手も同じだと考える。

いやな人間関係だが、それは外交や諜報活動に置き換えれば、至極真っ当なことだ。

戦後の日本人は平和主義、理想主義に傾き過ぎてはいないだろうか。リアルな世界情勢はこのふたりの関係に似ているのだ。

「俺が裏切るかよ」

「裏切ったら東京にいるガルシア・ファミリーのホステスやマフィアはすべて俺らの仲間に殺《や》られることになる。そしてマイクの東京コネクションそのものが潰されると、わかっているよな」

沢村が日本語で恫喝した。

モニカが早口でタガログ語に訳す。外交もこのぐらいの気迫が欲しいものだ。

「夏彦、怖いことを言うなよ。金を掠めたやつがどうなるかは俺自身がよく知っている。俺は、そんなせこいことをするためにマフィアをしているわけじゃない」

マイクの喉が鳴る音が聞こえた。

「マイクがせこい奴とは思っていない。だったら俺と組んでいる理由もそろそろ聞かせてくれてもいいんじゃないか」

沢村が詰め寄った。

ふたりの間に、なにかあいまいな部分が残っているようだ。

「俺たちを見捨てた世間に報復するためさ。この国は日本などより遥かに貧富の差が激しい。急成長しているように見えるが、きちんとした家庭に育たなかった者には生涯チャンスが廻ってこない。パンは盗まなければ食えない子供がいっぱいいるんだ。俺はそういう環境で育った者を集めて仕事を与えている。稼ぐために悪事もさせるが、警察から守る手当もしている。仲間は裏切らない」

マイクがゆっくりした日本語を使った。昭和の任侠映画の主人公が言うような論理だ。

「きれいごと過ぎて、余計疑いそうだぜ。本音はそれだけじゃないだろう」

沢村は平成生まれだろう。たやすく情に流されないようだ。

「わかったよ。確かに俺の本音は別なところにある。そいつはおまえがマニラを去るときに伝える。必ずだ。ひとつだけ信じてもらいたいのは、おれは夏彦がヨコハマの娼婦の子供だってことで共通点を感じている。前にも言ったが俺の母親もスービックで娼婦だった。オヤジは米兵だったと聞かされている。恨んでいるよ。アメリカを」

スービックは現在でこそ経済特別区として豊かな町になっているが、一九九一年までは米軍基地だったエリアだ。

「俺も、自分を見捨てた父親を恨んでいる。そいつはわかる」

沢村がそう言ったところで、扉が開く音がした。

「ボス、遅くなりました。リュックです。俺ら言われた通り開けていませんからね。中身についてはわかりません」

今度はタガログ語だ。公園でリュックを奪い取った男たちが戻ってきたようだ。

「それでいいのよ。詰めた私が見たらわかることだから」

モニカが沢村にもわかるように気遣ったのか、日本語で言った。

「おうっ、開けてみてくれ」

沢村の声だ。

少しの間、雑音だけになった。

芽衣子は自転車をUターンさせ、マラキ・モーターズの方へと戻った。駐車場の小型車の間に自転車が二台立て掛けられていた。あちこちの道が車両通行止めになっている今日に限っては、自転車が一番効率がいい。初めからそう計画されていたのだ。

「一番上にあるお札の番号がどちらもあっているわ。ふたりは手を触れていないと思う」

「山川、源田、マイクの前で数えろ」

沢村の声にふたりが、威勢よく返事をした。

「七千五百万きっちりあります」

「こっちもです」

山川と源田が答えた。

誰かがヒューと口笛を吹いた。

「マイク、そっちの取り分は五千万だ。残りの一億分はわかっているな」

沢村は再び凄んでいる。

「わかっているさ。おいラモン、チャンを連れてこい」

「はい」

その声と同時にオフィスの扉が開き、若い男が飛び出してきた。芽衣子は咄嗟に自転車をバックさせた。

十二月にエルミタのダーツバーで見かけた男だ。

ラモンは駐車場に売り物として並んでいた小型車トヨタ・ヴィッツに乗って飛び出していった。

追わずに待つことにする。

いまはオフィスの中の会話を聞く方が先だと判断する。

「マイク、さっきの話だが、俺らも、そろそろマニラを出る時期がきたようだ。島田がびびってリストを上げてこなくなったのも、日本の警察が銀橋トラベルに辿りつこうとしている気配を察したからだ。しばらくマニラを離れたい」

沢村が言っている。

サンミゲールを飲みながらのようだ。ときおり喉が鳴る音がする。芽衣子も喉が渇いてきているので、なんだか羨ましい。

「他の旅行会社の協力者も足が止まっているのか？」

「止まってる。ただ、今回の揺さぶりで一時的に回復はするだろう」

「そうよ、せっかく私の友達のミッシェルもソフィアも浅草や赤坂の旅行社の男をせっせとたぶらかしたのに、そのルートを潰すのはもったいないね。フィリピンへ来るお客のリストだけじゃなく、USAやユーロの客とかいろいろあるでしょう」

モニカは不満気だ。最前線で身体を張っている自負があるのだろう。

「いや、一社がマークされたということは時間の問題だ。日本の警察が実行犯のテレグラムをもし解析してしまったとしたら、いずれフィリピン警察に手がまわる。モニカの仲間には早めに店替え出来るように俺の方から日本のプロモーターに手を打っておく。しばらくはピンクトラップはナシだ」

沢村の手口の一端が読める話だ。

「それならモニカやミッシェルが現金を運ぶのもやばいと思う。もちろんキクチチエミさんもしばらくは本業にだけ専念してもらったほうがいい。彼女が金を運ぶのは危険だ」

マイクが同意した。

キクチチエミさん？

日本人女性も絡んでいるのか？

「マイク、最後に荒稼ぎをやって、そっちにはさらに五千万円を渡す。だから俺らを上手く脱出させてくれ。山川たち三人は新たな国で同じような組織を作りあげる。そこでの稼ぎに俺は絡まない。日本ではこれを暖簾《のれん》分けという。ガルシア・ファミリーとの今後の関係はこいつらの考えしだいだ」

いよいよ高飛びするつもりだ。

「どうやって荒稼ぎをする気だよ」

マイクが聞いている。

「電話はやめだ。直接の強盗をがんがんやる。短期集中でな」

「なるほど」

マイクが納得したような声を発している。

「山川、源田、新庄、明日から闇バイトで釣った連中に、宝石店や高級腕時計店をがんがん襲撃させせろ。奪った商品を例のルートで換金したら、直接シティバンクの口座に振り込ませろ」

沢村が命じた。

「いやいや夏彦、シティバンクはもうまずい。マニラの刑事を甘く見るな。島田を揺さぶって、なにか金になるネタはないか探すはずだ。島田も、取り調べのあいだに外部との連絡など優遇措置が欲しいからあのマニラの旅行会社の口座を教えるだろう。刑事はそこに入る金を横取りするさ」

マイクが諭した。

「ちっ。ならチエミにプライベートジェットでも使わせるしかないな」

沢村がため息交じりにいう。

「いや、夏彦、手はある。いまからここにくるボビー・チャンに扱わせたらいい。一回こっきりなら受けてくれる。後は俺が引き受ける」

マイクの声は自信ありげだ。

話はそこでいったん途切れた。

沈黙が続く中でトヨタ・ヴィッツが戻ってきた。

ラモンの隣に薄くなった髪をオールバックに撫でつけ、口髭を生やした小太りな男が座っていた。きちんとスーツを着た中年男だ。しかも黒のスリーピース。円型眼鏡も掛けていて一見銀行員に見えないこともない。

ヴィッツにつづいてカーキ色の装甲車のようないかめしい車両がやってきた。

マニラでよく見かける現金輸送車だ。民間の警備会社の車両だが、まるで軍用車だ。銃社会のフィリピンならではの光景だ。運転手の他に警備員が三名乗っていた。

ヴィッツを降りるとラモンと共にオフィスに入ってきた。現金輸送車はエンジンをかけたまま停車している。

「夏彦、紹介するよ。ボビー・チャンだ」

中国系フィリピン人だろうか。

「世話になる」

沢村が答えた。

「はい。ここに日本円で一億円分の預かり証を持参してきました。『マラカニアン・パレスホテル』のカジノ『キング』でチップに替えてください。利息は付きませんが、十年間は保管可能です。いつでも引き出したいときに換金してください」

ボビー・チャンが物静かな口調で言う。カジノのVIP担当者のようだ。

芽衣子にはこれで全てが読めた。

実に単純なマネーロンダリングの手法を用いているのだ。

まずは日本で詐取や強奪した金を、いったんカジノに入れチップに替える。

そのうえでプレーして増やすも減らすも自由。もちろん軽く遊んで残りは換金するもよしだ。カジノの換金証明書があれば、表の金として動かすことができる。

そして銀行以上に口が堅いのがカジノだ。

「チャンさんとやら、よろしく頼むぜ。ところで、あんたのカジノは、日本からの送金も受け付けてくれるのかい？」

沢村が聞いた。

「もちろんです。ハイローラーの方はデポジットとして送金して頂いておりますし、カジノで負けてホテルの滞在費が支払えなくなったお客さまが、ご家族かご友人にご送金を依頼して決済なさることも頻繁にございます」

「なるほど。その手が使えたか」

沢村の声が弾んだ。当然だ。

「どうぞマイクさんを通じてご依頼ください。ただし手数料はいただきますが」

「OKだ。いろいろ頼むことになるだろう」

「それでは、現金は私共がお預かりいたします」

チャンがそう言うと、現金輸送車からヘルメットに防弾ベストを着こんだ警備員が三人降りてきた。ひとりは肩からサブマシンガンを下げている。

オフィスに入るとすぐにリュック二個を手に戻ってくる。ボビー・チャンも一緒に出てきた。

現金輸送車は官庁街であるマカティのほうへ走り去って行った。ブラック・ナザレのパレードとは逆方向である。

「よし、今月中に日本で奪えるだけ奪う。マイク、そっちのファミリーへのコミッションもたっぷり落とす。その代わり、俺たちの脱出方法と行く先を確保してくれ」

チャンが去った後で沢村の高揚した声が響いてきた。

「OK。山川、源田、新庄の三人は、中国系フィリピン人として澳門に入る手はずを整える。その後、山川はジャカルタ、源田はバンコク、新庄はプーケットでうちのファミリーがサポートする。それでどうだ」

マイクの提案に三人が同意するような声が聞こえた。

「俺は？」

沢村が聞く。

「夏彦は日本人のままドバイに入ってもらおうかと思う。チエミさんと一緒に入ってもらうのがベストだ。しばらくはのんびりしてもらっていい。ドバイにいるガルシア・ファミリーが面倒を見る」

「さすがはガルシア・ファミリーだ。アジアから中東にまで拠点《ベース》を広げているんだな。だがなんで俺だけチエミと一緒なんだ」

「今度は夏彦に、俺の仕事を手伝って欲しいのさ。あとは別れる時に言う」

「OK、マイク。三年間、おまえには世話になった。この国を出る時には俺も腹を割って話すよ」

そう言って、沢村たち四人は中古車販売店のオフィスから出てきた。

芽衣子は咄嗟に自転車を前進させた。バックミラーで様子をうかがう。四人は全員サングラスを掛け、ばらばらの方向に歩いて行った。

それぞれの拠点に戻るのだろう。深追いの必要はない。

芽衣子は監視ターゲットをマイクに変更することにした。自転車で周囲を一周しながら、盗聴器に耳を傾けた。

手下たちが、ランチに出かけたようだ。

「マイク、もう私、興奮しすぎてアソコびしょ濡れ。空港からずっとやりたくてしょうがなかったのよ」

しばらくするとモニカの喘ぎ声が聞こえてきた。

芽衣子はそれを聞きながら、日本へメールを打った。

【キクチエミとは何者か？】

第三章　クロス・ポイント

1

一月九日　午後三時　東京

正月三が日の後に二日だけ間に挟んで三連休が続いたので、民間企業では今日が実質的な仕事始めだったりするようだが、小口稔はマニラから帰国して以来、年末年始も外務省別館にある国家情報院（ＮＩＳ）副長官室に詰めていた。

昨年十二月二十四日に防衛省情報本部（ＤＩＨ）の岡林を殺害した犯人を割り出そうと、データ分析部の職員の解析状況を見守っていたのだ。

御用納めの二十八日以降は副長官室に特別にソファベッドを入れてもらっている。

解析には手間取ったが、約二時間前にマニラの女豹からもたらされた情報により、一気に進展を見ていた。

ＮＩＳは海外における諜報・工作が主務であるが、当然国内捜査も行う。主に海外潜伏の工作員や提携先の情報機関から得る情報の裏取りである。

もっとも国内においては他機関に比して人員が少ないので、あまり自慢できない捜査手法だが、警察や他の情報機関——内閣情報調査室（ＣＩＲＯ）、公安調査庁（ＰＳＩＡ）、ＤＩＨの職員の行動をマークしたり、データに侵入し分析するやり方をとっている。

今回、ＤＩＨの岡林隼人と星野祐輔を尾行し行動確認していたのは、モナコを拠点とする民間情報収集会社『フリーザー』からの情報がもとになっている。

日本から不正に輸出された大型トラックやブルドーザーが中東や北アフリカのテロ組織に渡っているというのだ。

同じ案件を追っているのがＤＩＨだ。

フリーザーはＮＩＳの欧州での唯一の提携先であり、その中枢で元公安部の同僚がひとり働いている。

萩原健《はぎわらけん》。公安時代のコードネームは雷門《サンダーゲート》。

昨年、組織犯罪対策部《マルボウ》への転属を嫌って退職。ひとりモナコに渡った男だ。

その面構えだけでマルボウへの異動を決められたことを不満としたのだ。

萩原は生粋の諜報員である。裏で働くことに生きがいを感じていたはずで、顔で捜査することにさぞかし違和感があったに違いない。

人事一課からの要請とは言え、小口としても同情すべきことであった。

その萩原がＮＩＳをサポートすることを金で請け負ってくれている。以前よりも生き生きとしており、特にフランス国内のテロ集団の動きなどを逐一報告してくれていた。

七月二十六日よりパリオリンピックが始まる。

フランス政府はテロ対策に余念がないが、一方で開会式はセーヌ川での船による入場行進と発表されている。

警備などし切れるものではない。

二〇一五年十一月十三日のパリ同時多発テロ事件は、死者百三十名、負傷者三百人以上を生んでいる。

男子サッカーのフランス対ドイツ戦が行われているスタジアムや、イーグルス・オブ・デスメタルのコンサートが行われていたバタクラン劇場や十区、十一区のレストランやバーが標的となった。

実行犯のリーダーはモロッコ系ベルギー人、自爆した一人はアルジェリア系フランス人であった。旧植民地出身者の反仏感情はいまだに強いと見るべきだろう。

萩原のフリーザーでのコードネームはコロンボ。往年のテレビドラマの『刑事コロンボ』から名付けられたのは言うまでもなく、食えない男という意味らしい。

萩原の情報を元に深掘りしていくと陸上自衛隊が廃車にしたはずの高機動車がシリアとモロッコで三台ずつ確認された。

廃棄車が横流しされているのは間違ない。

このことはＮＩＳだけの情報としていたが、さすがにＤＩＨの方も気付いたようで、自分たちの手で解明し、処理しようとしているのは明白だ。

ＮＩＳはまず国内でＤＩＨの尻を追いかけまわすことから始めた。その結果、諜報員の岡林が息も絶え絶え車に戻る場面を目撃したのだ。

もちろんその死は秘匿されている。

岡林はあくまでも新潟の新海エステートの営業部員として葬られた。

死因は急性心不全。

東京出張中の思わぬ出来事として処理されていた。

ＮＩＳの追跡員の目撃情報によると、あの日の午後三時二十二分、新海エステートの同僚、星野祐輔が、駒沢オリンピック公園の通りを挟んだ国立東京医療センターへ岡林を運び込んだそうだ。

かつての国立東京第二病院。さらにさかのぼるとそこは旧海軍医学校第二附属病院である。防衛省とは浅からぬ縁であろう。

容態が明らかに急変した岡林の姿は、ドライブレコーダーにもしっかり撮影されていた。

星野が運転するレンタカーからサンタクロースの格好をしたフィリピーナを追って、飛び出していく際の岡林はとんでもなく威勢がいい。

だが約五分後に戻ってきたときには、すでに呼吸困難な様子で、助手席には倒れるようにして乗り込んでいる。

VXガスの使用と見るのが妥当であろう。

思い出すのはクアラルンプール国際空港での、朝鮮民主主義人民共和国の最高指導者の異母兄の暗殺事件である。

さんざんホームで岡林の付近にいた人物のその後の行先を探したが、それらしき人物は見つからなかった。

小口は躍起になっていたが、人物の特定は完全に行き詰まっていた。

DIHも陸自が廃車にした高機動車を横流しした経路の捜査から一転、情報員の暗殺という思わぬ事態への進展に面食らい、なんとしてもみずからの手で解決すべく必死に捜査しているはずである。

小口は、事件当日岡林の相勤者であった星野祐輔の集中管理を指示してもいた。

バディを失った星野の心境を思うと、もっともアグレッシブに犯人を捜しまわる人物と思われるからだ。DIHも星野を存分にサポートするはずである。

したがってNISの国内情報部の大半を星野の行動確認にあたらせていたのだ。

案の定、星野は動き回っていた。

だがその星野も空回りを繰り返している。ＤＩＨも確度の高い情報は何ひとつ得てはいないようだ。

ＮＩＳのデータ分析部もモニカの行先までは辿りついたものの、それ以上の成果は上がっていない。

ＤＩＨもモニカが浅草のフィリピンパブ『サラマッポ』のホステスというのは突き止めたはずだが、彼女に関しては深追いしていなかった。

別件の刑事犯の仲間と見ているに違いなかった。

そこが小口との違いだった。

ＮＩＳはたまたま警視庁から特殊詐欺グループの拠点探索の協力を求められていたこともあり、海外渡航者リストの流出にも注目していた。そこにモニカの存在が重なったので、より踏み込んだ見方をしていたのだ。

そのモニカが今朝、マニラに入った。銀橋トラベルの島田と共に、リサール公園にむかったのだ。

そして二時間前。

フィリピン時間の正午だ。

マニラ潜伏中の女豹から緊急報告があった。テレグラムではなく、ＮＩＳ専用の特殊暗号化されたメールによるものである。

マニラに到着したばかりの運び屋である島田龍平がリサール公園で、フィリピン警察に殺人容疑で逮捕された。

横取り強盗に見せかけた犯行だが、最初の金の受取人がVXガスのようなものを首にかけられたそうだ。

だが女豹は、殺された付近に『何かをかけたような人物は見当たらなかった』と報告してきた。

田園都市線駒沢大学駅での岡林の事件に類似している。

女豹の推測はVXガスの入ったカプセルか何かを吹き矢のようなもので飛ばしたのではないかということだった。

これがヒントになった。

小口はこのメールを受けてすぐにデータ分析部に、田園都市線駒沢大学駅の渋谷方面行きのホームの防犯カメラ映像を再度精査するように命じた。

吹き矢、あるいはエアガン、そうしたものの可能性を疑って映像を凝視すると、新たな発見があるかも知れないのだ。

いまはじれったい気持ちを抑え、その結果を待っている。

女豹から、ルークとガルシア・ファミリーによる資金洗浄の手法も伝えられてきた。

カジノとは実に王道の資金洗浄方法である。ラスベガスなどではマフィアがこの方法を使わないようにFBIが厳しい監視体制を敷いているが、マニラとなるとまた別だ。賄賂である程度はどうにでもなるお国柄だ。

ガルシア・ファミリーがマラテで中古車販売業と修理工場を経営しているという報告も大きな収穫であった。

不正輸出の疑いのある満代商会とも繋がってくる要素だ。

女豹には引き続き沢村及びガルシア・ファミリーの動向を監視させる。彼らは特殊詐欺から強盗に切り替えて荒稼ぎをする魂胆のようだが、いまは警視庁に知らせるつもりはない。

国内で被害が増えるのは目に見えているが、NISとしては安全保障事案を解明することを優先させねばならない。

組織防衛を図るDIHと強盗を追う警視庁の刑事部と競い合いになるが、NISとしても一歩も引けない状況になってきた。

女豹の方からもある調査を依頼されていた。

キクチエミという女の洗い出しだ。どうやら沢村と深い関係のある女のようだ。

まずは沢村の日本での過去を徹底的に洗い出すことから始めよう。

副長官室のドアがノックされた。

「浦部《うらべ》です」

ようやく分析結果が出たようだ。

「入れ」

首席分析官の浦部健太郎《けんたろう》が息を弾ませて入室してきた。

「副長官、駅のホームのこの男の動き、見てください」

オークウッドの執務机にタブレットを差し出してくる。

腰を浮かせてタブレットを見ると、フィリピーナの後ろに背の高い痩せた男が立っていた。

このフィリピーナをモニカと特定するのはたやすかった。

各駅に設置された防犯カメラを追跡した結果、モニカが表参道で銀座線に乗り換え浅草駅に降りるところまではその日のうちに確認できたからだ。

そこからは道路監視システムや路面店の防犯カメラの記録に侵入した。

警視庁の捜査支援分析センター（ＳＳＢＣ）は民間の防犯カメラ映像記録の解析にはいちいち許可を得て提供を求めるが、ＮＩＳは、そんなまどろっこしいことはしない。

勝手に侵入し盗み見する。

非合法《イリーガル》な手法ではあるが、国家の安全保障に関わる事案に関してはやむを得ないと考える。

およそ諜報界においては、第二次世界大戦終了後も全世界と交戦状態にあるという立場にならねばならない。

国際社会では、平和を唱えながらも、隙あらば自国の領土を拡大をしようとするのが常識だ。

二〇二一年の十二月。

ウクライナはまだ戦火に見舞われず、人々は平和なクリスマスを迎えていた。

ＣＩＡはこのときすでに、ウクライナ国境に集結するロシア軍の戦車団の異様な数に侵略の恐れを嗅ぎ取りウクライナ対外情報庁（Ｃ３ＰＹ）に幾度となく警告を発していた。

この警告にウクライナ政府は『危機を煽らないでくれ』と反発し、国民の多くも『ロシアが攻めてくるなんてありえない。騒ぎ過ぎだよ』と笑ってツリーの飾りつけをしていたものだ。

旧ソビエト連邦においてロシアに次ぐ中心的な構成国で、連邦解体後もロシアと兄弟国のような関係にあったウクライナに、プーチンが攻撃を仕掛けてくるとは政府も国民も信じていなかったのだ。

だがロシア側の眼には、西側文化を謳歌しはじめ、なおかつ北大西洋条約機構（ＮＡＴＯ）の一員を目指す『弟』は逆賊に映っていたのだ。

年が明けた二月二十四日、首都キーウに爆弾の雨が降る。国際関係とはかくも脆弱なものなのだ。

日本にとってもこれは大きな教訓であった。

ＮＩＳは日本の脅威となる国々の情報を収集し、危険とあらば非合法であっても未然に防ぐ工作をする。ことがあからさまになる前に解決せねば、国論が賛否両論に割れることは明白だ。議論は自由だ。言論の自由も保障される。

だが侵略を決めた国は待ってはくれない。

四千年前は地続きで我が国の領土であったと言い出しかねない現状変更が好きな隣の国。帝国の復活を妄想するロシアは、ウクライナ侵攻以来、北海道はクリル半島の延長上にあるとも吠えだした。

もうひとつ、やられる前にやってやると、ミサイルを撃ちまくっている半グレ集団のような国家もすぐ隣にあるのだ。

危機は国民の意識以上に身近に迫っている。そしてある日突然襲いかかってくるのだ。


モニカは浅草駅を降りると雷門通りから国際通りへと進んだ。

繁華街なので防犯カメラの画像をリレーして追うのは簡単だった。

モニカがたどり着いたのは浅草ビューホテル近くの飲食店ビルの最上階にあるフィリピ

ンパブだった。

その店で銀橋トラベルの社員と繋がり、幸いマニラにはＮＩＳ最強の工作員、女豹が入っていたのだ。

「去年の十二月にこの映像をチェックしたときにはフィリピン女に隠れてよくわかりませんでした。それと岡林の周辺を通った人物ばかりに注目していましたから。今朝の吹き矢ではないかという指摘で、もう一度、つぶさに確認しました。ここです」

浦部がモニカの背後にいる男をズームアップし、画面をややリワインドした。

「咳き込んでいるように見えるが」

小口は男の右手に注目した。

「次です」

浦部が動画の速度をスローに変える。

男は咳を抑えるように手のひらを口元にもっていっているのだが、その手がゆっくり拳《こぶし》にかわる。男の頬が膨らんだ。咳とはやや違う。そして窄《すぼ》まった。

「何か吹いたな」

「はい、この口に当てた拳の間から、何かを発射したように見えます。そしてここに繋がります」

浦部が映像を別の画面にした。

別の防犯カメラがとらえた同じホームで、モニカより十メートルほど離れたところに立つ岡林の映像が浮かぶ。映像の下方に日付と時間が一秒単位で記されている。

「おぉ」

小口は唸った。

タイム表示の一秒後、岡林が額を押さえたのだ。はっきり見えないが液体が付着しているように見える。

痩せた背の高い男は、岡林が天井を向いている間に改札へ向かう階段へと戻っていく。急ぎ足だ。モニカは前を向いたままだ。

「副長官、我々が迂闊でした。モニカの追跡と岡林の周囲にだけ気をとられて、この男の存在を見逃していました」

浦部が悲痛な表情を浮かべている。

岡林をＤＩＨと知って殺害したのならば、こいつは大きなテロ組織か他国の工作員と見るべきだろう。

小口は腕を組んだ。

なにか大きな危機が迫っている。

そんな気がしてならない。

「韓国を本拠地にする宗教集団の線はありませんか。これまで反共の立場で保守勢力に選挙協力などで加担してきたのに裏切られたと、威嚇に出たとか」

浦部がタブレットを受け取りながらいう。信者をマインドコントロールし多額の寄付をさせていた韓国発祥の宗教集団の解散命令が目前に迫っている。

教団側が激しい抵抗を見せているのは確かだ。

浦部の脳裏には二十九年前に、警察庁長官を銃撃した別なカルト集団の例が過《よぎ》ったのだろう。

「いや、その線は薄いと思う。彼らは法廷では激しく闘うだろうが、テロ行為は自重するはずだ。暴力による反撃はむしろデメリットだと知っている」

むしろ韓国発祥の宗教集団はほとぼりが冷めるのを待っているのではないかと思う。

「では満代商会が差し向けたヒットマンということはありませんか。元尾忠久は何か重要なものを盗まれた可能性がありますね。頑なに口を閉ざしているのはその証拠でしょう」

浦部が推論を伝えてきた。

「それもないとみる」

「ありえませんか……」

浦部が額に浮いた汗を拭った。

「満代商会がＶＸガスを扱えるようなスナイパーを雇えるとは思えんのだよ」

「たしかに。ヤクザや半グレが手に入れられるような代物ではないですね。では副長官の筋読みはどうなりますか？」

今度は浦部が聞いてきた。

「確かに満代商会の元尾が何か安全保障に関わる重要な隠し事をしているのはほぼ間違いないだろう。だがそれはＤＩＨが探っていた自衛隊車両の不正輸出事案とは、まったく別件という仮説を立ててみたらどうだ？」

小口の言葉に浦部は沈黙した。

何故、ＤＩＨの情報員がやられたのか？

モニカは偶然やってきた特殊詐欺の運び屋ではないのか？

普通そう考える。

だが小口は、強盗団と満代商会は以前から繋がっていた可能性もあると考え始めていた。

「マニラにいる特殊詐欺集団が何か別な組織と繋がっているとすれば……」

浦部がそう言って、信じたくないというふうに首を横に振った。

「そう考えると、ある程度、辻褄があってくる。強盗団の目当ては金ではなかったのかも知れない」

小口はそう答えた。

「それこそ、脅《こわ》し……」

浦部の顔が強張《こわば》った。

「そういうことだ。もっと車両を回せとか、あるいは元尾の自宅には何らかの機密文書が隠されていたとか。まだ推論でしかないのだがね」

小口は顎《しご》を扱いた。

ロシアとウクライナ、イスラエルとパレスチナではすでに軍事衝突が起こり、中国と台湾の間での緊張が高まっている。

この状況は、第二次世界大戦の前夜と似ていると小口は感じていた。

――世界が百年に一度のシャッフルを望んでいる。

諜報の最前線にいると、そんな気配を感じないわけにはいかないのだ。

「マニラはもとから犯罪者たちの交差点です。ギャングとテロリストが手を組んでいてもなんら不思議ではありませんね」

浦部がまた額の汗を拭いた。

七〇年代から、マニラには日本の犯罪者が多く高飛びした歴史がある。

ヤクザ、左翼過激派、経済犯などさまざまだ。

フィリピンでは、金さえあれば政・官・財へ人脈を広げるのはたやすい。帰国を諦めた彼らは、マニラで独自のシンジケートを形成しはじめた。

大半が日本の闇組織と東南アジアのマフィアを繋ぐコネクターとなり、かつての自分たちと同じように高飛びしてきた者のサポートをすることで大金を得るようになったのだ。それがマニラ・コネクションの始まりである。

八〇年代、九〇年代はその全盛期で、エルミタは歌舞伎町と見まがうほど日本のヤクザが溢れていた。

二〇一〇年代に入り、日本国内において反社組織が一気に縮小すると、勢いマニラで日本の半グレ集団が台頭することになった。

バブル時代に移住したヤクザの子孫と日本から逃げた半グレが手を組み、さらにそこに新世代のフィリピンマフィアが加わった。

近年はそのコネクションが中東、アフリカまで伸びているといわれている。マニラにはそうした国々からの逃亡者が集まっているからだ。

政治犯と刑事犯が混在しているのも特徴だ。言い換えればテロリストとマフィアが出会う街だ。

そしてそのマニラには中国の工作員たちも多数根を張っている。多くは華裔《かえい》マフィアだ。

「さらにややこしい分析が必要になるが、浦部君、まずは羽田空港をはじめとする国内の国際空港の出国ゲートの防犯カメラをすべて当たってくれ。昨年の十二月二十四日から今朝まですべてだ。それと誰か他の者に、沢村と関係するキクチチエミという女についての情報を上げるように指示してくれないか。女豹のリクエストだ」

「わかりました」

浦部は緊張した面持ちでデータ分析部へと戻っていった。

とにかく岡林を殺害した人物の特定を急がなければならない。その男を捕まえなければ、この先、何人もが暗殺されるのは明白だ。

小口は立ち上がり長官室へと向かった。

2

一月九日　午後五時　マニラ

芽衣子は『マラキ・モーターズ』を辛抱強く見張っていた。

マラキ・モーターズの斜め前の『カフェ・カヤモヤン』のテラスからだ。

カヤモヤンとはタガログ語で『頑張って』という意味だ。このフレーズは町中でよく耳にする。

すでに三時間以上もこのテラスに居座り続けているが、誰も不審には思わない。

マニラではコーヒー一杯でずっと通りを眺めている人やビールグラスを片手に半日以上

喋り続けているグループはざらにいる。

芽衣子はひたすらゲームに夢中になっているふりをしてスマホを覗き込んでいた。

陽が西に大きく傾き始めてきた。

リサール公園の方から、ブラック・ナザレのパレードを見物し終えたらしい黄色のシャツを着た人々が、ぞくぞくとマラテに流れ込んできた。

そうでなくとも夜ごと酔客同士の喧嘩が絶えない歓楽街のことだ、今夜は何が起こるかわからない。

あまり長居はしたくないものだ。

そんなふうに思ったときだ。

マラキ・モーターズのパーキングからエンジン音が聞こえた。顔を上げるとトヨタ・ヴイッツが再び通りに出てきた。

マイク・ガルシアが自分で運転していた。

助手席にはモニカ・ロペスが座っている。

すぐにテラスを出て古びた自転車に飛び乗った。芽衣子の愛車と異なり変速ギアもついていないので車を追うには脚力に賭けるしかなかった。

タフト通りを南に向かっている。パレードの影響もあって渋滞気味だったので、どうにかなりそうだった。

マラテを抜けてパサイ市に入る。そのあたりから急に渋滞は緩和され、トヨタ・ヴィッツがスピードを上げた。芽衣子は必死にペダルを漕いだ。

大型トラックやバスの排ガスを被りながら、たそがれのタフト通りをひた走る。

ガツンと背後に何か当たる気配がした。

古ぼけた自転車は金属音の悲鳴を上げ、前につんのめる。芽衣子は路肩に放り出された。古い自転車の後輪ホイールがひん曲がっていた。

「アー・ユー・コリアン？　ジャパニーズ？　マネー、マネー」

振り返るとスクーターに乗った女が目を吊り上げて叫んでいる。

レスラーのような体格の女だ。半帽タイプのコルクヘルメットの庇《ひさし》を上げ、片手にジャックナイフを握っている。

スクーター・ギャングだ。これもマニラ名物のひとつで、北東アジア人が狙われる。うざいがこの局面では逆に助かった。

「いいわよ。素直に出すからナイフだけは勘弁ね」

タガログ語で言ってやる。立ち上がり尻ポケットから米ドル札を取り出す。十ドル札三枚。

「駐在員《レプレセンタティブ》だな。物分かりがいい。マネー全部寄こせ」

女がナイフを突き出したまま言った。黄色のTシャツにブルーデニムのショートパンツだ。
金を受け取るために女がもう一方の手を出してきた瞬間を狙った。
その手首を掴み、スクーターから引きずり落とす。慌てた女はナイフを落とした。
「なにすんのよ」
「はい、お金。このスクーター買ったわ」
十ドル札を投げつけ、同時に女の腹に思い切りスニーカーのつま先を食い込ませた。
女が舗道にうずくまり、ゲボゲボと胃液を吐いていた。
スクーターをかっさらい、マイクの車を追う。
ホンダの125ccだ。こいつならすぐに追いつけそうだった。
二分でトヨタ・ヴィッツのテールが見えてきた。
そのまま付かず離れず追尾する。
ヴィッツが停車したのはニノイ・アキノ国際空港の出発ターミナルの前だ。
助手席の扉が開き、モニカが降りていく。肩からトートバッグを提げただけの軽装だ。
「四月には帰って来るよ。それまで私の家族をよろしくね」
モニカはそう言ってロビーに走っていく。
マニラ滞在は半日。初めからそう決めていたのだろう。
芽衣子はすぐに小口に、モニカが戻ったことをＮＩＳ専用メールで伝えた。羽田と成田を張って貰えば、その後の行動確認が出来る。

銀橋トラベルの島田を売った後、モニカは果たしてどんな行動にでるのか？　興味深い。

マイクはすぐに車を発進させた。

追尾を続ける。

すでにヴァイオレット・スカイだ。

ヴィッツは海沿いのロハス通りを北上していく。高級ホテルが居並ぶ気持ちのよい通りだ。

ザ・ヘリテージホテル・マニラから二ブロックほど進んだところで、ヴィッツは右折した。少し小高くなった位置にマラカニアンパレス・ホテルがあった。

先ほどマラキ・モーターズに現れたボビー・チャンが勤めるカジノ『キング』があるホテルだ。

ヴィッツはその車寄せに入って行く。

かなり古い小型車なのに、ドアマンが駆け寄り恭しく頭を下げている。マイクはそこで車を降り、鍵を預けてロビーへと入って行った。

ＶＩＰ待遇ということだ。

芽衣子はスクーターをパーキングエリアの隅に止め、ホテルへと急いだ。

ロビーに進むためにはマニラホテル同様の厳しいセキュリティを通らねばならなかった。

疑り深そうな目をした警備員に行く先を聞かれたので、カジノと答えた。カジノのあるホテルなら、そう答えるのが一番だ。

ホテルはカモがやってきたと思ってくれる。

ウエストバッグを空港の手荷物検査ゲートと同じX線のベルトコンベアに載せ、みずからも保安ゲートをくぐった。

そうして入ったロビーは広々として、まさに宮殿風であった。

マラカニアンパレス・ホテルとはよく名付けたものだ。

マイクの姿はすぐには見当たらなかったが、芽衣子はカジノ『キング』へと向かった。

ボビー・チャンと会うのではないか。そんな予感があった。

やはりブラック・ナザレのパレード当日とあって、まだカジノはさほど混んでいなかった。

ルーレットやバカラの台の周りにも人はおらずディーラーは所在なげに立ちすくんでいた。

どちらも人だかりができてこそ盛り上がる。ルーレットでディーラーと一騎打ちをするバカはそういまい。

五つあるブラックジャックのテーブルにはそれなりに客が付いていた。テーブルは五人掛けだが、いずれもふたりから三人の客がついていた。

スロットマシーンのコーナーだけは混雑していた。スロットはチップを購入する必要もなく現金を投入するだけなので、運だめしには持ってこいだ。

スロットコーナーから見渡せるバーカウンターにマイクの姿があった。やはりここにいた。

北東アジア系の顔の男と話をしている。

ボビー・チャンではない。三十歳前後の若い男だ。黒のサテンのシャツにグレーのパンツ。酷薄な取り立て屋のような目つきをしていた。

芽衣子はミニマムベット二十ペソ（約五十円）のマシンに座った。二十ペソコインを放り込み、出来るだけゆっくりレバーを引いた。

レバーを引く速度がマシンに影響するわけではない。早くても遅くてもリールが回りだす原理は同じだ。

芽衣子は手持ちのコインで可能な限り長い時間ここに座っていたいだけだ。

映画やドラマのようなジャックポットを引き当てるなど奇跡に近い。

勝とうと座っているわけではないのでラインは三ラインにした。小倍率でもヒットの確率が高い方が粘れる。

それでもマシンは一枚のコインを約五秒で奪っていく。まったくヒットしなければ一分で十二枚のコインが消える勘定だ。

ゆっくり回しながら芽衣子はバーカウンターにいるマイクたちを見張った。

声は届いてこない。

盗聴器を仕掛けたくともカジノは完全にジャミングされているので役に立たない。

当然撮影も禁止されている。

なるほどカジノは密談には格好の場である。

天井のいたるところに監視カメラがあり、芽衣子も下手な動きは出来ない。ここでは監視されているのは自分の方となる。

話の内容を知りたいが接近するにはまだリスクがありすぎた。

スロットレバーを引きながら、ときおりふたりの唇を盗み見することにする。芽衣子はリップ・リーディングが完璧に出来るわけではない。

これだけは同僚の虎《タイガー》の方がうまい。虎は五か国語ほどのリップ・リーディングをマスターしている。

芽衣子は日本語と英語ならば五割程度読み取れる。

コインを入れながら祈るように天井を向き、それからマイクの唇を見た。横を向いていた。

「来週にでも手をうちたい」

英語でそう言っているようだ。タガログ語であれば読み取り不可能であったが、英語だったので理解できた。

「請け負おう。サンタ・アナから運んでやる」

男はそう答えたように見えた。

だが読み取れたのはそこまでだった。

ふたりは丸椅子を回転させ正面に向き直ってしまったのだ。お互いスマホをカウンターに置き、それを見ながら話し合っている。隙は見当たらなかった。

サンタ・アナ。確かにそう言ったように思う。

沢村が拠点にしているマンションがある町の名だ。

二十分後。

ふたりはバーカウンターから動いた。

芽衣子も立ち上がった。

ここまで小さなヒットはあったが結局はロスし続け、日本円で一万円ほど負けていた。ここで運は使いたくないのでちょうどいい。

マイクたちはホテルを出るとそれぞれの車でロハス通りへと出て行った。芽衣子は北東アジア系と思われる男の方を尾行した。

男の車は黄色のフォルクスワーゲン・ビートル。海岸に沿ったロハス通りには妙にマッチした車だ。それをホンダのスクーターで追う。

まるでハリウッド製のレトロ青春映画のワン・シーンに入り込んだような気分だ。

黄色のビートルは、ロハス通りを左折し、マニラ湾に面したフィリピン・プラザのパーキングに入った。

国際会議場に近いこのホテルは、元大統領フェルディナンド・マルコスの妻、イメルダの肝いりで一九七六年に開業。マニラホテルと並ぶ名門とされている。

特に海に向かって打つ、ゴルフレンジは有名だ。

男はパーキングにビートルを駐めると、速足でエントランスに入って行った。「部屋に赤ワイン一本とステーキ・ディナーを頼む。三十分以内にな」

男が若いコンシェルジュにカードキーを示しながら言っている。同時にチップも渡していた。流暢な英語だった。

「張《チヨウ》様。畏まりました。間違いなく三十分以内にお持ちします」

コンシェルジュは嬉しそうにチップをポケットに入れた。

男の名は張というようだ。中国系か朝鮮系か。欧米風の振る舞いは香港か澳門の出身者かもしれない。北東アジア系の顔であっても、ルーツが欧州にある可能性もあるのだ。

芽衣子はこのホテルに宿泊することにした。

ウエストバッグから第三のパスポートとクレジットカードを取りだす。

エイミー君島《きみじま》。日系アメリカ人を装った。実在の人物である。だだし、本物のエイミー君島は現在、コニー・キムと名乗り、クアラルンプールに潜っている。北朝鮮工作員の動向を探っているのだ。

この仕事をしていると、時々、自分が何者かわからなくなることがある。不思議なことに成りすました人間が本当に自分のような気になってしまうからだ。

チェックイン後、芽衣子は小口に連絡し、三十分以内に衣装とメイク道具を調達できるように頼んだ。

エイミー君島のカバーは米国の投資会社『ロッキー・ブラザース』のマネジャーだ。

それらしきパンツスーツや休暇を愉《たの》しむための水着もいる。それらをマニラにもいるはずの接続員《コネクター》に届けさせるのだ。チェックインの際に荷物が後から届くと伝えてある。

きっかり三十分後。部屋にベルキャプテンから電話が入った。

「空港からバゲージが二個届きました。これからお持ちしてよろしいですか」

小口の手際の良さにはいつも感心する。出世するわけだ。

3

翌日。ハイビスカスをあしらったサンドレスを着て、午前七時から朝食をとった。ホテルのメインダイナーだ。

ビュッフェスタイルであった。

世界中どこのホテルに宿泊しても思うことだけれども、朝食ビュッフェは料理の種類が多すぎる。

面食らうばかりだ。

日頃はミネラルウォーターにサプリメントの朝食しかとらない芽衣子だが、この日はオムレツにカフェオレとクロワッサンをトレーに載せた。

オムレツは作り立てである。

なんとなくパリの朝。

そんな気分でゆっくり食べた。

約一時間後、ようやくチョウがやってきた。タブレットを小脇に抱えたままコーヒーを自分で注ぎ、窓際の席に座った。芽衣子の斜め前だった。

すでに朝食はルームサービスでとったのであろうか。チョウはコーヒーだけである。

タブレットを眺めながら、脚を組み、ときおりコーヒーカップを口に運んでいた。芽衣子は思い切って立ち上がった。

フルーツコーナーに向かい、パイナップルを少しだけ皿に載せ、あえてチョウの傍らを通った。

瞬時にチョウの眺めているタブレットを覗く。

中国語新聞の電子版を読んでいるようだ。中国系のようだ。

芽衣子は自分の席に戻った。

たいして好きでもないパイナップルをフォークで口に運びながら、意識はチョウに集中させた。

パイナップルは想像していたよりも酸っぱかった。芽衣子は思わず顔を顰《しか》めた。舌の酸味を取り除こうと、グラスの水を喉を鳴らして飲んでいると、チョウのテーブルに誰かがやってきた。

午前八時十五分だ。

背が高く筋肉質の男だ。

無地の白のポロシャツにベージュのハーフパンツを穿いている。足元はバスケットシューズで、マニラよりもカリフォルニアのほうが合いそうな雰囲気を醸し出しているが、チョウや自分と同じ北東アジア系の顔立ちだった。

「ラッキー、おまえ相変わらず早いな。十五分前に到着したのに、もうコーヒーを半分飲み終えているとはな」

男がテーブルに着くなり言った。広東語《カントン》だ。北京語《ペキン》とは発音が全く違う。

チョウの名前はラッキー。ラッキー・チョウということだ。

「おまえは朝っぱらから、ジョギングでもしてきたのか。夕べのうちにマニラに着いていたんだろう」

ラッキー・チョウがタブレットから視線を上げた。

「あぁ。ビーチで少し肌を晒してきた。二十四時間前までは寒いパリにいたんだ。ここの湿気は体力を奪う。早く身体を慣らさないとな」

背の高い男は微笑みを浮かべていた。

そこにウエイトレスがやってきた。チョウに向かって言う。

「お客さま。おひとり追加でよろしいですか？」

「いや、九一×号室のアベル・ワンだ。勘定は別々にしてくれ。こいつに奢られたくないんだ」

男が答える。

アベル・ワン。

昨日から今朝までの間に三人の男の名を聞いた。

ボビー・チャン。ラッキー・チョウ。そしてアベル・ワン。

中国名の苗字の上に欧米風の名を付けるのは、香港や澳門が植民地だった頃の名残だ。

芽衣子は母親たちの世代の香港映画のスターたちの名を思い出す。

ブルース・リー、ジャッキー・チェン、ジョン・ローン。そして澳門のカジノ王はスタンレー・ホー。

いまも香港映画界には芸名としてその名残があるが、一般市民は香港でも澳門でも中国名を使用するようになっている。

この三人もおそらく通称として使っているに違いない。

アベルが立ち上がりビュッフェに向かった。

大皿に、スクランブルエッグにハム、サラダを盛り、ロールパンを一個上乗せし、もう一方の手でジャスミンティーのグラスを握って戻ってきた。

芽衣子は密かにスマホを動画モードにしてふたりにレンズを向けた。十秒だけ撮影しすぐに日本に送信する。

人物特定を依頼する。

アベルがパリからやってきたというのがどこか引っかかった。何かのために助っ人が必要なのだろうが、わざわざパリから呼ぶのか？

「あいつもここへ？」

アベルが聞いている。

「そのはずだ。待ち合わせ場所はプールだ。お互い妙なものをもっていないことを確認しやすいからな」

ラッキーが答えた。広東語なので油断している節がある。

もうひとり来るらしい。

ただしそいつは、同じ派閥ではないようだ。

芽衣子は先にレストランを出た。先にプールにいた方が自然である。

部屋に戻り水着に着替えた。

昨夜、バゲージを開けた瞬間、怒りを覚えたことを思い出す。

イエロー・アンド・ブルーのカラーリングはとてもいいのだが、そのビキニの生地は少なすぎた。ブラジャーは下着で言えばハーフカップブラ。パンツのストリングスはほぼ紐だ。

くしゃみしただけで布が弾《はじ》け飛んで真っ裸になってしまいそうだ。

小口に怒りのメールを送ると、

『地味な方が不自然ではないか。キミはボンドガールだろう』

と、冷静な口調で切り返された。

昨年の暮れ、小口のことをジェームズと呼んだことを根に持っているようだ。芽衣子は胸底で舌打ちをした。

4

プールサイドのリクライニングソファに寝転んでいると、とても一月とは思えなかった。

気温は三十度。日差しは燦々と降り注いでくる。

日焼け止めをたっぷり塗り、パラソルに身を隠していたもののそれでも、半日ここにいたら小麦色に焼き上がってしまいそうだ。

プールを挟んだ向こう側のデッキチェアにラッキーとアベルが並んで座っていた。

その先にマニラ湾が見える。

ふたりはサンミゲールを飲んでいた。

芽衣子は相変わらずモヒートだ。ハバナ以来、ずっとモヒートとフローズンダイキリが気に入っている。

フィリピンとキューバは国家体制が異なるのに、どこか似ている。

悟りきった陽気さ、とでもいえばいいのだろうか。

例えばカリフォルニアやカンヌの底抜けの明るさとは異なる、何処か憂いを伴った明るさなのだ。

芽衣子の目にはそんなふうに映った。

アベルがウエイターに手を上げた。何かをオーダーしたようだ。

ウエイターが芽衣子の背後にあるプールサイドのバーカウンターで、サンミゲールのボトル二本と大きな紙バケツに山盛り入ったポップコーンをトレイに載せていた。

芽衣子はその背中に伝えた。

「私にソルティドッグを」

「畏まりました」

ウエイターが同時にソルティドッグのグラスを運んできた。

「ありがとう」

そう言い、ウエイターがグラスをサイドテーブルに載せているうちに、芽衣子はポップコーンの紙バケツの側面にシール型盗聴器を貼り付けた。

黄色い星形のシールだ。

サイズは三センチ。

紙バケツの派手な柄にうまく溶け込んでいた。

ポップコーンが無事にふたりの間のサイドテーブルに載せられたところで、芽衣子はイヤーモニターを付けた。

「日本人カップルをドバイで落ち合わせる。マイクが言うには筋金入りの男と女だそうだ」

いきなりそんな声が入ってきた。ラッキーの声だ。相変わらず広東語で話している。意味がさっぱり分からない。

「案外早く人材を見つけたようだな」

アベルがポップコーンを鷲摑みにして口に放りこんだ。

「偶然だ。どうしてもマニラを出ないとならない日本人の犯罪者だそうだ。俺たちでドバイに逃がす。マイクと思惑が一致した」

「そいつらはパリでの役目を知っているのか？」

「まだ知らない。マイクが送り出すときに伝えるそうだ。やれるだけの肝がある男だと」

ラッキーが説明していた。

沢村のことだと直感した。

だがパリとは、どういうことだ。

「パリでは日本人観光客が最も怪しまれない。セーヌ川でやれたらいいがな」

アベルが答えている。口からポップコーンが飛び散らかった。

「いやいや、比較的人気のない競技会場で充分さ。なあに小さな事件でいいんだ。中国人が犠牲者になればこっちは大義名分が出来る」

そういうラッキーはサンミゲールを音を立てて飲んでいる。

「そしてパリオリンピックが混乱に陥ればモロッコ系テロリストの連中も喝采してくれる。ウィンウィンだ」

アベルが親指を立てた。

パリオリンピックでテロを仕掛けるということか。

プール越しにふたりの背中を眺めながら、ぼんやりそんなことが頭に浮かんだ。

チャイナマフィアとモロッコ系のテロリスト集団。妙な組み合わせだ。

「ビールがうまい」

ラッキーが背筋を伸ばしている。

「八十二年前、このマニラが日本軍に制圧されたんだよな。どの辺からあいつらは上陸してきたんだ？」

サンミゲールのボトルネックに手を伸ばしたアベルがマニラ湾を眺めながら言う。

「台湾はおよそ百三十年前に日本に割譲されたが、七十九年前に勝手に独立しやがった。日本に勝ったどさくさに、国民党が勝手に中華民国なんて国を作った。あれは国じゃないんだ。東西ドイツとか南北朝鮮のように国際協定によって出来た国じゃない。なし崩し的に出来た地域《エリア》にすぎない。あれは国じゃないんだ。政府がいよいよカタをつけたい気持ちもわかる。今年あたりだろう。四年に一度のチャンスだ。アメリカに加えて今年はヨーロッパもお祭り騒ぎをしているから都合がいい」

四年に一度のチャンス？　アメリカに加えてヨーロッパもお祭り？

どういうことだ。

芽衣子はアベルの言葉に不吉な予感を覚えた。

「ロシアは北京オリンピックの最中にウクライナへ攻めこんだしな」

ラッキーが口元からポップコーンをぼろぼろと溢しながら、笑っている。

芽衣子の脳内に閃光が走った。

四年に一度、オリンピックが開かれる年は、必ずアメリカ大統領選と重なるのだ。そして今年の大統領選は波乱含みだ。

「ロシアの侵攻に欧米は最初こそ大騒ぎしていたが、もはや支援に疲れている。そこにもってイスラエルとパレスチナの戦争だ。米国も大統領選の真っただ中で何も決められない。ウクライナ戦争への関心は薄れつつあるということだ」

「中国も同じことを起こせばいい」

「滅多にないチャンスだ」

アベル・ワンがサンミゲールを飲み干し、ラッキーはポップコーンのバケツを抱えた。

ふたりは悪いジョークを言い合っているようにしか見えない。

てっきりマイクと組んでいる澳門系マフィアだとばかり思っていたが、こいつらは中国の工作員ではないか？

そこに想いが至った瞬間、背筋が凍った。小口が見立てた構図通りなのだ。下手をすればオリンピックではなく第三次世界大戦の開幕となる。

「盗み聞きしている女は、いまぞっとしているんじゃないか？」

突然アベルの声が尖る。

女？

危険を感じ芽衣子がリクライニングソファの背もたれを上げた瞬間、目の前から差し込む太陽の光が遮られた。

金髪の女が立っている。

フィリピーナではない。

ブルーアイズの白人。小顔で目鼻立ちがくっきりとしている。

鮮やかな青、白、赤の三色のワンピースの水着に、グレーのバスローブを羽織っていた。

そのバスローブの幅の広い袖口に隠れた右手にベレッタが握られていた。銃口が芽衣子の額にピタリと向けられている。

「お付き合いを」

仕方がないので立ち上がる。

プールの向こう側からポップコーンの紙バケツを抱えたラッキーがやってきた。その後ろにサンミゲールのボトルを二本持ったアベル。

「このシール。俺たちも使うんだよ」

ポップコーンのバケツに貼った星形シールを指差してラッキーが笑っている。

「おかげで予定変更だ」

アベルがスマホをタップしている。ここで落ち合うつもりだった誰かとの予定をキャンセルしたのだろう。

勇み足をしてしまった。芽衣子は悔いた。

金髪女にガウンを着せられそのままホテルの裏口に連れていかれた。

フォードの4WDに乗せられた。

まずは犯されることになるのだろう。

この水着を着たときからいやな予感はあった。

4WDが発車する前に、脇腹にベレッタの銃口をあてがわれたまま、黒い目隠しをされた。

「調教されちゃうのかしら？　私、本来はSのほうなんだけど」

芽衣子は軽口を叩いた。

大学時代六本木のSMクラブで働いていた。バイトの女王様だ。いまでも鞭《むち》が巧みにつかえるのはあのバイトのおかげだ。

子供の頃からバイオレンスが好きだったことが応募したきっかけだった。ボクシングジムに通うよりも女王様のバイトのほうが欲求が満たされるような気がしたのだ。

女に興味を持ったのもその頃からだ。

男の客は加虐していてもどこか乗り切れなかった。

男がのたうち回っている姿はただただ醜く、鞭を食らわせていてもすぐに飽きてしまったものだ。

だが女性客では違った。

M女の客に出くわした瞬間から股間が熱くなり、胸の鼓動が高鳴った。

鞭を打たれ目を潤ませる女の表情は、とてつもなく美しいと感じたのだ。責めれば責めるほどそれを愛情と感じて、しがみつかれるのも嬉しかった。

芽衣子はレズビアンだ。現在パートナーはひとり。女子プロレスラーだ。

興奮した男の対象が全くないわけではない。

極道のM客だ。

不思議と多い。

全身倶利伽羅紋々《くりからもんもん》の男が、鞭を打たれ、蠟燭《ろうそく》を垂らされ悦ぶ姿は、なぜか一種独特の妖艶さがあり、これにも芽衣子は発情した。

警視庁に職を求めたのは、ドMの極道たちを何人も見てきたことに起因する。

もっと虐《いじ》めてやりたい。悪党ほど苛《いじ》めがいがある。

志望動機には書けなかった本当の動機だが、運よく採用され、所轄の組織犯罪対策係《マルボウ》からキャリアを始めることが出来た。

のちに警視庁《ホンシャ》の組対部暴力団対策課、公安部特殊工作課と異動し、昨年国家情報院の創立と共に転属となった。出向ではなく転属で、警視庁での記録は抹消されている。

小口や虎《タイガー》も同じだ。

「ドS女をひいひい言わせるほど興奮することはない。俺たちを甘く見るな」

運転席のラッキーがそう言った。

フォードは発進したようだ。ロハス通りからどこに向かおうというのだ。身体を張ることになるが、結果彼らのアジトのひとつを知ることが出来る。

「SがMに変わる瞬間というのを、俺も何度も見たよ。あの瞬間に俺はとんでもなく発情する」

助手席にいるだろうアベルも声が少し上擦《うわず》った。

芽衣子は押し黙った。

いずれこいつらは、さまざまな手段を用いて芽衣子に素性を自白させようとするのだろう。なんとか持ちこたえ、脱出の方法を考えねばならない。

「名前ぐらい教えてよベイビー」

隣で銃口を向けている女が、太腿を撫でまわしてきた。

そっちか？

それとも、拷問スタート？

「エイミーよ。エイミー君島。日系米国人だわ。NY《エヌワイ》でファンドマネジャーをしている。あなたたち上海企業の動向を探っていたのは確かよ」

産業スパイを装った。

「模範解答だわ。私も捕まったらそう答えるようにするわ。だけど今の回答はミスよ。模範解答過ぎて、情報機関の人間だと告白したようなものだわ」

女は太腿の付け根にまで手を滑り込ませてきた。

「言っている意味がわからない。あなたは？」

「シルビアよ。シルビア・リン。いい名前でしょう？」

細い人差し指と中指をビキニパンツの内側に潜り込ませてきた。女の渓谷をヌルッと割り広げられた。

「どう見ても中国系の顔には見えないわ。あっ」

シルビアの人差し指が秘孔に入ってきた。

「狭いわね。でも潤っているから動かしやすいわ」

指を鉤形に曲げて、膣壁のあちこちを掻きまわされた。

「ぁあん」

思わず喘ぎ声を上げさせられる。

「あそこにGPSは隠していないわ」

シルビアが前に向かってそう伝えた。広東語だ。やはり中国人なのか。

「前の穴だけじゃだめだ。CIAなら後ろの穴のこともある。または胃袋かも知れんしな」

アベルが答えている。

「そうだったわね」

シルビアが指にハンドクリームを塗り始めた。芽衣子はさすがに狼狽えた。すべてを蹂躙されることはもとより覚悟しているが、さすがに羞恥はある。

「いやっ」

ヒップを揺すったのがいけなかった。腰を浮かせてしまう。ビキニパンティはすでに両サイドのストリングスの結び目が外れヒップ丸出し状態だ。

「さすがにここは硬いようね」

尻の窄まりにクリームをたっぷり塗った指が滑り込んでくる。

「うっ」

思考がいつもとは逆回転するような妙な感覚にとらわれた。実は初体験だ。男にも女にも指を差しいれたことはあるが、やられるのは初めてだ。

芽衣子は出来るだけ平静を装うことにした。

同じサディストの心情として、そこがウイークポイントだと知らせたくない。徹底的にいたぶられることになるからだ。

「んんんんっ」

人差し指に加えて中指までが入ってきた。グリグリと粘膜を抉《えぐ》られる。尻に火が付いたような熱い痛みが脳にまで駆け上がってくる。

芽衣子は唇をきつく結び、無反応でいることに努めた。

「何も隠してはいないわ。というか、この女、こっちの穴のほうはほとんど経験ないみたい。責めがいがありそう」

シルビアが二本の指でぐいぐいと尻穴を拡張してきた。

「あふっ」

芽衣子はさすがに前に倒れた。

「そいつは楽しみだ」

アベルの声だ。

「だったらそれまで少し寝てもらいましょう」

その声と共にシルビアにキスされた。ふっくらとした唇を重ねられ、舌が入ってくる。

「んはっ」

きつく閉じていた唇を開かされた。シルビアの舌には錠剤が乗っていた。

「ぁあ」

催眠剤であろうと想像がついたが、続々と唾液を送り込まれ飲み込まされた。錠剤を飲まされた後も、執拗に舌を絡ませ続けられ、バストも揉まれる。ビキニブラジャーはあっけなく上に持ち上げられ、乳首まで摘まれた。芽衣子の女体の奥底に眠っていた性欲を呼び起こされた。

心地よさに背筋を張らされる。

「この乳首、とてもプリティだわ」

右の小さな乳首を舐めしゃぶられた途端に、鋭敏な快感が四肢を走り抜ける。

「あぁあああああああああ」

もうだめだった。

芽衣子は両手両足を思いきり突っ張らせ、歓喜の声を上げさせられ続けた。

第四章　スリーパー・セル

1

一月十二日　午後三時十二分　東京

「羽田空港の国際線の搭乗ゲートに、マッチングする男を見つけました」

副長官室の扉が威勢よく開かれ首席分析官の浦部健太郎が飛び込んできた。タブレットを手にしている。

「やはり出国していたか！」

小口は執務席から立ち上がり、会議用テーブルへと進んだ。リモコンで大型液晶画面のスイッチを入れた。

浦部は手際よく自分のタブレットと大型液晶を同期させた。七十インチの液晶に二分割の画像が浮かんだ。

右側に田園都市線の駒沢大学駅のホームに立つ男の顔のアップ。左側に羽田空港国際線の搭乗ゲートのソファに座る男の顔のバストショット。

羽田空港の日付けは二〇二四年一月七日。午前八時十二分。

どちらも防犯カメラからのズームアップなので画像は粗い。

類似を示す顔の各ポイントに赤い丸点が点滅している。画面下の合致率は八十パーセントとなっていた。

「間違いない。同一人物だ」

小口は画像を凝視したまま親指を立てた。

「パスポート上の名前は山中誠吾《やまなかせいご》とありました。国籍は日本。平成四年（一九九二年）一月十六日生まれの三十一歳とあります。現住所は東京都世田谷区桜新町《さくらしんまち》一丁目……サウス東京レジデンス3××。職業はまだはっきりしません」

浦部が住所を読み上げた。

「地元の裏取りは出来ているのか」

偽造パスポートの可能性も高い。

「渡辺《わたなべ》と影山《かげやま》が現場に急行し、実際に住んでいるかどうかの裏をとっています。また区役所での住民登録や公的書類はいま拾い集めているところです」

「渡航先はマニラか」

「いえ、奴の搭乗した航空機《キャリア》は澳門行きです」

浦部がタブレットを操作し、動画を進めた。

男は肩から大きなショルダーバッグを提げ、澳門行きと表示されたゲートに入って行った。

「澳門経由でマニラに入ったとの筋読みもできるな」

一月九日の午前中、ブラック・ナザレで賑わうマニラのリサール公園でＶＸガスを放ったのもこの男と仮定するとそうなる。

「はい。澳門からマニラは直行便で二時間強、東京―沖縄とさして変わりません。翌日の夜でも悠々マニラに入れます」

浦部がタブレットで航空時刻表をアップした。そのまま大画面に転送された。

「まるまる一日澳門に滞在したことになるが、その理由がわかれば全体の構図が見えてくる」

小口は画面の時刻表を睨み続けた。

羽田、澳門、マニラ。

脳内に東シナ海と南シナ海の地図が広がり、その上を走っていく男の酷薄な横顔が重なった。

「男の拠点は澳門なのかもしれませんね。日本のパスポートで出国していますが、必ずしも日本人とは限りません」

浦部は、暗に澳門にも手を突っ込むべきだと進言しているのだ。

「女豹を澳門にも飛ばしたいところだが二日前にホテルから消えた」

「えっ？」

浦部の顔がひきつったが、小口はたいして気に留めていなかった。諜報、工作活動ではよくあることだ。

「たぶん潜った」

敵中に潜入した場合、一切の連絡を絶つのは当然だ。そのために二日前にトランクを二個送ってある。

日系米国人、エイミー君島となって、中国系の男たちに接近したものと思われる。

「そういうことですか」

「最長一か月は、糸が切れたままになるかも知れない」

一か月連絡が取れなければ、消されたと判断する。エイミー君島として滞在しているマニラのホテルは接続員が代理人に成りすまし、チェックアウトしてある。

「北京から虎《タイガー》を澳門に入れるとしよう」

「なるほど。その移動は自然ですね」

虎こと小林晃啓《こばやしあきひろ》は、現在、在北京日本大使館の料理人として諜報に当たっている。

北京での諜報活動は、世界の中でもっとも危険で、民間人のカバーでは、いつ身柄を拘束されるかわからないのだ。

悪名高い反スパイ法の存在だ。

疑わしいと思えばすぐに発令される。そして一旦拘束されてしまうと、生涯取り調べを受ける可能性もあるのだ。

観光客がうっかりカメラを軍事施設の方に向けただけでも、反スパイ法を適用されることもあるほどだ。

したがって虎は、外交特権を付与されたうえで活動している。

反スパイ法やその他の容疑をかけられても、外交特権において国外退去にされるだけで、逮捕を回避できるからだ。

虎の任務は主に市場《いちば》での現地の反政府活動家からの情報収集である。主に香港、澳門の出身者だ。

「浦部君は、山中誠吾に関するあらゆる情報を集めてくれ」

「わかりました」

浦部が引き返していった。

小口はただちに虎に暗号メールを入れた。二十四時間以内に澳門に移動するように指示をした。澳門には日本領事館はない。香港領事館が兼ねている。所属は香港領事館とし、食材探しで澳門にいることにさせる。

虎からすぐに返信がある。

二時間後に北京空港から発つそうだ。

執務机の脇に置いたリクライニングソファに身体を横たえた。少し眠っておくことにする。二十四時間緊張を強いられる任務だが、小口は隙をみては睡眠を取ることにしている。常に脳をクリーン・アップしておく必要があるからだ。

短時間で熟睡する能力こそが情報機関で働く者に求められる資質だ。小口は十五分の隙にも熟睡が出来た。才能だと思っている。

ノックの音で目が覚めると窓の外はすっかり闇に包まれており、外務省本館の窓から煌々と灯りが見えた。

二時間ほど眠ったようだ。脳が完全にリフレッシュした。

「浦部です。渡辺と影山も戻っています」

「入ってくれ」

自前のコーヒーマシンから目覚めの一杯を取り、会議用テーブルへと向かう。

「みんなも勝手にコーヒーを入れてくれ」

小口は自分でデロンギ社製のカプセル式コーヒーマシンを持ち込んでいた。酒は任務が完遂したときぐらいしか飲めないので、唯一の嗜好品としてコーヒーを楽しんでいる。

熟睡した後の一杯は紙コップながら最高だ。

「ありがとうございます。ではいただきます」

浦部が先頭に立ってカプセルを選んでいた。

「脳が疲労していたら、カフェラテにしたらいい。甘味を入れると少しほぐれる」

一同にそう勧めた。

浦部、渡辺、影山がカフェラテを入れた紙コップを持ちながらテーブルについた。浦部は小口と同じ警視庁公安部から転籍した三十八歳だが、渡辺と影山はともに二十七歳で内閣情報調査室（ＣＩＲＯ）の出身者だ。

共に海外勤務を希望で現在は語学研修と追尾の訓練中だ。

「山中誠吾の住民票と戸籍謄本、運転免許証、国民健康保険証、確定申告書などを洗い、公的な履歴を追いました。税務申告上の職業はカメラマンで、ここ三年の年収は一千五百万円以上あります。ちなみにマイナンバーカードは取得していません」

と浦部が切り出した。

「カメラマンとして普通に仕事をしているのか」

小口は首を傾げた。

「はい、税務署への申告では主に実話系週刊誌やネットニュース専門通信社での収入になっていますが、その実態はきちんとあります。ネットニュース通信社からはかなり大きな使用料を得ていますね。撮影内容はこれから当たります。ただし健康保険証の登録はあるのに、一度も病院に行った形跡はありません。新型コロナワクチン接種を受けた記録もないです。これ妙ですね」

「なんだと？」

単に病院嫌いということかも知れないが、一度も行った形跡がないというのは怪しすぎる。

ましてやカメラマンだ。職業柄、外での仕事が多いはずなのにワクチン接種も受けていないというのは、その健康保険証を使いたくないということだろう。

自費で治療を受けていた場合は別な名前で受診していたことになる。

つまりこの男は、身分証明書のひとつとして健康保険証は所持しているが、体質的データを知られたくないということではないか。

その場合の理由は簡単だ。実は山中誠吾ではないからだ。

「独り者か？」

コーヒーの香りを嗅ぎながらきいた。マイルドな香りだ。

「そうです。結婚はしていません。生まれは神戸市長田《ながた》区ですが、現在は本籍地と現住所が一致しています」

「神戸からはいつ頃転入している？」

「平成七年（一九九五年）二月三日ですね。三歳のときに両親と共に神奈川県座間市に転入しています」

「自宅付近の様子は？」

小口は渡辺と影山に視線を移した。

「マンションのエントランスの防犯カメラにアクセスしたところ、一月七日の早朝に出ていく様子が映っていました。山中があのマンションの住人であることは間違いないのではないでしょうか。ただし、郵便ボックスを目視したところ氏名を掲示しているのは二十室中二軒だけでした。おそらく住人同士の交流はないでしょう」

渡辺がそう報告してきた。

近年の都会の住宅事情を表している話だ。

エレベーターで住人同士が相乗りになるのを避けて、いったん待つ者が増えているという社会学者の報告もある。

可能な限り干渉を避ける。それがトレンドになっている。

「自分もマンションから最も近いコンビニの二軒の防犯カメラに侵入しました。一か月分チェックしましたが、山中は頻繁に来ていて主に食料品を購入しています」

影山がそう伝えた。

非公開組織である国家情報院は警察のような表だった聞き込みは出来ない。特殊リモコンで映像を探るのが主な情報収集方法となる。

これは近年の警視庁も同じである。

足取り捜査は刑事の聞き込みよりも、防犯カメラの映像を繋ぎ合わせた方が早い。

「渡辺君と影山君はいまから、山中の取引先を探ってくれないか」

「はい。浦部さんの資料にある出版社の編集部やネットニュース専用通信社への接触ということで、よろしいですか」

渡辺に確認された。

「かまわん。だが偽装することを忘れるな」

若いふたりには格好の訓練の場となる。

渡辺と影山が部屋から飛びだして行く。

「浦部君は山中誠吾の出生から本日までの記録をすべて洗い出してくれ。この男が狙撃者なら必ずどこかに不審な点があるはずだ」

「わかりました。一日ください」

浦部はカフェラテの残りをすべて飲み干し、口の周りにミルクの泡を付けたまま、飛び出していった。

2

一月十二日　午後九時　マニラ

「お願い。もうやめて。うぅううぅうう」

芽衣子は叫んでいた。演技ではない、心底苦しいのだ。

コンクリートの床にうつ伏せで倒され、アベル・ワンに尻を犯され続けていた。

昨夜は夜通し貫通され続け、しばらく眠らされた後、再び拷問が始まった。

窓のない部屋なので、昼夜の感覚がない。いったい何時間、やられ続けているのかわからなかった。

サラミソセージのような色と形状の肉茎を挿し込まれ、抽送されていた。

「ふん、おまえCIAの工作員だろう。それとも日本のCIROか？　いったい何を仕掛けようとしている」

ラッキー・チョウも鯰《なまず》のような男根を芽衣子の口から引き抜いたばかりだ。強制ブロージョブなどという優しい攻めではない。喉の奥まで亀頭を突き刺し、呼吸困難な状態にし、意識を失う寸前に引き抜くのだ。

喉を押し広げられて太い亀頭を押し込まれるのも苦しいが、引き抜かれるときに鰓《えら》で逆撫でされるのは、激痛を伴った。

「私は、夕べから言っている通りマニラで中国企業が高速道路を建設するために賄賂を贈っているのを暴露しようとしていたのよ。私の顧客を有利にするためには、必要な手段だったのよ。あうっ」

「嘘をつけっ。ロッキー・ブラザースなんて投資会社は聞いたことがない。登記上だけのペーパーカンパニーじゃないか！」

アベルがさらに激しく尻を抉ってくる。

火花が散っているような感覚だ。膣壺へのピストンであれば屈辱ではあるが、まだ耐えられる。

「それは私たちの会社が顧客の隠し資産を運用しているためで、社名をPRするような戦略を取っていないからよ。本物の資産家ほど秘密主義よ。決して目立とうとしない。だから資産運用会社も出来るだけ目立たない会社を選ぶ」

芽衣子は懸命にシラを切り続けた。

殺されたらそれまでだと、とっくに覚悟している。死はさほど怖くない。だがこの激痛が辛い。

「アベル、ラッキー、私も参加するわ。女のウイークポイントを虐めるのも手だわ」

ふたりの男が尻と口を凌辱する様子をスマホで撮影し続けていたシルビアがクリトリスに指を伸ばしてきた。指腹ですり潰すように押してくる。

「あひっ」

急な快感に思わずヒップを突き上げた。それが裏目に出る。

腰を上げたとたんにサラミソセージが尻の奥深くまで刺さってきた。

「あうぅううううううう」

ずぼっと奥まで。

尻の底が抜けた感じだ。実際に尻の穴に底があるわけはなく、亀頭が短い尻路の範疇を越えて侵入してきたということだ。

内臓が抉られたような思いだ。

芽衣子の中で強い拒絶反応が起こり、尻穴が思い切り窄まった。条件反射的な締めつけだった。

「ぐふぁ」

アベルが顔を歪ませた。

喜悦の歪みだ。尻の奥に熱い液が吹きかかってきた。

芽衣子の強烈な締め付けに、予定より早く射精してしまったようだ。

「シルビアが余計なことをするから、出してしまったじゃないか」

アベルが荒い息を吐き、芽衣子の背中に身体を預けてきた。精を吐き出し、力が尽きたようだ。ぐったりとしている。肉茎が次第に萎み、圧迫の苦痛からはひとまず解放された。

「ちっ。素性を明かさないとなると、もう始末しちまうしかないな」

ラッキーがそう言いトランクスを穿くと、床に放り投げていた鞄から拳銃を取り出した。ノリンコのM1911。中国の得意なコピー拳銃で元はコルト・ガバメントだ。

その銃口を床に顎を付けたままの芽衣子の額に突き付けてきた。

「ああ、もうやっちまってくれ」

アベルが男根を引き抜き、壁際に逃げた。

ラッキーが撃鉄《ハンマー》を降ろす。引き金《トリガー》にかかった指に迷いは感じられなかった。

ここまでか。

芽衣子は大きく息を吸った。

銃弾で脳を吹っ飛ばされるならば、楽な死に方だ。死ぬ前にはありったけの空気を吸っておきたい。

ラッキーが突如、引き金を引いた。

額の上でパンと乾いた音がする。頭蓋に振動が伝わってきた。だが、それ以上の衝撃はなかった。空砲だったようだ。

「ふん、やはりこの女は筋金入りの工作員だぜ。銃口を突きつけられても平然としている。

普通なら失禁しているところだ」

ラッキーが拳銃を降ろした。

「オーガズムを得過ぎて、身体中の水分が蒸発してしまったんだわ。乾きすぎて、お漏らしも出来ない」

芽衣子は掠れた声をあげた。死ぬ覚悟はしていたが、この局面で自分を殺しても、彼らにメリットはないのではないかとも考えていた。工作員もマフィアも気分で人を殺したりはしないはずだからだ。

そのとたんにラッキーが立ち上がり、腹に思い切り蹴りを見舞ってきた。

「ぐふっ」

胃液を噴き上げる。

「中古車と一緒に、中東の組織に売り飛ばそう。ブルドーザーと同じぐらいの金になる」

アベルが提案している。

中古車を中東に？

満代商会の不正輸出の一件と繋がってくる話だ。

「テロ組織に中古車や女を売り飛ばすなんて、ずいぶんせこいビジネスをしているのね」

胃液と血を吐きながら、芽衣子は男たちに、初めて挑戦的な視線を向けた。

「本性を現しやがったな。だからお前は何者なんだ」

ラッキーに髪の毛を鷲摑みにされ、頰を張られた。

「うぐっ」

声を上げたものの怖くはない。売り物にすることも考慮しているので、顔が崩れないように拳は使っていないのだ。

本気で痛めつける気があるのならば、指を一本ずつ折るとか、麻酔なしで歯を抜くなどの責めを使うはずなのだ。

「投資ファンドの調査員よ。私のクライアントはフィリピンの主要な島をすべてハイウェイと鉄道で結ぶ構想に投資をしようとしているのよ。請け負うのは日本企業よ。ボンボン・マルコスが政権を握って以来アメリカや日本との関係が安定したからよ。中国はいったん投資を決めた鉄道計画を白紙に戻したじゃない。けれどもまた進出しようとしているわね」

芽衣子はありもしない構想をぶち上げた。

ありもしない構想だが、あってもおかしくない。島嶼《とうしょ》国家であるフィリピンが地続きになったら、経済大国になる可能性は高い。

ドゥテルテ前政権は親中政策を掲げ中国資本を注入することで、おおきな経済効果を生みフィリピンは急成長した。

現在のフィリピンの状況は日本の高度経済成長期に似ている。だが、親米政権で鳴らしたフェルディナンド・マルコスの息子ボンボンが大統領に就任したことで、再び大きく米国寄りに舵が切られた。

中国が焦っているのは事実だ。

「日本のどこの企業だ？」

ラッキーの目つきが変わった。

「それを言ったら、どのみち私は殺されるわ。密告者のそしりを受けるぐらいなら、ここで殺された方がマシよ」

芽衣子はブラフを掛けた。

心理戦を制する者が諜報界では生き抜いていける。

「この女、痛めつけるだけじゃ吐かないわ。私が蕩《とろ》けさせてやるわ」

シルビアが乳首に舌を這わせてきた。

「ああ」

涎をたっぷり含んだ口で吸引されると、硬直していた身体がいきなり弛緩した。乳首を舐めしゃぶりながら、秘裂に指を這わせてくる。フェザータッチだ。

「密告者とかじゃなくて、エイミーは中国のために働く気はない？　今どきアメリカでもないでしょう」

シルビアが秘孔に指を潜り込ませてくる。膣の中ほどの上方をくすぐってくる。Gスポットだ。

「ぁあ、そこは許して」

太腿をきつく閉じた。拒否ではなく気持ちがよすぎて脚がクロスしてしまったのだ。擦り続けられたら噴き上げてしまいそうだ。

「許さないわ」

シルビアが膣の中で扁桃腺のように腫れあがった部分を執拗に擦ってくる。

「んんんんっ」

今度は脚を突っ張らされた。膀胱が疼いてくる。吹きそうだ。実は潮を吹いたことがない。男にソコをピンポイントで擦られたら、おそらく顎に蹴りを入れている。

「出しちゃいなさいよ。気持ちが変わるわ」

「私はアメリカ人、無理よ」

芽衣子は顔を激しく振った。迫りくるものがあった。堪えているので左右の太腿がプルプルと震えてくる。

ふたりの男が芽衣子の足の方へと回った。

「シルビア、股を開かせた方がいいか？」

アベルが興味津々といった顔で、芽衣子の股間を覗き込んでいる。ラッキーはトランクスの上から勃起した逸物をさすっていた。

見世物にされていると思うと屈辱感が何倍にもなった。

と、そこで誰かのスマホがバイブする音がした。四方がコンクリート打ちっぱなしの部屋なのでよく反響している。

アベルが渋い顔をして部屋の隅に脱ぎ捨ててある衣服をまさぐった。スマホを取り出したようだ。

「おっとリッキー・ショーからだ」

ラッキーとシルビアに向かってそう言っている。ラッキーの顔に緊張が走るのが見えた。そういう自分も緊張の極みにいるのだが。

「アベルだ。一昨日は急にキャンセルしてすまなかった。そのぶん割り引く」

シルビアの指が止まった。秘孔から抜けていく。彼女も聞き耳を立てているようだ。芽衣子は生きた心地がした。

「……武器は完成している。金がすでにモロッコから振り込まれているので、こちらとしては問題ない。いつでも引き渡す」

武器？

胸がざわついたが、この瞬間にシルビアの指が今度は淫芽に這いあがってきた。包皮を剝かれた。女の突起がそそり立つ。そこをタップするように触られた。

「あぁっ」

「しっ、声をだしたらここをナイフで切り取るわよ」

シルビアの唇が耳に重なってきた。ねっちょりした感覚だ。

「んんんっ」

激痛は歯を食いしばり耐えられるが、快感は耐えられない。剝きだされた淫芽をタップされたら疼いてしょうがない。

「あっ、あんっ、ふはっ」

芽衣子は腰をくねらせた。アベルは耳にスマホを張りつけリッキーという男からの電話に集中している。ラッキーもその様子を見守っていた。

「えっ」

シルビアの指が一定のリズムを刻んでいるのに気づいたのは、気づかれずに絶頂を迎えた直後だった。

モールス信号だ。音で言えば伸ばしてくるところで、淫芽をぐーんと押してくる。トン・ツーと打ってくるのだ。信じられない内容だった。

シルビアがまさか。

芽衣子はシルビアの乳首に指を当てた。こちらもモールス信号で返してみる。

――あなたDGSE《フランス対外治安総局》?

――OUI《ウイ》。

「ふはっ、いいっ」

芽衣子は声を出した。好きに弄ってもらいたい。芽衣子もシルビアの股間に指を這わし始めた。指で淫処を触り合い、会話をした。

「二時間後だな。場所を決めてくれ」

アベルがスマホを耳に当てながら、ラッキーを見た。

ラッキーが親指を立てた。

「わかった。二時間以内にクラークに持っていく」

アベルが電話を切った。

「リッキーはクラークにプライベートジェットを用意している。急いで運ぶぞ」

クラークとはおそらくクラーク国際空港のことだ。元米軍基地だ。現在は民間になっている。メイン空港のニノイ・アキノ空港が容量オーバーになりつつあるので、クラークの再開発が注目されている。

「わかった。シルビア、ここを出るぞ。その女も取りあえず連れていく」

ラッキーが言った。

「エイミーならもう落ちたわよ。こっちで事業を請け負うのは？」

シルビアがわざと聞いてきた。

「北急《ほくきゅう》建設と三津森《みつもり》地所だけど、クライアントに中国の民間企業に変えさせることを提案するわ。ただし、鉄道のレールなどはデトロイト製のものを使うしかないわ」

芽衣子は適当に答えた。

「この女、本当にファンドのマネジャーだったとはな」

「どうでもいいけど、服を着させてくれないかしら」

「車に私の予備があるわ。下着はセクシー系だけど、それでもいい？」

シルビアにウインクされた。

「喜んで」

シャッターが開いた。夜だった。

星空の下に高層ビルが林立していた。おそらくマカティだ。マニラの官庁街で経済の中心地でもある。

バスローブのままフォードの4WDに再び連行される。振りかえると閉じこめられていた倉庫のシャッターに『澳門成龍貿易公司』とあった。

やはりこいつらの拠点は澳門だ。

ビルを出るとフォードの4WDはガルシア・ファミリーの拠点のひとつマラキ・モータ一ズのパーキングに入った。

ラッキーがクラクションを鳴らすと、マイクの手下がジェラルミンケースと黒い円筒状のケースを運んでくる。さほど大きくはない。

同じようなケースを警視庁音楽隊の専属隊員が持っていたのを覚えている。フルート奏者のケースだ。

「後ろのトランクに入れてくれ」

サイドウインドウを降ろして、ラッキーが叫んだ。手下は片手をあげ、リアゲートを開けた。

芽衣子は顔を伏せた。

手下がダーツバーで見たことのあるラモンという若者だったからだ。

バッグを積み終えリアゲートを閉めるとフォードがすぐに出発した。

夜のスカイウェイを飛ばしてクラーク国際空港へ向かう。

芽衣子は後部座席でシルビアから渡された下着とブルーのワンピースを着用した。服を着るのも二日ぶりだ。

真夜中の高速道路は空いていて、約一時間三十分で到着した。

空港ターミナルが煌々と輝いている。

ターミナルの出発ロビー前に止めるとラッキーは空港警察官を呼び止めた。

「二十四時発のプライベートジェットを予約しているリッキー・ショーさんの荷物を運んでいる。滑走路へ通してくれ。これが通関用の書類だ」

ラッキーが運転席の窓を開け、警察官にぶ厚い封筒を渡している。

中身は書類ではなく札束のようだ。

「カモン！」

空港警察官がオートバイに乗り先導しだした。日本で言うところの白バイだ。

クラーク国際空港は米空軍基地だった頃には二本の滑走路を使用していたが、現在は一本だけしか使っていない。

空港ターミナルの脇の空港関係者しか通れない道を警官の先導で堂々と入って行く。

正面に金網のフェンスが見えてくる。オートバイのヘッドライトの先に赤い丸の中に青い文字で『NO　ENTRY』と書かれた標識が浮かぶ。

オートバイの警察官がバイクを止め、片脚を地面につけたまま肩につけたハンドマイクを取り何処かに連絡している。

すると空港警備員の制服を着た男がふたり出てきて、金網のゲートを開け始めた。バイクの警官が手を回して、フォードに進めと言っている。警官のバイクは止まったままだ。

ラッキーが軽く手を上げて、ゲートの中へと進んでいく。

闇の向こうにカクテル光線に照らされた空港が現れた。さながらドジャー・スタジアムだ。

フォードは蒲鉾《かまぼこ》形の格納庫をいくつも横切り、ターミナルの端についた。大型旅客機のスポットからはだいぶ離れた位置だ。

駐機スポットに小型ジェットが一機、タラップを降ろしたまま待機している。

ガルフストリームのG550。プライベートジェットとしてはポピュラーな機種だ。

すでにコックピットの窓に白人のパイロットの姿が見えた。G550からは低いエンジン音が聞こえている。

「保安担当のロペスさんはいるかね。カジノ『キング』のボビー・チャンの使いの者が来たと伝えてくれ」

フォードから飛び降りたラッキーがターミナルの入り口に立っていた空港警備員に近づき、茶封筒をポケットにねじ込んだ。

警備員はすぐに建物の中に消えた。

「ミスター・チョウ。夜中にご苦労だな」

髭面で太鼓腹の中年男が、部下を三人連れて出てきた。四人ともハンディタイプの金属探知機を持っている。

「ロペスさん、この荷物の保安検査をお願いします」

ラッキーはリアゲートを開けて、ジェラルミンケースと黒の円筒を降ろした。保安検査官のひとりが台車にそれを載せる。

「OK。四人でやるから、どこからも文句はでんよ」

ロペスが太鼓腹を叩きながらジェラルミンケースに警棒のような金属探知機を当てた。

もうひとりも同じようにくまなく当てている。

他のふたりは円筒状のバッグの下から上にむけて金属探知機を這わせている。

フォードの後部座席から芽衣子はその様子を眺めた。

「すまんな。プライベートジェット専用の出発ゲートでも近頃は、ベルトコンベアでX線を通さないとならなくなった。それだと記録にも残っちまうんでな。だから精密機器として、直接こっちに運んでもらった」

「ロペスさん、しかしその金属探知機は決してブザーが鳴らないんですよね」

「鳴らない。俺たちが今持っている探知機は四本ともフェイクだ」

ロペスとラッキーが英語でそんな会話をしている。声を聴いたのではない。英語なので芽衣子にも唇の動きでそう読めたのだ。

「そいつは最高だ。ボビー・チャンが夜勤明けにみなさんでホテルに朝食を食べに来てくださいとのことです。よく出るスロットを紹介すると」

「それは楽しみだ」

ロペスと部下たちの顔に笑みが浮かぶ。検査はそこまでだった。ロペスが続けた。

「OK。機内に入れてよい」

その声に反応してアベルもフォードから降りていった。ふたりで荷物をG550へと運び込んでいく。

「あのジェットはどこに飛んでいくのかしら？」

芽衣子はシルビアの太腿を撫でながら聞いた。すべすべしている。

「ニースですって」

シルビアは小さな声で言い、股は大きく開いた。

「プライベートジェットだらけの空港ね」

股布から指をこじ入れ思い切り触ってやる。ぬるぬるしていた。

ラッキーとアベルがタラップから降りてきた。

それと入れ違うようにプライベートジェットの客用の貴賓室から、男が出てきた。背が高く顔の小さな男だ。

ふと誰かと体型が似ているような気がしたが、すぐには思い出せなかった。

真夜中なのにサングラスをかけている。顔を見られたくない証拠だ。

鼻筋が通っていた。

「リッキー、依頼品はシートに載せてある」

アベルがそう言うと、男も、

「お互いヒリヒリする七月になる」

と答えた。声ははっきり聞こえた。ふたりとも北京語になっていた。

あれがリッキー・ショーか。芽衣子は眼を凝らした。バーでも噂に聞いたダーツの達人、リッキー・ショー。台湾人のはずだ。

殺気は纏《まと》っていない。穏やかな背中だ。だがヒリヒリする七月とはどういう意味だ。

「もう俺たちとは会うことはないだろうが、パリでのセットアップは仲間が確実にやるさ」

ラッキーがそう言って肩を窄めた。

「助かるよ。じゃあな」

リッキー・ショーは敬礼のようなポーズをとると、一気にタラップに向かって駆け出して行った。ラッキーとアベルもその背中に短い敬礼をしている。

じきにG550は滑走路に移動し、瞬く間に星空の彼方へと消えていった。

3

一月二十二日　午後五時　東京

「山中誠吾は東京に移住した際に、別人と入れ替わっていたようです」

浦部が口角泡を飛ばしながらノックもせずに入室してきた。

「やはり」

小口はさして驚かなかった。

「一九九五年に神戸から東京に一家で移転した段階で、山中家の親子三人がすっかり入れ替わっていたようです」

浦部が早口に言った。

「阪神・淡路大震災直後だな」

小口は執務机から会議用テーブルに移動した。山中の東京転入の時期を聞いた際に、ある種の予感めいたものを持っていた。

浦部に続いて渡辺と影山も入室してきた。

「まさに大震災の直後です。役所のデータが消えた瞬間を狙ったということですね」

一九九五年一月七日、午前五時四十六分五十二秒。明石《あかし》海峡を震源地に未曽有の大地震が発生した。小口は入庁六年目で、所轄の板橋南《いたばしみなみ》署の防犯係だったが、当時のニュース映像を鮮明に記憶している。

それは空襲でも受けたような風景であった。

高速道路は切断され、大型スーパー、映画館、繁華街のビル、学校、住宅地が瓦礫の山と化し、数日たっても延々と煙を上げていたものだ。

後に見ることになった東日本大震災はそれを上回る被害であったが、阪神・淡路大震災は関西の都心部が崩壊したというインパクトがあった。

「阪神大震災は、二十九年前だよな。本格的なネット時代に入る十年も前だ。今のようにクラウドはなく記録メディアはフロッピーディスクが主流だったのではないかね。震災で消失した記録も多くあるだろう」

小口は自分の二十代の頃の役所の管理体制を思い出していた。

その二年後の一九九七年には年金記録の未記入が多くあることが発覚し、大問題になった。当時の社会保険庁で、手書き時代の記録をコンピュータに入力し直す過程で膨大な入力漏れが発生していたのだ。

この手のヒューマンエラーは、現在でもいくらでも起こりえる。

「はい。山中誠吾の実家は神戸市長田《ながた》区で中華料理店を営んでおりましたが、震災で倒壊しました。翌月父正明《まさあき》と母栄子《えいこ》、そして長男誠吾は、神奈川県座間《ざま》市に移転しています。この震災で山中家の戸籍簿及び印鑑登録の印影も焼失してしまったわけです。父の正明は、座間市で新たに戸籍編製と住民登録をしていました」

浦部の説明を聞きながら、小口はコーヒーを入れた。浦部が続ける。

「甚大災害の直後で神戸市から転出証明は出されておらず、電話確認だけで座間市は戸籍も住民登録も新たに起こしたようです」

罹災証明書の発行すら追いつかない急場でもあり、口頭によるいくつかの確認で戸籍復帰を認めたのだろう。

「入れ替わったとするエビデンスはあるのかね？」

小口は浦部、渡辺、影山のコーヒーも入れてやりながら聞いた。

「影山が神戸の当時の山中家の近所や関係者を洗って、震災一年前の一家の写真を手に入れてきました。これがそれです」

浦部がタブレットをタップした。

一枚の写真がアップされる。

『中華百番』と書かれた小さな店の前で、一家三人と紺色の前掛けをした老人が映っている。

「当時、近所で酒屋を営んでいた老人が、自分の息子に撮らせた写真です。この老人が店を畳み、サラリーマンになった息子のいる名古屋へ引っ越すことになったために、最後の配達先ということで撮影したそうです」

「だから残っていたわけだ」

小口は影山の方を向いていった。

近所や親しかった家もすべて震災にあったとすればほとんどの写真なども失われたはずだ。誠吾はまだ二歳で、保育園などにも通っていないため公的な写真も残されていない。

「山中家の人たちはもともと写真を撮りたがらなかったそうですがね。このときは相手が引っ越すというので応じたようです。中華百番の仕入れ先を聞き込んでいたところ、引っ越した酒屋のことを知りました。それで名古屋で見つけました。この写真は震災の一年前のものだそうで、子どもはたしかに一歳だったと」

影山が報告してきた。

「で？」

小口は浦部を向いた。

「この赤ん坊の顔では判断出来ませんでしたが、座間市でハンバーガー店をしていた父山中正明と母栄子の顔とは全くの別人でした。そしてその家のひとり息子の幼少期を知っている者はハンバーガー店の近所に大勢いました。駒沢大学駅のホームの男の写真を見せると、似ていると証言する者が八人もいました」

浦部が約十年前に撮影されたという『バーガー王』の店内写真をアップさせた。

二十年の時の隔たりはあるが、それは神戸の『中華百番』の前に立つ山中正明と栄子とは全く違う人物であった。

「スリーパー・セル……ですか」

渡辺が初めて口を開いた。

スリーパー・セルとは生まれながらにしてその国に埋め込まれた工作員のことである。

草のようにその国の中に根をはり、生涯潜入諜報員として過ごすのだ。

主に北朝鮮工作員を指す符牒だが、現在は中国、ロシア、中東などの長期潜伏工作員をも指す。

必ずしも母国人ではない。

日本人として生まれ、スリーパーとして教育された者も、多く存在する。

山中誠吾が健康保険証を所持していても、実際に使わなかった理由もこれでわかった。

この男が別人で、スリーパーだとしたら、ふとしたことから入れ替わりが露見することを、極端に恐れていたはずだ。

「座間の『バーガー王』は米軍基地の近くにあり米兵たちで賑わっていたそうです。本国の『バーガー・キング』のパロディショップとして、面白がっていたようですが、米軍の情報収集をしていたに違いありませんね。そもそも本物の夫婦、親子だったのかも怪しいです。正明も栄子も死亡してしまっているので裏取りは困難ですが、深掘りの必要はありますね」

影山が言った。だいぶたくましくなったものだ。

スリーパー・セルの目的はその国の市民に紛れ込み、情報収集をすることもあるが、それが本分ではない。

――内部崩壊工作。

最大の目的はそこにある。

「スリーパー・セルという見立てになると、山中誠吾の仕事ぶりについても整合性は出てきます」

渡辺が影山の顔を見ながら言った。ふたりは、山中誠吾がカメラマンとして仕事を請け負っていた出版社やネットニュース専門の通信社をも当たっていた。

捜査員としてではなく、新人カメラマンとして売り込みに出かけたはずだ。

警視庁の組対部《マルボウ》から密かに流してもらった極道同士の密会写真を売り込んだのだ。実際に撮影したのはマルボウの潜入捜査員だが、すでに帰還している。

「どういう整合性かね」

小口はふたりを交互に見やった。先に渡辺が口を開いた。

「実話誌の副編集長が、山中は極道や政治家の特ダネを何本も持ってきているといっていました。掲載出来ないような大物政治家と関西の大物極道の密会写真などもあったそうです。どれだけ凄い情報網を持っているのか不思議だったと」

「自分の当たったネットニュース通信社も同じです。こちらは主に芸能スキャンダルですが、清楚系アイドルが女性用風俗店に通っている写真、しかも内部写真までもってきたそうですよ。年に一度程度なら偶然ということもありますが、二か月に一度のペースで、そんな特ダネを持ってくるのだそうです。また山中にそれとなく狙いたい俳優やスポーツ選手を伝えておくと、五割以上の確率で、スキャンダル撮影に成功していたそうです。ただし、昨年の暮れ以来、ピタリと連絡が取れなくなったといいます」

影山が早口で伝えて来た。

「背後に他国の情報機関が存在し、総力を挙げて探し出したとすれば、確かに整合性が付きます。また芸能スキャンダルの場合は他のスリーパーと組んでマッチメイクしたとも考えられます。芸能界内部にはスリーパーが大勢います」

浦部が引き取った。

小口の仮説に合致する話だ。

「山中誠吾は中国のどこかの機関に属するスリーパー・セルだと断定していいだろう。渡辺君はカメラマンとしての山中のこれまでの行動を分析してくれ。影山君、きみは座間のバーガー王がどんな店であったかを聞き込んでくれ。それと山中正明と栄子の素性を深掘りしてくれないか。ふたりが何者で何のためにその一家がつくられたのか判明すれば、目的が見えてくる」

そう命じるとふたりは飲みかけのコーヒーをそのままにして、副長官室を飛び出していった。浦部だけが残った。

「女豹から問い合わせのあった菊池智恵美《きくちちえみ》の素性についても判明しました。沢村のホスト時代の客をチェックしていたところ名前が出てきました。現在は高級コールガールですよ」

ふたりの部下が退出した後、浦部がおもむろに切り出してきた。

「高級コールガールとはやけに古めかしい言い方だな」

小口は苦笑した。コールガールはもはや死語だ。

「はい、ですがこの女、デリバリー嬢と呼ぶにはあまりにも行動範囲がダイナミックすぎてましてね」

「ダイナミック？」

「はい。もともとは歌舞伎町の箱ヘルに在籍していたのですが、いまは世界中に顧客を持っているようでして。アラブの王族やロスのＩＴ長者などから指名がかかると、一泊二日で世界中どこへでも飛んでいくようです。自宅は南青山のタワーマンションで、他にも数人の女が出入りをしています。組織売春の胴元になっているのではないでしょうか。智恵美の年齢は三十歳です」

「沢村夏彦との関係は？」

小口は訊いた。

「沢村が西麻布で会員制バーを開いた際には通い詰めていたようです。沢村が国税に挙げられマニラに拠点を移してからは智恵美も海外で働くようになっています」

浦部は、智恵美に相当な興味を持って調べ上げたのだろう。メモも見ず立て板に水のような勢いで答えてくれた。

「沢村が破産しても支え続けている女ということか。世界中に顧客がいるとは、いやな気がするな」

小口はコーヒーマシンの前に進みエスプレッソのボタンを押した。

紙コップで飲むエスプレッソは風情がないのだが、こんなときは苦み走った味で脳に刺激を与えたい。

世界のセレブと関係を持っているということは、高給だけではなく、情報も得ている可能性がある。

「智恵美と浅草のモニカにも接点がありました。モニカが青山の智恵美のマンションにたびたび出入りしています。女豹からの情報と重ね合わせると相関図が見えてきますね」

「確かに」

モニカはマニラのガルシア・ファミリーのボス、マイクの情婦だ。

そして智恵美が沢村夏彦の女となれば、このふたりの女は日本において、さまざまな支援工作をしていると見立てることが出来る。

そのとき浦部のスマホが鳴った。

「智恵美のマンションを張っている部下からです。失礼します」

と一言断り、浦部は電話に出た。

部下の話を聞いていた浦部の表情が険しくなった。

「わかった。おまえはいまから浅草のモニカを張れ」

電話を切った。

「動きがあったか」

「はい、智恵美のマンションに先ほど引っ越し業者がやってきて荷物を運び出したそうです。そのトラックを追尾すると、辰巳の貸倉庫だったと。高級家具や衣服もすべてそこに保管されたようです」

マンションを引き払ったということだ。

「菊池智恵美はどこへ？」

小口はどんどん憂鬱になった。

「三日前にドバイに行ったきりです。いつもなら翌日には帰国しているのですが、その記録がありません」

「わかった。沢村と落ち合うんだろう。女豹から情報が入ってる」

「なるほど。ボンボン・マルコスが大統領に就いて以来、あっさり日本に強制送還される可能性が出てきたので、沢村やルーク一派はドバイに拠点を変えるつもりですね。ただし、そのドバイも去年は日本の警察の代執行要請にこたえて恐喝と詐欺容疑の国会議員の身柄を確保しましたからね。安全とは言えないはずですが」

浦部が苦笑した。

「いやあの事案はあくまで国会議員の犯罪というセンセーショナルな事案に

アラブ《U》首長国《A》連邦《E》が外交的配慮をしたまでだ。ＵＡＥが現在も、他国の犯罪者を簡単に引き渡さないことをひとつの売りにしていることに変わりはない。沢村にとってマニラよりも安全なことは確かだ。それに菊池智恵美がドバイの上流階級にコネがあるとしたら、うちの工作員も手が出しにくい」

絶対君主制の国のＵＡＥは他国の干渉を最も嫌う。たとえ日本の犯罪者でも、領土内で闇処理されたとなれば、敵対行為とみなし外交的報復をしてくるに違いない。

手出ししにくい国だ。

「さらにどこかに出るのを待つしかなくなりますな」

浦部も諦め気味だ。

「日本国内での強盗事件が毎日のように起こっている。脱出はまだだろう。マニラや澳門で何とか阻止したいが、こっちの本命は沢村ではなく、もはや山中誠吾と名乗る男だ。この男を徹底的に洗おう」

「わかりました」

浦部も退出していった。

小口は執務机に戻り、エスプレッソを一息にのみ、腕を組んだ。

さまざまな相関図が脳裏に浮かぶ。

想像の範囲を超え関係も多い。だが情報機関の責任者はいくつもの仮説を立てては、その裏を部下に取らせていくのが仕事だ。

ひとつずつ潰していくうちに、必ず残るひとつに到達する。

女豹からは今朝、連絡があった。

やはり敵中に潜っており、マニラ市内の公衆電話からだった。

『背の高い刺客がニースに発ったようです。台湾人のリッキー・ショーという名です。残念ながら顔はわかりませんでした。動画も撮れる状況になかったです。ちょっとお尻に火が付いた気分です』

早口にそう言って切った。

マニラの状況も緊迫してきたようだ。

山中誠吾も背は高い。女豹が見たリッキー・ショーと同一人物である可能性が高い。ニース。

モナコの最寄りの空港だ。

小口の頭蓋の奥に、モナコの民間情報収集会社『フリーザー』に在籍する元同僚萩原健の惚《とぼ》けた顔が浮かんだ。

もともとこの事案の端緒をくれた男だ。

モナコ。澳門。マニラ。東京。ドバイ。点は浮かぶが線は繋がらない。

そして潜っている女豹に、こちらから連絡を取ることは出来ない。

一方、虎の方は、ようやく澳門で協力者に出会えたとメールをくれた。その線から、なにか新しい情報が取れるといいのだが。

小口は待つしかなかった。

第五章　M資金

1

二月十二日　午後一時二十三分　澳門

小林晃啓はグランド・リスボアのロビーにいた。

ポルトガル領の時代に一代で澳門をカジノの街に仕立てたスタンリー・ホーが造ったホテルだ。

ラスベガスのスティーブ・ウィンと並び世界の二大カジノ王と呼ばれた男の本拠地は、カジノが居並ぶ澳門にあっても、ひと際異彩を放っている。

鳥の巣のような外観は、澳門全体を威圧するような迫力を持っているのだ。

「大川洋平《おおかわようへい》さんですね」

小柄な老人がやってきた。

「周富永《しゅうとみなが》さんですね」

香港自由解放連盟の非公然活動家だ。表の顔は食品輸入業者。日本の醬油や酢、それに袋菓子やカップラーメンなども澳門の小売店用に輸入している。

カップラーメンは澳門や香港でも大人気だ。中華料理店がカップ麺を購入しているほどだ。

「現金で用意してきました。使ってください」

小林はキャリーバッグをそのまま渡した。二泊三日用のキャリーバッグに日本円で三千万円相当の人民元《じんみんげん》が入っている。

澳門の公式通貨はポルトガル領時代からの名残でマカオ・パタカだが、市中では香港ドルや人民元もそのまま使用できる。

飲食もタクシーも三種の金が通用する。

小林は香港領事館の食料調達担当として、わざわざ澳門の輸入業者に買い付けに来ている体を装っていた。

「助かります。来週、マグロと和牛の冷凍品をたっぷりお届けします」

周は領収書を差し出してきた。

「美味しいのをお願いしますよ。食べるのは日本人ですからね。本国と同じレベルの味にこだわります。日中友好のために、現地の輸入業者さんを通しているんです」

来週の総領事館主催の在香港澳門和人商工会との昼食会での食材が香港の業者だけでは間に合わないので、と伝えてある。

「承知しています。それに大川さんは北京の『何食品《ホー》』さんからの紹介ですから、しっかりやりますよ」

ホーは北京における小林の協力者だ。中国本土における民主化運動の活動家だが、表舞台には一切立たず、主に香港の活動家への資金提供や逃亡ルート確保などの間接的便宜供与を行っている。

本土で目立つようなことはせず従順を装い、いつか中国が自由主義国家に変貌することを願っているが、自分の役目は援助だと割り切っている堅実な男だ。

日本のビジネスマンが、北京で官憲に目をつけられないようにするための、よきアドバイザーでもある。その一方で官僚や政治家への賄賂を忘れないしたたかさも持っている。

そのホーが澳門の暗黒街に通じている者として、目の前にいる周を紹介してくれたのだ。

「プールサイドバーで一杯やりますか」

小林は誘った。

「そうですね。でも私、先にこのお金を銀行に預けたいです。近くですから商売の話は歩きながらしませんか」

周が顔の皺をさらに深くして笑う。

歩きながら喋るのが一番安全ということだろう。

「承知しました」

ふたりは立ち上がった。

グランド・リスボアを出て、カジノホテルが居並ぶ大通りを、周と並んで運河に向かって歩いた。ガラガラとキャリーバッグの音を立てて歩く姿は、いかにも観光客だ。だが、それがむしろ街の風景に溶け込ませてくれる。

澳門は観光客がひしめく街だ。

そして観光の目玉がカジノの街は、同時に治安の良さもアピールせねばならない。周が『キャリーバッグに現金を』と指定したのもうなずける。

さらに都合がいいことに、巨額な現金を銀行に持ち込んで来る客も珍しくない。

――澳門は街全体がマネーロンダリングに適している。

小林はそう思った。

澳門商業銀行は南湾から入り込んできた運河の脇にあった。

「大川さんは、ここでお待ちください。預けてきます」

手続きの様子は見られたくないのだろう。周はひとりで行内に入った。小林は周囲に注意を払いながら待つ。尾行の気配はなかった。

通りには潮の香りが漂っていた。時々汽笛の音が聞こえてくる。

さりげなく行内を覗くと、周は数人の老人たちと話し込んでいた。商工自営の仲間に見える。欧米系の顔立ちをした老人も交じっている。

澳門の住人の九十パーセントは中国系だが、ポルトガル系、フィリピン系、スペイン系のルーツを持つ住民も多い。香港から遅れること二年。一九九九年にポルトガルから返還された澳門は、中国になってまだ二十五年しか経っていない。

いまだ公用語はポルトガル語が併用されている。香港同様、五十年間の自治が保証されている特別区だ。

香港のような過激な民主化運動が起こらないのは、カジノという特殊な産業を有しているため街が潤っているからだろう。

富は人々を穏やかにする。

周が戻ってきた。

「七月に大博打に出るようです」

唐突にそんなことを言いだした。

「えっ？」

「歩きましょう。いま仕入れた情報です」

周が背中を丸めて歩き出した。

世界遺産に指定されている聖ポール天主堂に向かって歩く。

「台湾海峡にある中台の『中間線』を中国海軍が突破する計画があります」

旧宗主国ポルトガルの趣きが残る道を歩きながら、周がとんでもないことを言い出した。

「まさか。航空機による瞬時の領空侵犯なら、威嚇行為とみられますが、艦船が堂々と越えてきたら世界が許しませんよ」

小林は努めて声を低くして言った。

「いや、その近辺に同時多発的に大事件が起こる可能性があります。世界同時革命は共産主義の積年の夢です。まだ諦めていないでしょう」

周が笑った。ジョークのつもりらしい。

「中国もロシアも、もはや共産主義ではないでしょう。むしろ新しい帝国主義の国だ」

「確かに」

周はゆっくり歩き始めた。

「そしてあなたが知りたがっていたマニラのガルシア・ファミリーと澳門のマフィアとの繋がりの話と、たぶんこの件は関わってきます」

「どういうことですか」

小林は思わず足を止めそうになった。

「マニラにいるボビー・チャンは澳門マフィアなどではありませんでした。華裔情報部

（ＯＳＣＡ＝Overseas Chinese Agency）のマニラの統括責任者のようです」

「華裔情報部」

　小林は公安に長くいたが聞いたことがなかった。

「はい、中国の国家安全部（ＭＳＳ）の別動隊です。ＭＳＳの配下ですが、作戦自体に北京は関知せず、まったく独自の動きをする組織ですよ」

　背中を丸めたまま歩く周がしわがれた声で言う。

「華僑の子孫という意味の華裔ですか？」

「その通りです。中国大陸、台湾、香港、澳門で生まれ育った以外の漢民族。つまり華僑の子孫である華裔です。彼らは中国人であり生まれ育った国の国民でもあります。華裔は完全にふたつのタイプに分けられるといいますね。現地人に同化するタイプと、われわれ生粋の中国人よりも祖国への愛国心が強いタイプです」

「愛国心が強い連中が華裔情報部を組織したと？」

「まさに」

　清の時代に世界に飛び出し、艱難辛苦《かんなんしんく》の末に各国で成功を収めた華僑商人たちが、祖国の発展のために多額の送金をし続けたのは有名だ。

　ニューヨーク、サンフランシスコ、バンクーバー、ロンドン、シンガポール、バンコク、アルゼンチン、南アフリカなど数え上げればきりがないほどの国々にチャイナタウンは存在し、その団結力はユダヤ商人と双璧とされる。

日本においても明治時代に横浜、神戸、長崎に中華街が生まれ、いまなお発展し続けている。

「中華街には中国系、台湾系、香港系などさまざまな中国人が混在し、決して一枚岩ではないのだが、一部は華裔情報部と結託している。その資金力は相当なものでしょう」

曽祖父の代から連綿と築き上げた資産から運用資金が提供されていることは間違いない。

「はい、底知れぬ資産が背景にありますが、マニラの華裔は一九四五年以降、代々M資金の運用をしているとされます」

周が用心深く眼だけで周囲をうかがいながら囁いた。

「M資金？　まさか本当にあったとは思えませんね」

M資金とは第二次世界大戦後、連合軍の経済科学局長ウィリアム・マーカット少将が、占領下で接収した旧日本軍の財産を基に創設した秘密資金と噂されるものだ。

マーカットの頭文字Mを付けたという触れ込みで、戦後幾度となく詐欺の手口に使われているが俗説に過ぎない。

一九五二年、占領行政の終了と共に、日本政府は接収された資金は全額連合軍から返金されたことを明らかにしているため、M資金は公的に架空の存在とされている。

にもかかわらず戦後八十年を迎えようとしている現代でも、M資金詐欺は繰り返されている。手口の大筋は昭和三十年代からほとんど変わらず、資金を手にするためには準備金が必要というものである。

「マーカット少将のM資金とは異なります。日本軍が撤退した後にマニラに残していった隠匿資金を何人かの華僑が受け継いでいたということです。シンガポールやインドネシアでの隠匿資金も合算され相当なものとなっているようです。もちろん戦後の日本でも公表されていない資金です」

「俄かには信じられない話だ」

小林はきっぱりと言った。

「信じようが信じまいがそれはいいのです。私にも真実はわかりません。ですが彼らが、中華人民共和国に協力的な人物、組織、企業に、その資金を惜しみなく提供しているのは事実です。日本の政治家や企業も含まれます」

周は暗にその壊滅を求めているのだ。

「マニラのガルシア・ファミリーや日本の特殊詐欺集団にも手を借しているということか」

潮風に前髪を煽られながら小林は聞いた。

「そういうことです。私から言わせると特殊詐欺集団は、日本を内部崩壊させるための工作に一役買っているようなものです。最近の強盗を含めて、人心の不安を煽る効果があり、華裔情報部にとっては格好の人材となりえます」

周が不意に横を向き、小林を睨んだ。まったくあなたたちは何をしているのだ、という眼だ。

「日本企業とも繋がっているということですね」

核心を聞いた。

「ずばり、お問い合わせのあった満代商会は間違いないでしょう。元尾忠久は三十年前からマニラの華僑から資金を得ています。それで急成長したといっても過言ではないでしょう」

「中古車の不正輸出には華裔情報部が絡んでいるんですね」

気持ちが高ぶってきた。

行く手に溢れかえる人波が見えてきた。世界遺産だ。

「そこから先は、いただいた支援金の額ではお答えできません。どうぞ日本の精鋭情報機関でひもといてください」

皮肉と取れる言い方だ。周のように全体主義国家で反体制的活動をしている男にとっては、日本の情報機関など緩すぎる存在のはずだ。

「そろそろお別れのポイントが近づいているので、話を戻します。中国の『中間線』突破にマニラの華裔情報部はどうかかわっているのですか」

小林はわざとゆっくり歩いた。

「彼らはまったく別の地域での陽動作戦を支援しているはずです。たとえば北東アジアからは遠い地点でテロを起こす。世界の注目がそこに集まっている間隙をついて中国が『中間線』を越えると、私は読んでいます。台湾は必ず、応戦してくるでしょう。そこが付け目です。事情があって越えたのに、先に発砲してきたのは台湾だということになりましょう。そうすれば中国本土はもちろん、香港や澳門にもロシアのように国家総動員法が発布され、堂々と戦闘態勢にはいります。北京はそのきっかけを作りたいのです」

周は唇を噛んだ。

「陽動作戦とはどんなものかわかりますか？」

「パリオリンピックは格好の的でしょう。フランスでは、もともと旧植民地だったモロッコやアルジェリア系の移民によるテロが問題になっています。フランスで生まれ育ったのに、就学や就職に差別があるという言い分です。いいですね、西側では好きなことが言えて。彼らはパリオリンピックを粉砕したい。けれども移民や旧植民地国の観光客には当局の締め付けは厳しい……中東もね」

周が笑った。ここまで言ってもわからないのか、という目だ。

「アジア人ならマークされにくい……中国人が代わりにやるということですか」

小林は石畳の上で思わず足を止めた。

「いいえ。フランスでは中国人観光客は嫌われています。八〇年代の日本人と同じようにね……いまの日本人は好かれている。同じく台湾人も西側のマナーを身に付けていると」

「日本人や台湾人を使うということですか」

「基本は台湾人でしょうなぁ。そうなると台湾侵攻もしやすくなり、フランスや欧州の世論も台湾有事は致し方なし、というふうに導かれるでしょう」

周に歩くように促された。小林の動悸は激しくなった。

「中国海軍は『中間線』を単に越えるだけですか？」

小林は矢継ぎ早に訊いた。

「台湾海峡を渡り澎湖諸島《ほうこしょとう》の馬公《マーゴン》港に寄港しようという計画のようです。たぶん船舶に純粋なトラブルがあったという名目で」

「正式に通告すれば、台湾側も救助はするでしょう」

澎湖諸島は台湾の西五十キロに浮かぶ島嶼群である。馬公の港には台湾海軍の艦船が停泊している。

「その通告に齟齬や誤解があったとしたらどうです。台湾側にうまく伝わっていなかったとしたら。あるいは台湾側が『中間線』の突破は認めたものの、発砲してきたとか」

中国船が何らかの事故で破損し航行が不可能になり、事前に緊急寄港を求める無線を何度も打ったと後に表明するが、実は台湾には何も伝えていなかったと。そういう作戦を立ているということだ。

その艦船は沈められるのを覚悟で侵入するということだ。

そしてその作戦に先んじて、台湾の暴挙を世界に示しておきたい。

それがパリオリンピックでのテロ行為だ。

これは大変なことになりそうだ。

ウクライナ、パレスチナに続いて、この東アジアも戦禍に見舞われことになる。

聖ポール天主堂跡に続く石段のまえに到着した。観光客で賑わっていた。

「第三次世界大戦に発展しますね」

小林は表面だけが残った天主堂を見上げながら、呻くように言った。

「さぁ、人ごみに紛れてお別れしましょう。香港も澳門も再び独立することが出来るように、私たちは闘います」

周は人ごみの中に消えていった。

女の悲鳴を聞いたのは一分後だった。天主堂跡の壁の前あたりからだ。

「この人が急に私に抱きついてきたのよ」

欧米系の観光客の一団の中で白人の太った女が騒いでいた。マロンブラウンのプードルパーマをかけた中年で、花柄のワンピースから出た逞しい腕で小柄な老人を支えていた。

周富永だった。

誰かがすれ違いざまにVXやマスタードガスを放ったか。周が白人女の腕からずるずると滑り落ちていく。

不意に小林は肩を摑まれた。振り向くと冷蔵庫のような大柄の男がふたり立っていた。髪を短く刈り上げている。一目で軍人とわかった。

身体をいったん沈み込ませ、ふたりの股間に同時にアッパーカットを放った。

左右の拳にはっきりと睾丸の感触が伝わってきた。

どんな格闘家も鍛えようのないポイントである。

「ぐぇ」

「あうっ」

男ふたりが石畳の上に蹲《うずくま》った。

小林は懸命に走った。

外交特権はあるが手続きに時間がかかる。一気に出国してしまった方が有利だ。

タクシーを拾い、タイパ島の澳門国際空港へ辿りついた。所要時間は二十分だ。

もっともはやく飛ぶ便を探す。中華人民共和国以外の国であればどこでもよかった。それも中国以外の航空会社に乗り込みたい。

十五時〇五分発、カムラン国際空港行きの便に空席があった。バンブー航空だ。

ベトナムのリゾート地に用はないが、この際どこでもよかった。小林は航空券を購入し、さっさと出国ゲートをくぐった。

カムランからホーチミンを経由して東京に戻ることになる。ただし小口からまた別な国へ飛べと命じられなければ、だ。

2

二月十八日　午前二時三十五分　マニラ

星の降る夜だ。

サンタ・アナの海岸線に、ゴムボートが二隻用意されていた。

「沖合に大型クルーザーが待機している。ボビー・チャンが手配してくれた船だ。そいつで澳門入りだ。その先のルートは現地で出迎えてくれた連中が確保している。ユーたちの新しいパスポートはクルーザーの中で渡される」

マイク・ガルシアがハンドライトで暗い海を照らした。ファミリーの部下がふたりずつゴムボートに乗っていた。漕ぎ手だ。

山川、源田、新庄の三人とラッキー・チョウが二隻に分かれて乗り込んでいく。

海の向こうにパラウイ島の黒い影が見える。その向こうが南シナ海だ。

ラッキーが澳門まで運ぶ役目のようだ。

芽衣子はその様子を、少し離れたところから眺めていた。

アベルとシルビアに挟まれている。

アベルの尻穴への拷問を耐え抜いた後、芽衣子はシルビアの愛人として振る舞っていた。

ラッキーとアベルに信頼されたわけではない。

ただしカバーとして使っている投資会社の調査員という役柄で、実際のマニラでの米国企業の政界工作情報を流してやったのが功を奏した。

それをネタにマラカニアンの政府高官を恐喝しはじめたようだ。

ラッキーとアベルは、彼らのボスであるボビー・チャンに高評価を得たようだ。それからはシルビアに芽衣子を一任するようになった。

フランス対外治安総局（DGSE）のシルビアがどうしてこのふたりに取り入ったのかは知らない。シルビアも詳細は話さないのだ。

芽衣子も素性は明かしていない。シルビアはいまも芽衣子をCIAだと思い込んでいるだろう。そのほうが都合がよかった。

「それぞれジャカルタ、バンコク、プーケットで拠点を作ってくれ。なあに俺と同じようにやればいいのさ。闇バイトサイトにはいくらでもカモがいる」

同じくハンドライトを持った沢村夏彦が明るい声で言っていた。

「ルークが四地点に分かれることになるな。俺は生涯ジャカルタで暮らすことにするよ。レイモンド・マーとしてな」

山川が片手を上げた。

「俺は三年間稼ぎまくったらバンコクを出る。残りの人生を過ごすならロスがいい。チャイナタウンに潜らせてもらうよ」

源田が目深にキャップを被った。LAドジャースのキャップだ。

ふたりは同じゴムボートだ。

ラッキー・チョウと一緒のゴムボートに乗った新庄は終始無言だった。新庄は澳門から先はプーケットに入ることになっているはずだ。

「みんなうまくやってくれ。俺はドバイでしばらくは智恵美としっぽりやっているよ」

沢村がマイクの方を見て笑う。暗い海だが凪《な》いでいるようだ。密出国には都合のよい夜だ。

「よし、ボートを出せ」

マイクがゴムボートの漕ぎ手に合図をした。

ゆっくりと出ていく。

沖合へと進み、見えなくなったところで、マイクと沢村がこちらに引き返してきた。

「あの三人には、澳門で政治訓練を受けてもらう。ひょっとしたら半年ほど深圳《シエンチエン》の愛国教育施設で学んでもらうことになるかも知れん」

アベルが首をだるそうに廻しながら言う。

「そんなことは聞いてねぇぞ。俺たちはフィリピン人になるんであって、中国人になるんじゃねぇぞ」

沢村のこめかみに筋が浮かぶ。半グレだった面影が浮かんだ。

「一生、中国があんたらの面倒を見るんだ。理解してもらわないとならないことがいくつかある」

アベルが落ち着いた声でいう。

工作員としての教育をするのだろう。教育というよりマインドコントロールと言った方が早いのかも知れない。

カモメの啼《な》く声がした。早起きのカモメだ。

「マイク、これはどういうことだ」

沢村がマイクの方を向いた。すぐに手下たちが沢村を取り囲んだ。

「夏彦、別れの時に伝えると言ったことを覚えているか」

「あぁ、おまえのガレージで聞いた」

「いまがその時だから言う。俺たちガルシア・ファミリーは同時に『レッド・ナザレ』のメンバーでもある」

芽衣子は驚いたが納得もいった。

レッド・ナザレは反政府ゲリラだ。録画も盗聴も出来ないのが残念だ。

「なんだそれ。俺は政治的なことには興味がない」

沢村が唾棄《だき》するように言った。

「それは日本では、下層階級からでもおまえみたいに成り上がることができるからだ。少年院とやらでも教育は受けさせてもらえるんだろう」

「まあな」

「フィリピンもだいぶましになった。だが世界にはチャンスを得ようにも、教育を受けることも仕事に就くことも出来ない奴もたくさんいる」

マイクが闇に向かって吠えるように言う。

「そう言えばおまえ、よくそんな話をしていたけど、左の活動家だったのかよ。それで、マラカニアン宮殿に爆弾でも撃ち込む気か？　虫けらのように殺されるだけだぞ。金にもならねぇ」

沢村がせせら笑っている。

「そんなバカげたことはしない。俺はマフィアとしての道をえらんだ。多少は成功した。そしてフィリピンはそこそこましな国になってきた。悪党なりの知恵や阿漕《あこぎ》に稼いだ金を、差別や抑圧に苦しんでいる人々の闘争にいくらか役立ててもいいじゃないか。なぁ」

マイクが沢村の胸を小突いた。フレンドリーな突きだ。

「気持ちは分かる。俺もそういう気分になることがある。けど中国の手先になるのはどうかな」

遠くの海でカンテラが光るのが見えた。アベルがハンドライトを大きく振った。

山川たちが無事密航船に乗り込んだようだ。

「中国の手先になるのではない。中国情報機関のノウハウとコネクションを借りるだけだ。俺が力を貸してやろうとしているのは、ヨーロッパに出稼ぎに出て、その国に根を下ろしたのにいまだに差別されている連中だ」

フィリピンはかつて出稼ぎ大国と言われたが、現在は自国の経済が大きく発展しているではないか。芽衣子は首を捻った。

「ヨーロッパではなく日本を恨んでいるんじゃないのか。俺の周りには日本の男にいいようにされた母親から生まれたフィリピン系日本人が沢山いる。みんな父親の顔を知らない。まぁ俺も、日本人の母親ながら、五年前までは父親が誰か知らなかったんだがな」

沢村が海を向く。南シナ海へと続く内海は凪いだままだ。

「もちろん日本にも恨みがある。けれどもいまは活躍の場が多く与えられている。これからは自分たちの努力次第で成功する者が増えるだろう。少なくともマフィアと半グレはこうして共存共栄が図れている。英語も教えてもらったしな。悪党としても世界に出るには語学が堪能じゃなきゃ、生き残れない」

マイクも海を向いた。二時間もすれば朝陽がさしてくるはずだ。

フィリピン人が日本社会で他のアジア系や南米系よりも雇用の幅が広がっているのは、英語が堪能なことがあげられる。

フィリピンはタガログ語と並び英語も公用語なのだ。

かつてはフィリピンパブやバンドなど水商売系の就労がメインであったが、外国人旅行者が増えた現在、観光地の旅館や飲食店では格好の人材となる。

それがタイ、ベトナム、南米からの就労者が単純労働の職場に多く派遣されるのと異なる点だ。

「俺たち日本の半グレは、いまやマニラにコネクションを持つことが重要になった」

今度は沢村がマイクの腕を小突いた。

「どうだ、夏彦、中国ではなく俺に少し力を貸してくれないか」

「ドバイで俺に何をしろと」

「訓練だ」

「俺も中国の愛国教育を受けさせられるのか？」

「いや、演技訓練だ。役者になってもらう」

「それはどんな詐欺だよ？」

「詳しいことはドバイ空港で夏彦を待っているフランス人が教えてくれる。日本人観光客として、うろうろしてもらうだけだ。出演料はたっぷり出るはずだ」

「フランス人？」

「そう。モロッコ系フランス人だ。すでに四世だから生粋のフランス人と見た目はまったく変わらないがな」

マイクがそう言ったときに、隣に立つシルビアの身体がビクンと揺れた。シルビアが探っていたのはきっとこれだ。フランス国内におけるモロッコ系移民のテロ。

「そろそろ空港に移動したほうがいい。ドバイ行きは午前七時三十分発だ。マニラの手前で渋滞に巻き込まれるとやばいぞ」

アベルがふたりに声をかけた。

「わかったよ。どのみち日本には帰れねぇ身だ。おまえの道楽に付き合ってやる」

沢村がマイクと握手した。

その沢村の背中を見て、芽衣子は慄然《りつぜん》とした。

クラーク国際空港でプライベートジェットに乗り込んでいった男の体形と沢村はそっくりなのだ。もちろん別人であることは承知している。だが、醸し出している雰囲気までどこか似ているのだ。

不気味な取り合わせだった。

「名残惜しいが、ニノイ・アキノ空港まで送っていく」

マイクたちは車に向かって歩き始めた。部下たちも続く。二台の鉛色のグランド・チェロキーに乗り込んでいく。

芽衣子はここが脱出の最大のチャンスと見た。

サンタ・アナに来たときからそう腹を括っていた。

シルビアには悪いが、沢村をはじめルークと呼ばれた連中がマニラを去り、ガルシア・ファミリーの正体を知ったいま、本来の任務を遂行したい。

「俺たちも車に戻るぜ」

アベルが砂浜から道路に向かって歩いていく。

あちこちひび割れたアスファルトの道路に出る。フォードはグランド・チェロキーの背後に止まっていた。道路には微かに朝靄《あさもや》が掛かっていた。

「エイミー、おまえが運転しろ。後部席から首でも絞められたらたまらんからな。助手席にシルビアだ」

アベルが命じてきた。

胸中を見透かされた思いだ。

「そんなことしたら事故って私も地獄へ落ちるだけじゃないですか」

芽衣子は運転席に乗り込んだ。

「前のチェロキーについていったらいいわ」

シルビアが助手席に座る。アベルは後部席、芽衣子の真後ろに腰をおろした。

「了解」

動き出した二台のグランド・チェロキーに続いた。沢村とマイクは先頭車に乗っている。

ビーチウェイをマニラに向かって進む。

まだ闇の中だ。ヘッドライトが決して平らではない路面を照らしていた。道路は空いている。三台は等間隔で疾走していた。

芽衣子はさりげなくシルビアの手を握り、指を絡ませた。

「ちっ、仲がいいこった。空港から帰ったらホテルで男の味も教えてやるよ」

「やめてよアベル。エイミーに妙な真似したら私が承知しないわ」

シルビアが強く握り返してきた。その手のひらに信号を送る。

――この車、乗り捨てるわよ。勝手に逃げて。

シルビアも信号を返してきた。

――そう来なくちゃ。

――ねぇ、モロッコのテロ集団が動いているってこと?

指で信号を打ちながら肘でバストを押してやる。

――ノン。フランス人の貿易商が武器の価格を上げるために戦争を起こさせようとしているだけよ。ヴィッシー・ラズロー。この名前を覚えておくことね。

——ウィ。ジュテーム。

かけ子たちが閉じ込められている海沿いのマンション『シャトー・パシフィック』が右側に見えてきた。

シルビアが手を離しシートに身体を沈めた。ドアノブに指も掛けている。DGSEの工作員なら何とかするだろう。

バックミラーでアベルを見やると、シルビアの体勢の変化にいぶかしげな視線を送っていた。いまだ。

芽衣子は思い切りステアリングを右に切った。

フォードのフロントノーズの先にシャトー・パシフィックのエントランスが迫ってきた。

アベルが後部座席で腰を浮かせている。芽衣子はさらにアクセルを踏み込んだ。

「おいっ、どうした」

「うわぁああああ」

シルビアがドアを開けて転げ落ちていく。受け身を取れたかどうかまでは見えなかった。

ボンネットがガラスの扉を突き破った。

轟音が鳴り響きガラスの破片が飛び散っていく。

芽衣子も飛び下りた。受け身は取れた。

フォードはエントランスロビーのソファを弾き、正面の壁に激突した。白煙があがり、コンクリート片や砂塵が舞い上がった。

アベルは頭からフロントガラスの方へと飛んでいる。シルビアと異なり心の準備がなかった分だけ踏ん張りがなく、ダイレクトに身体が前に飛んだようだ。尻をこちらに向け、脚をばたばたと動かしていた。

芽衣子はロビーの床を回転しながらフォードのリアゲートを開けた。サブマシンガンが一丁、保管されているのを知っていた。

H&KのMP5だ。

その銃口をガソリンタンクのあたりに定めて、引き金を引く。

「アベル、あんたのケツは見苦しすぎる。吹っ飛びな」

オレンジ色の銃口炎があがり弾丸が連続して飛び出した。オートバイのエンジンを吹かしたような響きだ。

アベルの断末魔の声が聞こえ、つづいてフォードがボンッと音を立てて爆発する。ロビーが白煙とオレンジ色の炎に包まれた。

「なんだ、なんだ」

エレベーターの扉が開き、日本語で叫ぶ男たちが出てきた。ジャージに素足だ。拘束されていたかけ子たちだろう。

ロビーの壁に非常ベルのボタンがあった。

そこにも向けて撃つ。プラスチックのカバーが粉々になり、けたたましいベル音が鳴り響いた。

芽衣子はMP5を抱えたまま道路に飛び出した。ベル音は四方八方に響いている。これならすぐにパトカーがくるだろう。サンタ・アナは海軍基地がある町でもある。

付近にすでにシルビアの姿は見当たらなかった。このまま姿をくらますはずだ。

芽衣子も道路を渡った。振り向くとジャージ姿の男たちが次々に飛び出してきている。

逃げろ。逃げろ。

道路の前後からサイレンの音が聞こえてきた。

彼らがうまく保護されることを祈り、芽衣子は闇の中に逃げ込んだ。

第六章　ヘアピン・サーカス

1

二月二十日　午前八時　東京　霞が関

国家情報院（ＮＩＳ）副長官の小口稔は、登庁するとすぐに長官室に入った。

「女豹がやりすぎました」

「まるで映画を見ている気分だね。フィリピンでも視聴者のスマホ撮影によるＳＮＳへの投稿はさかんなのだね」

長官、朝倉周三はパソコンの画面に視線をむけたまま言った。

「ただいま国内のテレビで放映された動画とフィリピン発でネットに上がっている動画や画像のすべてを分析部のモニター担当がチェックしておりますが、彼女が映り込んでいるものはないようです」

フィリピン・ルソン島の北端の町サンタ・アナで、特殊詐欺グループによって拉致監禁され、かけ子となっていた日本人たちが逮捕、保護された。

男女合わせ、総勢二十五名。二年以上にわたってマンション内に監禁されていた者もいるという。

フィリピン警察は逮捕理由を不法滞在としたが、あきらかに誰かに強要されてマンションから出られなかったことが理由なので、国内法では裁かず、早期に国外退去をさせるとの方針と発表した。

親米姿勢を取るボンボン・マルコス政権は、日本ともむやみに摩擦を起こしたくないと政治的配慮をしたものと思われる。

「それにしても派手にやったもんだな。マンションのエントランスで車を爆発させるとは。ボンドも凄腕の部下を持ったものだ」

朝倉は笑い、執務机に置いてあったコーヒーカップを手に取った。

小口の肝はまだ冷えたままだ。

ここまでの映像を見る限り、銃声の音は入っていないが、女豹がもしマシンガンなどを撃ちまくっていたら、それは間違いなくフィリピン警察から国際指名手配を受ける。

フィリピン国家情報調整局（ＮＩＣＡ）が知ることになれば、主権侵害として外交問題に発展するやも知れないのだ。

付近の住民は、フォードの爆発音を聞いてから外に飛び出し撮影を開始したのだろうから、それ以前の映像は投稿されていないようだし、幸いなことにフィリピンでは日本ほど防犯カメラシステムが発達していない。女豹は、爆発直後に闇に紛れて逃亡したものと思われる。

「彼女からの生存報告はあったのかね？」

朝倉がコーヒーメーカーを指差しながら言った。長官室のコーヒーメーカーも官給品ではなく朝倉自身が持ち込んだものだ。

小口のカプセル式と異なり、朝倉のは豆から挽く全自動ドリップ式だった。イタリア製のレモンカラーのボディがいかにも朝倉の官僚らしからぬ性格を表している。

「今朝ありました。スービック湾に停泊していたアメリカ海軍の艦船に逃げ込んだそうです。帰国は佐世保か横須賀になるようですが詳細は教えてもらえないとのことでした」

米海軍が航海スケジュールを漏らすわけがなかった。無事でなによりだが帰国日は不明だ。

この間知りえた事実は、すべてメールで知らせてきたが、同じ情報を米軍も共有したことになる。救助してもらったのだから致し方ない。

「フランス対外治安総局（ＤＧＳＥ）の女性諜報員も潜り込んでいたのがわかりました。

これはフランスがマニラでの華裔情報部の動きを探っていたということでしょう」

小口は、ブルーマウンテンをカップに注ぎながら報告した。

「なるほど。フランスも必死だな。パリ五輪の前に、あらゆるリスクを排除しておきたいのだろう」

フランスや欧州各国にも華裔情報部の拠点はいくつも存在し、その連中がフランス内部にいるテロ組織をサポートしているとなると、かなり厄介なことになる。

華裔情報部の中枢は香港と澳門とされるが、日本同様フランスも現在の香港、澳門では諜報活動のリスクが高すぎると判断しているはずだった。

北京がこの両都市にも中国本土と同じ国家安全法を適用させたからだ。表だった外交官ならば特権を使えるが、そうではない方法での諜報活動が露見し逮捕された場合、中国の牢獄で終生を送ることになる。

そのリスクを避けるために西側国家は、最寄りの自由主義国家フィリピンでの諜報を活発化させている。マニラはかつてのポルトガル領だった頃の澳門に代わり、まさに東南アジアにおける情報機関の交差点となっているのだ。

「ヴィッシー・ラズローというフランスの貿易商の名前も出ました。武器商人のようですが、オフィスはパリではなくカサブランカ。満代商会のカウンターパートナーである可能性があります」

事案はどんどん複雑さを帯びてきた。愛読書であるイアン・フレミングの小説のように単純な構図ではない。パンドラの箱を開けてしまった気分だ。

「なるほど。モナコの『フリーザー』にDGSEとフランス警察の動きを追跡してもらってくれ。もちろん有料で構わんよ」

民間諜報組織である『フリーザー』はモナコに本部を置いている。世界中のセレブがセキュリティのためにフリーザーに警護や情報提供を求めていることもあるが、フランスの傭兵会社とも連携しているためである。

モナコは独立国家だが、実際はフランスの掌中にある都市国家といえる。フランス国内のテロ組織の動向監視にも一役かっているはずだ。

「わかりました。フリーザーのコロンボに打診します」

この際、そうとうふっかけられると小口は覚悟した。

「中国の動きはその後、追跡しているかね」

「はい、澳門から脱出しホーチミンに入った虎を、すでに台北に向かわせました。CIAと連携して中国海軍の本気度を探らせています」

もしも本気で中台の「中間線」を突破して来たら、間違いなく日本も巻き込まれることになる。

「総理はびびっている」

現総理は旗色を鮮明に出来ないタイプの政治家だ。親中派の立場も考慮して揺れ動くに違いない。だがわれわれに出来ることは、確度の高い情報を官邸に上げるだけだ。

「現総理でなくても即断は難しい事案です。可能な限り早めに情報を上げるしかありますまい」

「そうだな。場合によっては我々がミスを装い、リークするというのもひとつの手だ。先に世界が騒げば、中国も強行突破はしづらい」

意外と大胆な発想をする長官であった。

「それでは長官のクビは飛びます」

「いや、台湾有事を止められるのなら、俺のクビなんて安いもんさ。フリーザーへ行くよ。モナコは過ごしやすそうだ」

朝倉は陽気だ。

NISの長官はこのぐらい肝の据わった男でなければ務まるまい。

ドバイ、モロッコ、パリ。

女豹の報告では沢村夏彦と菊池智恵美はドバイで落ち合うようだ。

なんのためだ？

「長官、いろいろ整理したいのですがよろしいですか」

小口はブルーマウンテンの注がれたカップを持ちながら聞いた。

「時間はたっぷりある」

朝倉もカップを手に応接セットへと進んできた。長官室の半円形の窓から、朝の柔らかい日が差し込んでくる。中庭の緑がそよ風に揺れていた。

この平穏な日々が永遠に続いて欲しいものだ。

2

三月十日　午後三時十六分　モンテカルロ

モナコは崖の国だ。

国土は二・一平方キロメートルしかなく、そのほとんどが崖で地中海を除く三方はフランスに囲まれている。人口は三万九千人。

どの崖から地中海を見下ろしてもため息がでるほど美しい。

世界で二番目に小さい狭い国土の中に高層ビルが連なっているが、色が統一されているせいか、香港のような混沌とした印象がない。

持てる者の余裕が気品となって満ち溢れているようだ。

リー・ズハオは旧市街モナコ＝ヴィルの木立の中から、眼下のヨットハーバーに向けて口笛を吹いていた。ズハオにとって口笛は唇を整えるためのルーティンだ。

『ラ・マルセイエーズ』

フランス国歌だ。

北東アジア系のマスクを持った男が、モナコでフランス国歌を演奏しているというのも妙な光景だろうと、ふと思う。

それがそのまま自分の人生を表しているようでもある。

台湾人名、リッキー・ショー。日本人名、山中誠吾。

そして中国名、リー・ズハオ。これが本名なのだが、この名は世界中のどこにも記録されていない。

しかも父親は日本人だ。その事実を知ったのすら、三年前のことでしかない。

澳門の女性工作員、リー・シェンメイと満代商会の総帥、元尾忠久の子として生まれたのが自分だ。元尾は子種を授けることで華裔情報部から莫大な資金を得たという。

子種を授けたのは、華裔情報部と永遠の絆を作るためだ。

リー・シェンメイは日本に渡り密かに自分を生み、後に山中正明と栄子と名乗るスリーパー・セル仲間に預けた。

それからは誠吾という名になったが、物心が付いたときから工作員として育てられた。

すべてを知らされたのは養父、正明が末期の膵臓《すいぞう》癌で旅立つ二日前だった。元尾忠久もその場に来たのには驚いた。

すでに工作員として感情のコントロールが完璧に出来るようになっていたので、聞かされてもさほど動揺はしなかった。

実父には冬彦《ふゆひこ》と呼ばれた。それが彼が付けた名だったようだ。

いきなり新しい名がまた増えたと自分でもおかしくなったが、夏彦という同い歳の弟がいることもこの時知った。

夏彦の母は日ノ出町の中国人娼婦で、その母親に育てられたという。大変な不良になったようだが、元尾が裏で支えていた。

自分のことも同じだった。座間の山中家は元尾の資金で賄われていたのだ。

夏彦のことはマニラで見ることが出来た。笑ってしまうほど顔も体形も似ていた。もっとも夏彦の方はほんの六か月先に生れた異母兄がいることなど知らない。

ズハオは一月十六日なので冬彦。

弟は七月十五日生まれで夏彦なのだそうだ。

共に一九九二年生まれだ。

元尾には正妻との間にもっと先に生まれたふたりの子供がおり、すでに孫もいる。これが表の元尾ファミリーだが、いずれ彼らも中国の国家安全部の手先として働かねばならない時が来る。

育ちはそれぞれ違っても、結果として中国のために日本を裏切る仕事をすることに変わりはないのだ。

パリではその弟とジョイントが出来るらしい。楽しみだ。

そんなことを考えながら、ズハオはポケットから距離計測スコープを取り出した。

レンズに眼下のヨットハーバーが映る。

ヨットの群れの中にいる一艘を探した。

スコープにヨットの尖端が映り、ズームアップすると舳先におかれた紅いリンゴが見えた。

スコープに距離が示される。約三百十二メートル。

ウィリアム・テルの気分だ。

吹き矢の筒を取り出した。直径一センチメートルの銅管。長さは三十センチ。スポーツ吹き矢の三分の一の長さだ。

このサイズでもズハオは楽々三百メートル飛ばすことが出来る。二十年も訓練してきたたまものだ。肺活量は常人の五倍もある。

強く吹いた。

シュッ。

矢が飛び出していく。羽根のないダーツの矢のような形の矢だ。

スコープに映るリンゴの中央に矢が突き刺さった。

――グッド。

ズハオは吹き筒を撫でた。風に流されずに三百メートル先の標的を捉えられたのは、通常より重い矢を使ったからだ。そのぶん肺活量は必要だ。

続いてウエストポーチから風船を取り出した。

それぞれの風船の中に琥珀色の液体の入ったカプセルを入れ、ハンディサイズのヘリウムガスボンベで膨らませる。

子供の頭ぐらいの大きさの風船だ。十グラム用のカプセルに半分の量だけ液体が入っている。

赤と白の二個の風船を空に向かって放った。

ハーバーの上にカモメが舞っていた。

モナコ国旗の赤と白に因んだつもりだが、青い空に舞うとフランスの三色旗のように映った。

パリを燃やせ、か。

ヴィッシー・ラズローの言葉を思い出しながら、風船がカモメよりもやや高い位置に来るのを待った。

ふたたび距離計測スコープで、風船との距離を測った。

四百六十メートル。

ズハオは大きく息を吸い込んだ。腹に空気をため込む。トランペッターのように頬も膨らんだ。

身体からすべての空気を吐き出すつもりで吹いた。

ビシュッと矢が飛び出していく。

矢は風に煽られ右に流れていった。

風船は割れなかった。

ズハオは首を傾げ、口を歪めた。

今度は円筒形のケースから、長さ六十センチの単眼スコープを取り出した。

風船はヨットハーバーの上空をまだ飛んでいた。

ロングコースになるが、まだ射程可能範囲内だ。

単眼スコープの胴部の手前から十五センチほどの位置を親指で強く押した。前後のレンズが音を立てて外側に開く。

中は空洞になった。矢を込めた。

目いっぱいの力を込めて吹いた。

パンッ。

と音は聞こえなかったが、そんな感じで風船が破裂した。

衝撃でカプセルも開いてくれたらいい。だがカモメは頭上で弾けた風船を嘲笑うように悠々と旋回を続けている。

風船は破裂したが、カプセルは空中で開かなかったようだ。

続いて白の風船を狙う。

「パンッ」

自分で言った。

白の風船が弾け飛んだ。

リーは肉眼で空を見つめた。

カモメの群れが急に急上昇をはじめた。

だがその中から三羽のカモメだけは、突如急降下し地中海に落ちて小さな水しぶきをあげた。

液体ＶＸガスを浴びたようだ。

ズハオはまた首を傾げながら、単眼スコープをケースに仕舞い、木立を出た。

いまひとつしっくりこない。

旧市街のパーキングに駐めた赤いフェラーリ・デイトナＳＰ３に乗り込み、丘の上からアルベール一世通りへと降りていく。

フェラーリ独特の爆音をまき散らしながら海岸沿いへ出たところで、スマートフォンの短縮番号を押した。

一度の発信音で相手が出た。だが無言だ。

「リッキー・ショーだ。ヴィッシーと話したい」

「モナコでフェラーリを乗り回しているとは優雅なことだな」

車載スピーカーからヴィッシーの声がした。不機嫌そうな声だが、爆音に掻き消されコート・ダジュールの海へ流されていく。

「なぜ、俺がモナコにいるとわかる」

ズハオは叫ぶように言った。

カサブランカで渡された二冊のパスポートやマニラで華裔情報部のスリーパーから受け取ったＶＸガス入りのジェラルミンケースも入念にチェックしたがＧＰＳは隠されていなかった。

何故だ。

カサブランカのヴィッシーには、ニース到着後ただちにリヨンに移動し、そこからさらにグルノーブルの山岳地帯へ入り、いったん消息を絶つつもりだと伝えていたはずだ。

だが、雪に埋もれた二月のグルノーブルで試射や訓練をするよりもモナコの方が効率がよいと思い直した。

実際の仕事も市街地になるからだ。

報告とは別の動きにしたのは、ヴィッシーの手の中でだけ動くのもリスクがあると判断しているからだ。

「DGSEの諜報員がGPS代わりになってくれている。奴らの動きを捕捉していたらおまえさんを追いかけていることが分かった。いまも後ろにいるぞ」

ヴィッシーの冷ややかな声に、舌打ちをしながらバックミラーを覗いた。

真後ろはカナリアイエローのルノー・トゥインゴ。

学生のようなカップルが乗っている。ドライバーの男が助手席のガールフレンドのバストに手を伸ばしていた。女の手は男の股間をまさぐっているようだ。

金髪のハンサムな男と栗毛色のポニーテールの女だ。どちらもまだ挫折というものを知らないような笑顔を浮かべている。

こいつらではないだろう。

その後ろにフィアット・チンクエチェントが二台見える。

オフホワイトとエメラルドグリーンの二台だ。

追跡用にコンパクトカーを二台用意したようだ。

手前のオフホワイトのドライバーはサッカーチーム「パリ・サンジェルマン」の濃紺の毛糸の帽子にサングラスをしているが、女のようだ。隣にはいかつい男が座っている。

その後ろのドライバーの顔までは確認できない。

「二台とも始末して、俺は消える。どうせ俺のダミーをニースのコート・ダジュール空港から例のジェットで澳門かマニラに戻しておく計画だろう」

ニースに入ったことがDGSEに知られていたということだ。

クラーク国際空港にカメラを運んできたボビー・チャンの手下の車にふたりの女が乗っていたのを見かけた。

そこか？

「ダミーはすぐに用意する。しかしパリのジャンポール・ローンにクレームは入れるぞ」

ジャンポール・ローンとはパリ十三区で中国茶の店をひらいている老人だが、欧州における華裔情報部（OSCA）の幹部のひとりだ。

マニラのOSCAと連携しパリでの仕事をサポートしてくれているのだ。

「ヴィッシー、確かにあなたにはクレームを入れる権利がある。ニースで足が付いたのは、OSCA側の落ち度だ。ただし俺は、引き受けた仕事はきちんとやるから心配するな」

「そうであって欲しいね。結果的にリーがモナコに立ち寄ったのは正解だった。この場合、グルノーブルの山奥よりも手当がしやすい」

ヴィッシーの声が海風にさらわれていく。

「ちょうどいい。パリからマニラへの伝言を頼む」

「なんだ？」

「矢の仕様を再考してほしい。少し軽いような気がする」

「なら、それもクレームのひとつだ。パートナーシップの信用を損なう問題だ」

「業務提携の交渉は、俺の知ったことじゃない。そもそもこいつの製造は中国じゃない。マニラの自動車修理工場で吹き筒と矢と一緒にガスカプセルを作っているんだ。マニラの工作員たちに文句を言ってくれ」

「わかった。それも新たなものを製造させて、パリのジャンポールの店に届けさせておく。そっちはそっちで軌道修正してくれ」

電話は切れた。

F1コースのヘアピンカーブが近づいてきた。

バックミラーを再確認する。

ルノー・トゥインゴの助手席の女のポニーテールが、運転する男の股間の上で飛び跳ねていた。スリル満点のブロウジョブを楽しんでいるようだ。

さらにスリルを味わわせてやろう。

ヘアピンカーブに入った瞬間にリーは急ブレーキを踏んだ。

ルノー・トゥインゴも急ブレーキを踏んだが間に合わない。フロントノーズがフェラーリのリアに触れた。その瞬間リーはアクセルを踏み込み急角度のカーブを壁すれすれに曲がっていく。

バランスを失ったルノーは壁に激突した。ブレーキングをしていた分だけ、衝撃は少なかったはずだが、金髪の若者の男性器はなんらかのダメージを受けたことだろう。ドライブ中はむやみに舐めさせないことだ。

後続車のフィアット・チンクエチェント二台は、ボンネットがめくれあがり白い煙を噴き上げているルノーをぎりぎり躱《かわ》し、タイヤを軋ませながらも、ヘアピンカーブからストレートコースへと上手く車体をコントロールしながら進んできた。

見事なドライヴィングテクニックだ。

だがその運転技術がＤＧＳＥの諜報員であることを確信させた。

子鼠のようなフィアット・チンクエチェントを使用しているのも、狭い坂道の多いモナコでの追尾に便利だからだろう。

「ふん」

ズハオはあえてグランカジノの前のラウンドアバウトに入り方向を西に変えた。モネゲッティを目指す。

そこへ向かう崖路は厳しい。崖路のうえにヘアピンカーブが続くのだ。

フェラーリは上へ上へと登った。フィアットも懸命に付いてくる。こっちが追尾に気づいているのを承知で追ってきている。

その理由はひとつだ。

俺を殺す気だ。

ズハオはそう直感した。

おそらくはモナコ＝ヴィルでの試射の様子を目撃したのだろう。それでテロリストと断定し、ＤＧＳＥの本部から殺人許可を得たに違いない。

――治外法権のモナコで事故死に見せかける。

それが情報機関の常套手段だ。

ズハオはバックミラーを見やりながら微苦笑した。

ちょうどよいトレーニングになる。

ステアリングを握りながら、身体を斜めにしてグローブボックスを開け、ダーツの矢が入ったケースを取り出した。

崖っぷちのヘアピンカーブが続く。上下二車線で対向車もあるので速度を上げるのは危険なポイントだ。

次のヘアピンカーブに入ったところで坂道に不慣れな素人のように、急ブレーキを踏んだ。同時にシフトも一気にローに落とす。

フェラーリはつんのめり激しいスピンを起こした。

狙い通りの九十度ターンだ。テールを崖下に向けて二車線を塞ぐように停車する。

オフホワイトのフィアットはスローダウンした。

助手席の窓が開き、ベレッタ92Fの銃口が顔を出した。撃った瞬間、銃口が揺れやすい特徴をもった拳銃だ。

乾いた音がして白煙があがった。

ズハオは頭を下げ、あえて助手席側の窓を開けた。銃弾はフェラリーのルーフを掠めていった。

その瞬間にダーツの矢を投擲《とうてき》した。

「うっ」

ちょうど窓から伸びた敵の男の二の腕に刺さったようだ。

男が顔を顰《しか》め、ベレッタを落とした。

針の尖端に塗ってあるトリカブトの回りは早いようで、男は胸を掻きむしりながら嘔吐し、シートに身体を預け眼を閉じた。

オフホワイトのフィアットは停車した。サングラスの女が男の脈をとっていた。

後続のエメラルドグリーンのフィアットがオフホワイトのフィアットを追い越そうと反対車線に飛び出し、フェラーリに迫って来た。

今度は運転席と助手席両方の窓が開きおそろいの拳銃を突き出してくる。

どちらも白人男だ。

ズハオはステアリングを極限まで切り、フェラーリのタイヤをフィアットの方へと向け、同時にアクセルを踏んだ。

フロントノーズがガシガシと崖を擦り、猛獣の声のようなエンジン音を轟かせながらも、フェラーリはフィアットの正面を向いた。

敵にはモンスターが振り向いたように見えたのではないか。

フィアットはスローダウンしながら、左右の窓からベレッタを連発してきた。射手の気持ちも上擦っているようで、弾丸は余計に上方へと消えていく。

ズハオはエメラルドグリーンのフィアットを見据えた。威嚇するようにシフトレバーをNにし、アクセルを何度も踏み込む。

F1マシン張りの耳を劈《つんざ》くようなエキゾーストノートがあがった。

超小型車であるフィアットが腰を抜かしたように後退したが、後の祭りである。

「逆走してきたおまえらが悪い」

ズハオはそう叫んでシフトをDに入れ替え、一気にアクセルを踏んだ。イタリアの跳ね馬の異名通り、まさに飛ぶように発進した。

正面衝突してやる。

フィアットは軽量級のボクサーがヘビー級王者にストレートパンチでも食らったように横向きにふっとんでいた。フロントグリルは大きくへこみ、窓は粉々に割れていた。

乗っていた男ふたりは、割れたガラスの破片が無数に顔に刺さり、血まみれだ。

ズハオは一度バックし再び突進した。今度はフィアットの側部を狙う。

車内から悲鳴が聞こえた。

圧死したかも知れない。

そのままフェラーリのフロントバンパーでどんどん崖っぷちへと押していく。エメラルドグリーンのフィアットは下の林の中へと落下させた。

こちらは多少バンパーとボンネットが歪んだが、エンジンも足回りも異常ない。

一方、オフホワイトのフィアットの方は小回りのよさを生かしてUターンした。片側が崖になっている下り坂だ。カーブは登り以上に危険となる。

ズハオは追った。

馬力が違う。

すぐにフィアットのリアにフロントバンパーが当たる。衝撃音が轟いた。フェラーリの方はびくともしない。

女の尻を膝で蹴り上げている気分で、バンバンと小刻みにぶつけてやる。どこかで打ちのめし、崖下に突き落としたいものだ。

タイミングを計った。

ヘアピンカーブが見えてきた。死んでもらうには手頃な場所だ。カーブの入り口に差し掛かったところでズハオはアクセルを思い切り踏んだ。

目の前でオフホワイトのフィアットが弾け飛んだ。断崖の向こうへ飛んでいく。

フェラーリはそのまま坂を下った。

バックミラーに森に向かって落ちていくフィアットと共に、パラシュートを広げて空を舞う女の姿が映った。まるで映画だ。

「ちっ」

これ以上かまっている暇はない。

ズハオは一気にフランスとの国境を目指した。

3

三月十三日　午後二時四十五分　ドバイ

「ふたりともだいぶセレブの雰囲気が出てきたな」

ブルジュ・ハリファの百二十二階のレストラン『アトモスフィア』の窓際のコーナーテーブル。

ヴィッシー・ラズローはシャンパングラスに入ったペリエを飲みながら言った。

カサブランカの貿易商でモロッコ系フランス人だという。

「にわか仕立てだ。育ちの悪さはそう簡単に隠せるもんじゃない」

沢村は苦笑した。フィリピン・イングリッシュだが意思疎通に不自由はない。その気になればもっとうまく裕福な日本人青年という役になりきれそうだが、仕事の目的を教えられていないので、いまひとつしっくりきていない。

「私もよ。生まれながらのセレブや、成金の男たちとさんざん寝てきたけど、気に入られるように振る舞っていただけだから、底は浅いのよ」

智恵美も肩を竦め、目の前のティーカップを手にした。アッサムティーだ。

「その謙遜がいい。育ちのいい人間は決して自慢したり、得意になったりはしない。よく出来ている」

ヴィッシーは満足げに顎髭を撫でた。

約三週間前、沢村と智恵美がドバイ空港に着くと、ヴィッシーとそのスタッフが出迎えてくれた。

マリーナ地区の高級マンションを提供され『ヴィッシー・トレーディング』のドバイ支社のスタッフたちが、生活のすべてをサポートしてくれた。

スタッフはアラブ人が大半だが、フランス人、フィリピン人もいた。

そのマンションでスタッフたちから、なりすます男女の役を説明された。

暗号資産で成功した日本人カップルという設定だ。

名前は藤森武雄《ふじもりたけお》と香川《かがわ》智恵美。年齢は沢村と智恵美と同一とされた。

ひと通りバックグラウンドを把握すると、彼らが行くだろうレストラン、カフェ、高級ブティックに何度も出掛けるように指示された。

沢村は指示自体はよく理解した。詐欺師の手法は万国共通だ。これは本人の行状をしめすアリバイ工作であろう。

藤森武雄という男が恋人をつれてドバイに滞在しているというふうにしたいのだ。

智恵美もその辺は慣れたものだ。

元は歌舞伎町の箱ヘルにいたホス狂いの女であったが、より稼げる外国人富裕層向けの風俗嬢に転向させた。

ホストのマインドコントロールに落ちる女は、操り人形になれる素質を持っている。

沢村が次々に作り上げる架空の経歴を、智恵美は面白がって演じ、いまや世界中の男たちから金を引き出してくれている。

今回は自分とのカップル役なので大乗り気だ。期待以上に演じてくれている。

二週間前から、ドバイで暮らす日本人資産家や実業家たちとの会食も三度セットされた。

顔を売って歩くのだ。

会食の席ではどの日本人も日本の税金の高さや、同業者の同調圧力や旧態依然とした秩序に辟易していた。イノベーターにとって日本は、まだまだ勝負しにくい国だと一様にこぼす。

沢村は同感だと何度もうなずいて見せた。

自分も税金が払うのが嫌でね、などと答え、今後もよろしくと支払いはこちらがした。過去に仕事らしい仕事もしたことがない趣味人です。とも伝えた。

なりすましはこうして周囲に顔を売って行くのだ。

ただ沢村には疑問があった。

裕福な日本人になって何をさせる気なのか、聞かされていない。

それとマニラで出会った澳門系の連中とこのヴィッシーとの関係もよくわからない。沢村自身、ボビー・チャンと会ったのもマラキ・モーターズで一度だけなのだ。

「ミスター・ラズロー。あなたはボビー・チャンの古くからの友人だといっているが、どんな関係なんですか。単に彼のカジノの客だったとは思えない。俺はあくまでマイクの仲間なだけで、いまの状況はよく呑み込めていない」

沢村はまずその質問をぶつけた。

演技をしているうちに、素の場面でもゆったりとした口調になった。

マイクにマニラで世話になった借りを返したい気持ちはある。それでドバイ行きを承知したのだ。だがいまだに事情を呑み込めていない。

「わかった。私は満代商会のミスター元尾のビジネスパートナーなんだ。あなたもそうだったはずですね」

ヴィッシーはシャンパングラスに入ったペリエを旨そうに呑みながら笑った。英語は母語ではないようで、そのぶん聞き取りやすかった。

髭面だがパナマ帽がよく似合い、相手を緊張させないおおらかさを醸し出している。だがこういう愛嬌のある男こそが一癖も二癖もあるものなのだ。

「こいつは驚きだな。どんなビジネスパートナーだよ」

沢村は用心深く聞き返した。

十四で少年院に入ってからは、まっとうな道は歩いていない。出会う者すべてとの騙し合いであり、裏を掻いたり掻かれたりの三十二年の人生だ。容易く人を信じる習性はない。

「平たく言うと密貿易をしている仲だ。内容は言えない。君も裏街道を歩いてきたならわかるだろう。元尾さんはあなたのルークグループの支援もしていたはずだ」

「確かに金銭的な支援はしてもらっていたよ。だが、こっちもヤバい仕事を手伝っていた。分解して運び出した車や産業廃棄物をマニラで組み立て直す仕事を引き受けていた。中には自衛隊の高機動車なんてのもあった。その代金の運び役に智恵美を使ったりもしたしな」

ところが去年の十一月に、しばらく支援も取引も停止したいといってきた。防衛省が勘づいたらしいと言うのだ。

ちょうどこっちも特殊詐欺も潮時だと考えていた時期だったので、襲撃を仕掛けたのだ。家の金庫に表に出せない金がたっぷり入っていることは容易に見当がついた。

それに元尾が握っているリストがあることも知っていた。日本の政財界の若手を揺さぶれるリストだ。そいつも奪った。マイクには数名分だけを渡してある。残りは持ってきた。

中東のテロ集団にブルドーザーや高機動車を横流ししていることを自分たちは知っている。その脅しも含めて支援を続けさせようと考えた。

「ヴィッシーさん、あんたがテロ集団側の買い手だったんだな」

沢村はひさしぶりに声を尖らせた。

「裏の世界では質問してはならないこともある」

「やけにあっさり言うな。俺たちに何か運ばせる気か？」

「そういう品のない言い方はやめた方がいい。せっかくこのひと月の間、セレブに顔を売ったんだ。くそガキのような態度をとるなら、ボビーにキャンセルを入れる。今すぐドバイを出たらいい。日本の警察に売るような真似はしない。それは保証する。ただしそれは俺がボビーの顔を潰してはならないと思っているだけだ」

ヴィッシーは笑顔は崩さないまま、腰を上げた。

「お待ちください。夏彦も私もちょっと不安になっただけです。やる仕事について聞かせてください」

智恵美が間に入った。

ヴィッシーが座り直し、こちらに視線を向けてくる。限りなく青い瞳だ。頬は緩んでいるが青い瞳は冷たいままだ。凝視が続いた。

沢村は息が詰まった。

——格が違う。貫禄も違う。

悪党には悪党なりの勘が働く。

「こっちの負けのようですね。何をすればいいのですか。私もマイクの顔を潰さないようにベストを尽くしますよ」

観念した。

ヴィッシーが視線を窓外に移した。

「いかに急成長したとはいえ、欧米やジャポンに比べたら、まだ街の規模は小さなものだな」

百二十二階の窓からはダウンタウンは勿論、クリークエリアまで見渡せた。近代的な建築が居並ぶすぐ先には広大な砂漠が広がっているだけだ。

「たしかに。渋谷のタワービルから見える風景は、もっとずっと先まで街が続いている」

沢村は答えた。

「先日会った英国人も、このブルジュ・ハリファも砂上の楼閣だと言っていましたわ」

智恵美が会話を繋ぐ。

「その通りだ。近代化の歴史が違いすぎるからだ。中東も北アフリカも長い間、欧州各国の植民地として搾取されてきた。自立の歴史なんてまだ数十年だ。中国だって同じさ。奴らは日本に文句を言う前に阿片《アヘン》漬けにした英国をもっと恨むべきだ」

ヴィッシーが視線を沢村に戻してきた。

モロッコ人はフランスを恨んでいるということか。

「人は最後に喧嘩した相手のことはよく覚えているが、その前のことは忘れてしまうもんです。新たな相手と喧嘩がおこれば、記憶は上書きされるでしょう」

砂漠を照らす日が強すぎるので、智恵美がウエイターにシェードを下ろすように頼んだ。日差しが遮られると、店内が秘密めいた雰囲気を纏った。

「世界はもう一度シャッフルする時期に来てると思う。欧米だけで国際秩序を作っているのはおかしいだろう。グローバルサウスにもチャンスを与えるべきだ。私はその口火を切る役目を果たしたい」

ヴィッシーが天井を見上げながら言った。

「第三次世界大戦へのトリガーを引くとでも」

沢村は冗談めかして拳銃を撃つ真似をして見せた。

「その通りだ。ただし空に向けて撃つだけだ。試合開始のゴングを鳴らすようなものさ。

パリオリンピックの開会式でね。あとは世界が勝手に動く」

ヴィッシーが人差し指を天井に向けてバーンと言った。

「で、あなたや満代商会は、それを機に蜂起しようとするグローバルサウスのテロ集団に武器を売って儲けるのですね」

また要らぬことを言ってしまった、と沢村は後悔した。

ヴィッシーの眼が氷のように光る。

「私も元尾さんも、信念を持ってビジネスをしている。百年近くも変わらない欧米先進国の支配体制に風穴を開けたい。その狼煙《のろし》をあげたい。パリでね」

氷のような眼の奥で紅い炎が上がったようだった。

「わかりました。自分らに出来ることなら協力しましょう。シナリオを言ってください」

そろそろ具体的な内容を聞きたい。

「夏彦君と智恵美さんにはパリオリンピック開会式の観客になってもらいたい。エッフェル塔の特別スタンドを用意する」

「それは凄いですが、観覧するだけですか？」

智恵美が聞いた。

「観覧席から風船を何個か上げてもらいたい。カプセル入りの風船を、その場でヘリウムで膨らませて上げてもらいたいんだ。それとエッフェル塔の観覧席に届けてもらいたいものがある。そいつはパリについてからガイドの女が案内する。そのときあなたにとって重要な報せも一緒に伝える」

ヴィッシーが声を潜めて言う。

「俺に重要な報せ？」

「そう。けどいまは言えない。マニラや満代商会さんとの約束なのです。あくまでも七月にパリで。あなたは面白いことを知ることになる」

ヴィッシーがずいぶん勿体を付けた言い方をしたが、ここで押し問答をしても時間を無駄にするだけだ。

沢村は先を聞くことにした。

「風船はともかく、ヘリウムとはいえ、ガスボンベはセキュリティに引っかかるでしょ」

「日本人のセレブという設定がそこで生きる。日本人はパリでも最も安全な人種と見られている。しかもドバイを本拠とするセレブとなればなおさらマークされない。当日はパリでも有力なセレブと一緒に入場してもらうことになっているから、セキュリティのハードルも下がるはずだ」

「なるほど、そのためのアリバイ作りがいまの生活ですね」

沢村は腑に落ちた。

「そういうことだ。それまではふたりとも設定通りのキャラクターで、ドバイの生活を送ってくれ」

そこでヴィッシーは話を区切るようにペリエを飲んだ。

「楽しい仕事だわ」

智恵美が声を弾ませる。

「パリオリンピックは七月の終わりですよね。それまで藤森武雄と香川智恵美はドバイで優雅に暮らし、パリオリンピックの開会式に行く予定と触れまわっておくことにしますよ」

沢村はおっとりした口調で伝えた。

これからの四か月でさらにプレッピーさに磨きをかけたいものだ。教養のない者でも、それを演じようとすることで不思議と知性が磨かれ、振る舞いにも品が出るものだ、と自覚した。

なりすましは面白い。

「で、夏彦には今夜から二日だけモナコに行ってきてもらいたい」

ヴィッシーがいきなりそんなことを言い出した。

「モナコ？　それもセレブとしての格付けのためですか」

「いいや、演技力テストだ。藤森武雄ではなく、リッキー・ショーという台湾系チャイニーズになりすましてもらう」

「中国語は話せませんが」

「モナコでは必要ない。英語がそれだけ話せたら充分だ。中国語が話せるかと聞かれたら、日本で生まれ育ったといえばいい」

「なるほど。僕が育ったヨコハマにはそんな中国人が沢山いたのでわかります。しかし今夜とは急ですね。何時の便ですか」

「ドバイとニースの往復はプライベートジェットだ。これから空港に行ったら離陸時間を決める。ニースに着いたら私の部下が車の鍵を渡す。フェラーリだ。フェアモントモンテカルロに部屋を取ってある。一日だけ滞在してカジノ・ド・モンテカルロで、大金をつかってくれればいい。勝とうが負けようがいいんだ。ただし帰りは澳門でトランジットだ。別な機でドバイに戻ってもらう」

口笛を吹きたくなるような話だが、不気味でもある。

「暗殺されるんじゃないでしょうね」

「的にかけられる可能性はある。拉致されるかもしれない。その場合は、私の部下がアシストする。潜りぬけてくれ」

「スリリングすぎる」

「モナコで本物のセレブたちを眺めたら、それだけでもためになる」

ヴィッシーがパスポートを寄こす。開くとすでに明日の日付で入国スタンプが押されていた。

「ニースでの入国審査はない。タラップを降りたらうちのスタッフが案内する」

「冒険の旅に出ますよ」

沢村は苦笑しながらパスポートとタブレットを受け取った。

「智恵美はこの間にパリだ。本業をしてもらう」

「あら」

智恵美が口を尖らせた。

「イッパツ、五百万円だ」

ヴィッシーが日本語を使った。上手い日本語だった。

「濡れて来たわ。相手は？」

「パリ警視庁の保安警備隊の副隊長だ。パリ十三区の中国人貿易商が日本のＡＶ女優として紹介してくれる。払いはその中国人だ。それで開会式でのチェックのハードルがさらに下がる」

「腕によりをかけて、副隊長さんを腑抜けにしてきますわ」

智恵美が明るい笑い声をあげた。

「三人で三日後にここでランチをしよう」

ヴィッシーがそう言って立ち上がった。

沢村も智恵美もそれに従った。

4

四月四日　午後一時　東京　国家情報院

「座間の『バーガー王』を経営していた山中正明と妻の栄子についての聞き込み結果を報告します」

渡辺が手帳を広げた。

小口は会議用テーブルに座っている全メンバーを見渡した。

浦部、渡辺、影山の国内班の他に一時帰国している海外班の紗倉と小林が参加していた。

紗倉はフィリピンのスービック港に寄港中の米艦船にＣＩＡルートで乗船させてもらい、フィリピンを脱出したが、一か月以上も米軍の南シナ海からインド洋にいたる自由航行作戦に付き合わされたので、横須賀に上陸できたのは三月三十日であった。

ただ海をうろうろするだけの任務だが、これが中国海軍に対する大きな威嚇となっている。紗倉本人にもよい休養となったはずだ。

船内のジムで日々筋力トレーニングをしていたということで、マニラで面会したときよりも一回り大きくなっている。

スレンダーな体型に変わりはないが、首、肩、腕の筋肉の付き方はまるでレスラーだ。

一方、小林は澳門で難を逃れ、ベトナム経由で台北に入り、現地潜伏中のＣＩＡ及びオーストラリア保安情報機構（ＡＳＩＯ）と連携して情報収集に当たっていた。

台湾国家安全局（ＮＳＢ）に直接当たることは逆に中国の国家安全部に動きを察知される危険が大きいので避けさせた。

ＡＳＩＯはフィリピン同様中国の領海拡大に猛然と反発しているオーストラリアの情報機関で、台湾での中国情報部の動きに目を光らせてる。

日本にとって唯一の軍事同盟国は米国だが、オーストラリアは準同盟国である。

紗倉、小林が収集してきた情報と日本国内の情報を集約するのがこの会議の趣旨だ。

間もなくＮＩＳ長官、朝倉周三《ポアロ》もやってくるはずだ。

山中家の実情はすでに書類と聞き込みで、おおよそはつかめていた。

神戸市長田区で『中華百番』を経営していた山中正明と栄子は一九九五年二月に神奈川県座間市に転入しているが、この時点で別人とすり替わっていた。

当人たちはおそらく阪神・淡路大震災で死亡したのだろうが、誰かが混乱の中で遺体を隠したと考えられる。

震災の際に戸籍簿の一部が失われたことをうまく利用したのだろう。

座間市は転入を受け容れた際に、追認する形で戸籍簿も再編製した。これは本物の山中正明の系譜に基づくものだった。

原戸籍を遡《さかのぼ》ると正明の曽祖父は明治十三年（一八八〇年）に清《しん》国から神戸に渡った商人であった。主に食品を日本に輸入していたようだ。華僑の第一世代だ。

祖父までは中国名、李《リー》を名乗っていたが、正明の父李光浩《ガンコウ》（昭和五年生まれ）は昭和二十七年（一九五二年）日本国籍を取得し山中光浩《やまなかみつひろ》と名乗った。光浩、二十二歳の年である。

この年、両親は澳門に移住している。

光浩はひとり神戸に残り、家業であった香港、澳門からの食品や雑貨の輸入を引き継ぎ、同じく華僑の娘であった女性と結婚する。

長男山中正明は昭和三十八年（一九六三年）五月十四日生まれと記載されている。

それが長田区で中華百番を営んでいた当人であろう。

——曽祖父は日清戦争直前に渡日した清の諜報員だったのではないか。

小口はそう見立てた。

この一族もまたスリーパー・セルだったと思えば、すべての辻褄があう。

おそらく震災で一家は全員亡くなった。

だが華裔情報部としては、次の世代へと引き継ぐ必要があった。日本という土地に百二十年、四世代にわたり根付いたスリーパー・セルをここで絶やすわけにはいかなかったのだ。

そこでただちに被災した中華料理店に仲間が走った。証拠隠滅もあったに違いない。

そこで入れ替わったのが座間市に拠点を移した新たな山中正明一家だ。

正明は震災当時三十二歳。三年前に五十八歳で死亡している。

妻の栄子は昭和四十年（一九六五年）一月二十二日生まれ。当時三十歳。現在は五十九歳になっているはずだ。

そしてこの夫婦には、平成四年（一九九二年）一月十六日に生まれた長男がいる。

山中誠吾だ。

震災当時三歳。

現在は三十二歳になっているはずだ。

十八歳までは実家におり都内の進学校に通っていたが、その後米国に留学している。

ニューヨークの写真芸術専門学校だ。卒業後はフォトジャーナリストになるべく欧州各国を回り修業していたという触れ込みで、二十七歳のときに帰国している。

そして三年前、座間の『バーガー王』は店を畳み、山中正明、栄子夫婦は座間から忽然と姿を消した。栄子の行き先はいまだに判明しない。任務を終えて中国に戻ったか、はたまたまったく違う国に潜伏したか。あるいは既に死亡しているかであろう。

スリーパー・セルは消えた場合、探し出すのは不可能に近い。

「紗倉と小林は、思い当たることがあれば随時発言してくれ」

小口はふたりに伝え、視線を渡辺に戻す。

「山中正明と栄子は、二十九年前に座間で開業した当時から、一切過去を話したがらなかったようです。神戸から移住してきたという割には、関西訛りがなかったと。これは当時、取引があった飲料メーカーの販売店の店主の証言です」

「やはり完全ななりすましだ」

首席分析官の浦部が答える。

「目的は『キャンプ座間』『厚木米軍基地』の情報収集でしょう。ハンバーガー店ならば兵士の利用者も多いと考えたんでしょうね」

小林がエスプレッソを口に含みながら腕を組んだ。近頃、貫禄が出てきた。いずれはこの小林か紗倉のどちらかが、副長官になることだろう。

出来れば小林の方がいい。小口はそんなふうに思った。

紗倉ではキャリア官僚である長官とぶつかるに決まっている。小口ですら操れない女だ。その紗倉が口を開いた。

「キャンプ座間は在日米陸軍の中枢部だし、すぐ近くにある厚木米軍基地は海軍の航空機の待機基地だわ」

その通りだ。キャンプ座間には沖縄のような実力部隊は駐屯していない。司令部だけの兵站基地である。

　ただし極東有事の際はアメリカ本土の部隊を受け入れるための施設が整備されている。戦闘機の発着に十分な滑走路も保有していた。また厚木基地は米海軍第七艦隊海洋打撃部隊のシーホーク60Ｒの駐機場ともなっている。

「キャンプ座間と厚木基地を定点観測していれば、米軍の動きの変化を、ある程度察することが出来ることだろう」

　小口は重い口を開いた。

「約三十年間、新しい山中正明と栄子はここで米軍と自衛隊の動きをうかがっていたことになりますね。渡辺君、彼らは当然、米兵や職員にも接触を図っていたんじゃないか？その辺はどうだ？」

　小林がそういい、渡辺を見据えた。これには影山が答えた。

「まさにです。バーガー王は米軍関係者にハニートラップをかけていた形跡があります。店の常連だった厚木のキャバ嬢が証言してくれました」

「キャバ嬢を特攻隊に使ったわけ？」

　紗倉が呆れ顔をした。

「いいえ、使っていたのは英語が堪能なフィリピーナだったそうです」

　突如、紗倉の眼が光った。

「いよいよマニラと繋がってきたわね」

影山が続ける。

「妻の栄子が横浜のフィリピンパブのオーナーと懇意にしていました。これはたぶん中華街ルートで得た人脈でしょう。そこから、ウリをやる女を集めていました」

「かつての黄金町の特殊飲食街みたいに二階でやらせていたというのかい？」

小林がカップをもったまま立ち上がり、コーヒーマシンで新たなエスプレッソを淹れながら聞いた。

「違います。客として接近させていたといいます。自由恋愛です。話してくれた厚木のキャバ嬢は、キャンプ内の下士官と懇意になり結婚を狙っていたらしいですが、フィリピーナに横取りされたと激怒していました。それでいろいろしゃべってくれたんです」

「きっとベッドの腕では互角でも語学力で負けたんだわ。フィリピン人は歴史や数学の教科書は放り投げても語学は真剣に学ぼうとする。特に英語をマスターしていれば世界中で生きていけることを知っているのよ」

紗倉が真剣な目で言う。

そういった意味では日本は言語的には僻地と言える。

日本語の文化を守りつつも、第二公用語に英語を取り入れるぐらいの抜本的な語学改革が必要なのではないか。

小口は近頃そんなふうに思うようになった。

「約三十年の間には、結婚してアメリカに渡ったフィリピーナも多く、またキャンプ座間内のレストランや娯楽施設での職を得たフィリピーナもいたようです。また基地内で働く日本人男性職員にも栄子はフィリピーナを紹介していたようです」

「それで基地内のマップや将校の家族構成なども聞き出せるというわけだ」

浦部が頷いた。

華裔情報部とフィリピンとの根強い関係性をうかがわせる話だ。

「それが浅草のモニカまで繋がっていくというわけだな」

小口は先を急がせた。概ね自分は気が付いていたことだ。

国内組に長々と報告させているのは、海外にいた紗倉と小林に本事案の発端と背景を改めてオリエンテーションするためである。

「その通りです。モニカの勤務する浅草の『サラマッポ』は、実は栄子が懇意にしていた横浜日ノ出町のフィリピンパブ『マハルキタ』と同じオーナーなのです。塔山数馬《とうやまかずま》という日本人です。マハルキタも三年前に閉めています」

「それってバーガー王が閉店した時期と同じじゃない」

紗倉がテーブルを手のひらで叩いた。

「そういうことです。その後、山中家の行方は不明でしたが、長男誠吾は、カメラマンとして桜新町に住んでいたわけです。そしてあの日、モニカと共に田園都市線駒沢大学駅のホームに現れた。そういうことです」

影山がいい終えた。

「浦部君、二〇二一年に何か閉店せざるを得ない事情があったということかな」

小口は天井を仰いだ。

漆喰の天井は壁と一体化しており四隅にはアールヌーボー調の湾曲したデザインが施されている。通りに面した四つの窓はいずれも上部が半円形だ。

貴族趣味の長官、朝倉周三が外務省敷地の片隅にあった戦前の小さな資料館だった建物を気に入り国家情報院本部としたのだ。

朝倉としては、赤煉瓦の旧法務省本館に本部を置きたいと申請したそうだが、他省であるばかりか、重要文化財建造物なのであっさり断られたそうだ。

無理を承知で申請するところが朝倉らしい。

その朝倉がいきなり扉を開けて副長官室に入ってきて、

「ミスター・ボンド。二〇二一年といえば、むりやり東京オリンピックを開催した年じゃないか。なにかそのことに絡んでいないかい？」

そんなことを言い出した。一同は立ち上がり敬礼する。いずれも捜査機関出身者なので敬礼の癖があるのだが、外交官出身の朝倉はこれを嫌っている。

「敬礼って、ここは軍隊かい？」

「失礼しました」

小口が言い、一同は座り直した。

「それにまだ新型コロナウイルスが蔓延して、世情が混乱していた時期だ」

朝倉はさらにそう付け加え、マホガニーの楕円形テーブルの端に座った。座長席に座る副長官の小口としては居心地が悪い。

だが朝倉はそういった立場論を全く意に介さないタイプだ。

祖父が外務大臣、父が国家公安委員長という政治家一家に育ち、みずからも官僚としてエリートコースを歩んでいるのに、まったく尊大な態度も取らない。

何処か浮世離れしていて、まだ五十八歳にもかかわらず隠居した趣味人のような男である。

総理が朝倉にこのポストを任せたのはその辺の性格を知っての上だ。

育ちがよすぎて誰にも嫉妬しない。そして誰にも忖度しない。

国家情報院長官とはそんな男でなければ任せることが出来ないポストだ。

「ハンバーガーショップもフィリピンパブも、コロナによる行動制限で客足が落ちて立ち行かなくなったとか？」

渡辺が漫然とした感じで口を開いた。

「フィリピンパブの方は確かにそうだろうが、個人経営のハンバーガーショップなら、デリバリー業者の発達によって売り上げはキープできたはずだし、事業継続支援金でむしろ安定した収入が入ったはずだ」

浦部はきっぱり否定した。

「東京オリンピックとコロナウイルスの蔓延の中で、なにか日本の内部崩壊につながることを仕掛けようとしたのではないでしょうか。スリーパー・セルの本来の任務はその国に混乱を起こさせることです」

紗倉が突然、そんなことを言い出した。

「横浜の『マハルキタ』も情報機関のショーケースだったとしたら、どちらもそこに向けて動き出すために店を畳んだということになる」

小口が言い、朝倉に視線を送った。

「よい仮説だ。結果的に無観客開催となり警備はやりやすくなったが、通常通り開催されていたら、護り切れた自信はない」

確かにあのとき、テロが起こっていたならばコロナ禍と合わせて大混乱がおこっていたことだろう。さらに二重三重の暴動が発生した可能性もある。

朝倉が電子葉巻を取り出した。庁舎内はすべて禁煙だが、蒸気しか出ない朝倉の電子葉巻は認められている。

「塔山数馬が浅草にサラマッポを開いたのはいつ？」

紗倉が影山に聞いた。影山が指に唾をつけて手帳を捲った。

「二〇二一年の七月十五日。約三年前です」

「それってオリンピックの直前じゃない？」

「東京オリンピックで選手たちは競技場と晴海の選手村に留め置かれたが、外国人の取材記者たちの出入りは自由だった。バブルの穴と言われた奴です。その外国人記者たちに接触させるために横浜から浅草に移転したということでは」

小林が紗倉の言を補足した。

「あり得る。浦部君、塔山数馬の出入国履歴を取ってくれないか」

小口は命じた。

「五分お待ちを」

浦部が分析室へと飛び出していった。

「その間に塔山数馬の背景について聞かせてくれないか」

小口は渡辺に促した。渡辺も指に唾をつけて手帳を捲った。ふたりとも二十代なのに仕草がオヤジ臭い。

「出身は長崎市西小島一丁目の出身で現在六十五歳です。浅草や上野の同業者の証言では、地元の工業高校を卒業後は、大阪に出て自動修理工場で働いていましたが、三年後に倒産。

ミナミのキャバレーでボーイをやったのが水商売への第一歩となったとか。それから東京でキャバクラの黒服になり、横浜で自分の最初の店を構えるに至ったと。それがマハルキタだったようです」

浦部が戻ってきた。

「塔山の出入国リストです。二〇〇五年ぐらいからマニラには月一回程度行っていますが、これはホステスのリクルートのためでしょう。ですが、その都度、澳門や香港、それに台北にも行き来しているのです」

浦部がプリントアウトした出入国記録を人数分デスクに置いた。影山が全員に配布する。

羽田、成田両空港の他に、ニノイ・アキノ空港の出入国記録もあった。

「よく調べがついたな」

日本からいったん出てしまうと、本人のパスポートのスタンプを確認しない限り、途中の訪問国がどこであるかを特定するのは難しい。日本に再入国した記録は取れるのだが。

「はい、フィリピンの入管記録を取りました。自分の独自ルートです」

浦部は苦笑した。在日本フィリピン大使館に協力者がいるということだ。

「マニラを起点にドバイやカタールにも行っていますね。二〇二一年ですら、三度も海外に出ている」

渡辺が目を丸くした。東京オリンピックの開催年だが、まだ日本は新型コロナウイルス感染対策上、国際線の運航は限定的であった。本格再開したのはこの年の十一月からである。

「プライベートジェットを使って一番近いグアムまで行き来していたようです。欧米はこの時期すでに国際線が通常運航になっていましたから、米系航空会社を使ってマニラに入っていた記録が残っています。五頁目です」

浦部がプリントを持ち上げ、それを示す記録を指差した。

「なるほど。これほど疑惑の裏付けが取れたら、私らの出番ね。浅草のモニカ、私はマニラで本人を目撃しているので探れます」

紗倉が胸を張った。頬が少し桃色に染まっている。紗倉が女豹になるときに決まって見せる変化だ。

「さっそく頼む。小林の台湾での調査を結論だけ聞かせてくれないか？」

小口は小林を向いた。この男の眼もすでに虎になっている。

「CIA、ASIO共に本年七月二十六日の深夜に中国海軍艦艇が中台の『中間線』を越えて、台湾側に侵攻するとみています」

「七月二十六日？」

紗倉が小林を向いた。

「パリオリンピックの開会式の日だ」

小林がそう答えたのを聞き、小口は眉間の皺を扱いた。

遂に最悪と思っていた仮説が浮かび上がってきた。

「そこに来るか。その日にはロシアやハマスも乗りそうだな。いよいよ第三次世界大戦の開会式になる」

長官が顎を扱きながら天井を見上げた。

「すべてわかったわっ」

話を聞きながら、これまでの報告書を最初から読んでいた紗倉が、突然声を上げた。

「どういうことかね。女豹《パンサリス》君」

長官が身を乗り出した。

「ここに小林君が報告してある件で、すべて繋がります。中国の台湾侵攻の前にまったく異なる連中がパリオリンピックでテロを仕掛ける可能性があると。これはきっと私がマニラのクラーク空港で見かけたリッキー・ショーです。ダーツの名手の台湾人と聞いたこともあります」

「リッキー・ショー？」

初めて聞く名前に小口は首を傾げた。

「何者か分かりませんが、ニースに旅立つ姿を見ました。すみません、気づくのが遅かったですが、この山中誠吾にとても似ています」

紗倉が資料の中の写真を指さした。羽田空港と田園都市線駒沢大学駅ホームの動画から抜き出した写真だ。目の粗い写真だ。

「ほんとかよ」

小林が資料を再確認した。

「マニラではリッキー・ショーと呼ばれていました。華裔情報部と思われる連中がアテンドしていました。同一人物だと思います。それと……」

紗倉が少し言いよどんだ。

「それとってなんだよ？」

「リッキー・ショーと沢村夏彦も似ている。いや別人なんだけど、後ろから見ると体形がそっくりなのよ。沢村は今頃、ドバイのはずだけど……」

そう言う紗倉の顔がどんどん紅くなっていく。

「七月二十六日にパリと台湾海峡で同時に大騒ぎを起こす。それを引き金に世界中に紛争、戦争を引き起こす。この事案はそういう構図ではないか」

小口は呻くように言った。

「副長官、全力を挙げて阻止してくれ。第三次世界大戦なんてトム・クランシーの小説の中だけで充分だ。現実には絶対起こってはならない」

朝倉がはじめて怒気にみちた表情を見せた。

ポケットの中でスマホが震えた。見るとコロンボとある。フリーザーの萩原からのメールだった。

【三月十日にモナコで車の転落事故があった。DGSEの女諜報員だったようだ。それもマニラに潜伏していた女だ】

さらに確認せねばならないことが増えたようだ。小口は額に手を当てた。

「長官、もうあまり時間がないですよね。そもそもこの事案、満代商会から始まっています。この際、隣の友人を動かしていただけませんか。揺さぶりたいのです」

小口は覚悟を持って伝えた。

「そうなれば防衛省情報部が慌てふためくだろうが、国家の安全保障上、やむを得まい。外局同士、協力してもらおう」

朝倉も同じ考えだったらしくすぐに頷いた。外務省の隣は財務省だ。そこには我々同様、凄腕の潜入捜査員がいる。

5

四月十八日　午後四時十二分　東京　浅草

パリオリンピック開会式まであと三か月と八日と迫っていた。

モニカの勤めるフィリピンパブ『サラマッポ』は国際通りの飲食店ビルの最上階にあった。芽衣子は、約十日ほど同じ通りにある浅草ビューホテルに宿泊し、モニカの行動パターンの観察に専念していた。

サラマッポのキャストの多くは、東京メトロ銀座線の田原町《たわらまち》駅近くの古びたマンションで共同生活をしていたが、モニカは別格らしく観音裏《かんのんうら》のマンションにひとりだけ独立した部屋を持っていた。

毎日夕方四時になるとモニカは部屋を出て店に向かう。

途中、花やしきの近くの小料理屋か喫茶店で軽い食事をしながら、約三十分、スマホを覗いてから出勤する。毎日同じだからこれが彼女のルーティンなのだろう。

水商売の女として客との会話の糸口をひろうために英語版のネットニュースを読んでいるのか、あるいは故郷マニラの情報を確認しているのか。

芽衣子はいつも店の外から、その様子をうかがっていたが、三か月前、マニラで見たときよりも遥かに理知的な印象を受けた。

モニカは遅刻することはなかった。軽食時間はきっちり三十分と決めているようで、五時五分前にはきちんと入店する。

そして十一時にはきちんと仕事を終え、同じ道を引き返していく。国際通りのコンビニエンスストアで飲み物や食材を買って帰るのが日課だ。

この十日間に客との同伴もアフターもなかった。

マンションに誰かがやってきた形跡もない。

浅草や上野の半グレとの接触を期待したが、それもなかった。

モニカと沢村など日本の特殊詐欺グループとの交流は、やはりマニラのマイク・ガルシアを通じてのことなのだろうとの印象を強くした。

ならば、こちらからなにか揺さぶりをかけてやろうと機会を狙っていたところ、今日はいつもと違うコースを歩き始めたので、芽衣子は息を飲んだ。

日頃は浅草寺の本堂の前で手を合わせると、花やしき側の出口から国際通り方面へと歩くのだが、今日に限っては参拝客でごった返す仲見世《なかみせ》通りに入って行ったのだ。

芽衣子は見失わないように追った。

この間、小林と渡辺はサラリーマン客を装い、二度ほどサラマッポに潜入したが、キャストが五十人、黒服も十人もいる大箱《オオバコ》のため、まだモニカとの接近はおろか、オーナー塔山の情報も摑めていない。

ただし小林は、腰の軽そうなナタリーというキャストと昵懇《じっこん》になり、今夜は初の同伴出勤を試みる。

渡辺は黒服のひとりが仕事おわりに一服する深夜居酒屋を割り出し、やはり今夜、そこで偶然を装い、接近する予定だ。

浦部はその後も満代商会のこれまでの歩みを克明に調べている。経済安全保障に触れる問題がないか、さらには政界との裏取引がないか、洗っている。

影山は大阪に飛んだ。

塔山数馬がチャンピオンモータースに在籍していた事実がないかの確認と、そののち働いていたキャバレーの割り出しである。塔山が横浜でフィリピンパブを開業するまでの足跡をたどることで、満代商会や華裔情報部との接点を見出そうとする捜査である。若い影山の海外課報員になるためのトレーニングでもあった。

西に傾きつつある日が仲見世を赤く染めていた。

どうしたことかモニカが土産物屋の前で立ち止まり、扇子などを眺め始めた。

芽衣子はそのまま歩を進め、通り越す瞬間にモニカのトートバッグにコイン形盗聴マイクを放り込んだ。そのまままっすぐ山門に向かって歩く。

雷門と書かれた大提灯の手前まで来たところでおもむろにイヤモニを付けた。

「モニカ、待たせたな。仲見世の通りの中で待ち合わせとは粋なこった」

雑音に混じってそんな声が耳に飛び込んできた。

「浪岡《なみおか》さんも、早いね。ベリーグッ」

モニカの声だ。

「そりゃ、めったに同伴なんか頼んでこないモニカの申し出だ、顔を立てなきゃな」

「ありがとう。でもそれより大事なハナシ、あるよ」

モニカが歩き出したようだ。山門のほうへ向かってくる。芽衣子はサングラスをかけた。動画撮影モードにする。

「大事な話？」

「そう浪岡さんの会社、スクラップヤードね」

モニカが確認しているようだ。

「俺の会社のことなんてよく覚えているな。そうだ、日本では産廃業者っていうんだ。サンパイといっても神社へのお参りじゃないぞ」

そう言い、しゃくりあげるような笑いを発した。

「サンパイ知っているよ。スクラップ。車や冷蔵庫、ガシャーンね」

「よく知っているな。その通り、ガシャーン、ガシャーンだ。ガニャン、ガニャンじゃないぞ」

また自分の言ったセリフに吹き出すように笑った。

「それバッドワード。こんなところで言っちゃいけない。私、帰るよ」

モニカが怒ったように声を荒らげた。ガニャン、ガニャンはタガログ語でセックスを意味するスラングだ。夜の店でならいざ知らず、公衆の面前で歩きながら発する言葉ではない。

この言葉に本気で怒るということはモニカは、決してはすっぱな女ではないということだ。

「すまん、すまん。まずは飯でも行くか」

その声と共に、芽衣子の視界にふたりの姿が入ってきた。サングラスのブリッジに付いたマイクロレンズが動画を記録し、同時にＮＩＳの分析室へと飛んでいく。

「一緒にいる男は産廃業者の浪岡と言っています。人定出来たら教えてください」

腕時計に向かってそう伝える。こちらはリューズの部分がマイクロマイクになっている。

【了解】

浦部の部下の声がした。

「そんなにお腹空いていない。それよりハナシあるよ」

モニカが浪岡に腕を絡めて大提灯の下を潜り抜けてくる。芽衣子は人力車の前に群がる外国人観光客の中に身を隠した。

ふたりがちょうど目の前を通って、雷門通りを国際通りの方へと向かっていく。

浪岡は五十過ぎぐらいで、大柄で筋肉質そうな体型を茶色のスーツに包んでいた。ノーネクタイだ。クロコダイル柄のセカンドバッグを小脇に抱えていた。

「なんだよ、さっきからハナシ、ハナシって」

浪岡が面倒くさそうに言い、モニカの腰に手を回した。

「M資金《ファンド》よ。私、用意できる人知っている。これから会わないか？」

ぶっきらぼうだがモニカははっきりそう言った。

「はい？　モニカ、俺を嵌めようっていうのか？　M資金なんてよ、お化けみたいな話だよ。戦後八十年になろうっていうのに、まだそんな詐欺話をしている奴がいるのかよ。俺は騙されんよ」

「詐欺じゃない。浪岡さんは一ドルも払わなくていい。まずは二千万円、振り込んでくれる。私、その後、浪岡さんからコミッション貰う。一パーセントね。二十万。それだけ。最初にお金預ける話はみんな嘘ね。でもこれは元手は要らない。今回はスクラップヤードの社長さんにだけ、この話がいく」

ふたりは歩きながら言っている。内緒話は、喫茶店などより歩きながらの方が良い場合がある。

「おいおい、死体の入った冷蔵庫でも持ち込もうってんじゃないだろうな。勘弁してくれよ。『アルキメデス浪岡』は千葉県からきちんと認可を取って仕事をしてんだ。妙な話はやめてくれよ」

企業名が聞こえたので本部の分析室ではすぐに裏取りを始めるだろう。

「どうして？　お金、はいるのよ。一回だけじゃない。次は一億ね。私のコミッション百万円だけ」

なおもモニカは食い下がっている。

「どこにそんなうまい話があるんだよ。モニカ、俺はこれでも商売人なんだ。いろんな取引を持ち掛けられる。けどな、相手にメリットのない仕事なんてないんだ。金を出す奴は何が欲しいんだ」

「普通の解体だよ。解体したものを買取もする。それもきちんとマネー払うね。Mファンドはマニラの資金という意味。詐欺話に出てくる戦後のマーカット資金とかマッカーサーの復興資金とかと違う。日本の優良業者にお金提供して、のちにフィリピンの公共事業に参加してもらうためのお金」

モニカが言った。意味不明だが作り話に違いない。

要するに浪岡の会社に金を握らせてしまいたいのだ。あとは徐々に不正輸出に加担させる。芽衣子はそう見込んだ。

【千葉市の花見川区に『アルキメデス浪岡』は存在します。代表者は浪岡潤一《じゅんいち》。五十二歳。親の代から解体業をしています。間違いありません】

分析官の声がした。

「ありがとう」

芽衣子は顎の汗を手の甲で拭うふうなポーズをして、腕時計のマイクに伝える。

「そこの喫茶店の前にMファンドの人、来ているよ。お金持って来ている」

モニカが国際通りに向かって顎をしゃくった。雷門通りに面した甘味処の前に、黒いスーツの男が立っていた。中肉中背。三十前後に見える。

モニカが手を振ると、男は手にしていた小さめのボストンバッグを軽く持ち上げた。二千万円は入っていそうだ。

「おいおいモニカ、ヤクザを連れて来たんじゃないだろうな。俺は話なんかせんぞ」

浪岡がそう言ったとき、イヤモニに浦部の声が割り込んできた。

【ボストンバッグを持っているのは、防衛省情報本部（DIH）の星野祐輔だぞ。殺された岡林隼人の相勤者《バディ》だった男だ。事件当日うちがモニタリングしていたマルタイだから間違いない。何故そんなところにいる。ひょっとしたらバッティングかもしれないぞ。女豹、その場を離れたほうがいい】

DIHも潜り込んでいたか！

芽衣子は思わず星野という男を凝視した。咄嗟のことで視線が合ってしまう。星野の視線が芽衣子のサングラスのブリッジに釘付けになった。

――ちっ。

向こうも見破ったか。

すると星野は思わぬ行動に出た。

顔を覆い、背中を向けて駆け出したのだ。

「あなたホセでしょう。待って。ボビーから預かったんでしょ」

モニカも走った。浪岡は呆然と甘味処の前で立ちつくしていた。

星野はいきなり雷門通りを渡った。横断歩道ではない。車道は頻繁に車が行き交ってい
る。危険だ。芽衣子がそう思った瞬間、クラクションの音が鳴り響き、星野の身体が宙を
舞った。ボストンバッグは歩道の方へ投げられている。モニカが拾った。

「あいつは誰なんだ？」

浪岡がモニカに駆け寄っている。

星野は仏壇店のロゴが入ったミニバンに撥ねられ、反対車線まで飛ばされ、そこに直進
してきた大型バスの前輪に腹を踏まれていた。内臓破裂であろう。

その場は騒然となった。

「まずいわ。浪岡さん、行きましょう。ホセはM資金管理団体の日本代理人。でも不動産
会社の社員を装っているの」

「やばいことに巻き込まんでくれ。俺は帰るよ。おまえともこれっきりだ」

浪岡は踵《きびす》を返し、浅草寺の方へと戻っていった。

モニカは舌打ちをして、最寄りの角を曲がった。

「ＤＩＨの諜報員は、私に気づいて逃げようとして撥ねられたわ。救助するわけにはいか

ないから、このまま消える」

腕時計の隠しマイクにそう伝え、芽衣子は事故で大騒ぎになっている雷門通りを横目で見ながら直進した。

国際通りとの交差点だ。右に曲がるとモニカの勤める『サラマッポ』の入るビルだが、今日はあえて避けることにした。

信号待ちをしていたところ、数人の男に囲まれた。いかつい外国人たちだ。観光客のようにキャリーバッグを引いているが漂う気配が違っていた。これは殺気だ。

ちょっとやばい気がしたので、群れから離れようとした。

が、不意に腕を摑まれる。サングラスを奪われた。

「ずいぶんなナンパの仕方ね」

GIカットに髭面の白人を睨みつけると、目の前にSUVが止まった。モスグリーンのフォード・エクスプローラーだ。

ひとりが後部席の扉を開けた。

「いやよっ」

わめいたものの男たちにむりやり押し込まれてしまった。ひとりだけが乗りこんでくる。

「アンドレ、その女の腕時計を取って踏みつぶせ」

助手席の男が日本語訛りの英語で言う。顔は前を向いたままだが、オールバックにした髪に白いものがまじっているところから中年と判断する。

「腕時計に向かって何度も喋っている女なんてそうそういないですからね。スパイでしょう」

アンドレと呼ばれた男が芽衣子の腕を取った。

「母の形見なんだけど」

芽衣子はそう言って素直に腕を差し出した。余計なけがは負いたくない。ちなみに実母は高井戸の実家で元気に暮らしている。

「塔山社長、豊洲《とよす》でいいですか」

若い運転手が国際通りから寿《ことぶき》四丁目の交差点を左折し駒形橋《こまがたばし》方面へと向かった。

「名前なんか呼ぶんじゃない」

塔山数馬が運転手の頭を小突いた。腕時計を奪った男が、注射器を取り出してきた。芽衣子は抵抗しなかった。逃げるよりも探るほうが先決だ。

静脈に針が刺さる。すっと薬が入ってきた。すぐに瞼が重くなった。サイレース程度のものなら死にはしない。

まずは一発やられることになるのだろう。

6

悪い予感ほどよく当たる。

再び瞼が開いた時には、真っ裸にされていた。コンクリート打ちっぱなしのやたら広い部屋だ。部屋というよりもビルのワンフロアという感じで、等間隔に剝き出しの鉄骨が立っている。

解体中のビル?

そんなふうに見えた。

突然強いライトを浴びせられる。夜間工事用のライト二基だ。眼がくらみライトの先は見えない。

「マイク、サンタ・アナで大暴れした女って、この女かしら?」

光の背後からモニカの声がした。タガログ語で言っている。

スマホで撮影されているらしい。

「エイミーとかいう女だ。ラッキー・チョウはCIAかDGSEだろうと言っていた」

マイクの声がスピーカーフォンから漏れてくる。

「いやCIAではなく日本の内閣情報調査室(CIRO)だろう。星野があれだけ慌てて逃げたのは、自分の面が割れていると悟ったからだ」

塔山の声が割り込んできた。発音はジャパニーズイングリッシュだが文法は正しい。CIROと勘違いしてくれているのはありがたい。

「マイク、星野は死んだのかも知れないわね。また一まぁ、いいタイミングだったのかも知れないわね。また一
からDIHの男を釣るようにするわ。塔山パパがうまくセッティングしてくれたら
「松平先生と安藤がセットしてくれるさ。、月に一度ぐらいは女が欲しくなるものだ。チャンスはいくらでもある。マイク、沢村のビジネスを引き継いで順調に稼いでいるんだろう」

塔山の声だ。

松平とは衆議院議員の松平隆信のことであろう。元防衛副大臣。民自党外交部長でもある。安藤はその秘書のはずだ。

親米嫌中派で知られる松平だが、それゆえに的にかけられたのかも知れない。

「まだ順調とは言えないね。日本の闇バイトサイトでのスカウトが難しくなってきた。警戒されてなかなかマニラに来たがらない。サンタ・アナのマンションが潰されたんで、あらたなリストも必要だしな」

マイクが苛立った口調で言っている。

「新しい旅行会社の男を釣り上げた。銀橋トラベルなんかよりも大きいからリストも豊富

さ。急激に旅行者も増えたしな」

「あら、パパ、私はそんな話聞いてないわよ」

モニカが不服そうに日本語で言った。

「俺が動かしている女はおまえだけじゃない。別チームもあるんだ」

塔山が冷たく言っている。

「なによ、そのいい方。私はさっきだってきちんとボストンバッグを回収したわ。忠実に仕事はしているつもりよ。それに女の仕切りは全部私でしょう。マイク、ちょっと怒ってくれない。日本のボスとして、塔山さんを立てているけれど、私はあくまでガルシア・ファミリーの女よ。この言い方はないと思う」

モニカの声が甲高くなった。

「俺の女もおまえだけじゃないんだ。あまりいい気になるな。そもそも尾行に気づかなかったおまえの不注意で、塔山さんはブランチの確保に失敗したんだ。それでは満代商会への脅しがきかなくなる。そうなると『レッド・ナザレ』の資金源も断たれるんだ。挙句に二年もの間こちら側に付けていたＤＩＨの星野を潰しやがって。大きなでドジを踏んでくれたもんだよな」

マイクも突き放すような口調だ。

満代商会という社名がはっきり出た。そしてその満代商会はフィリピンの反政府組織レッド・ナザレともかかわりがあるということだが、さらに驚いたのは、いまの会話はマイクや塔山が、その満代商会と内輪揉めになっているような印象であったことだ。

「どういうことよ？　私、満代商会の元尾忠久の家から持ち出された『蛇羅館《ジャラカン》』の名簿を現金と一緒にマニラまで運んだじゃない。もっと褒めてよ」

モニカの声は徐々に悲痛になっている。

蛇羅館。なんとも懐かしい名称だ。

約二十五年前のことだ。早法《そうほう》大学のイベントサークル『蛇羅館』を舞台に、大規模な輪姦事件が多発した。

早法大の蛇羅館が主催者となり、これに首都圏の有力大学のイベサーが参加。六本木の巨大クラブなどで大がかりなイベントを頻繁に開催したのだが、二次会で幹部たちによる輪姦が常習的に行われていたことが発覚した。

狙われたのは上京したての新入女子大生で、手口はアルコール度数の高いウォッカを甘いジュースで割ったカクテルを強引に飲ませ、潰してやるという阿漕なもので、約五百人もの女性が餌食になったとされる。

マスコミは『蛇羅姦』事件として大々的に報道した。

インカレとなった蛇羅館の幹部は早法大だけでない。都内の名門私大や国立大学の学生の多くも関わっており、逮捕者は二十名以上に及び、首謀者には懲役十五年という判決がくだされた。

だが約五年間にわたり繰り返された輪姦に参加した一流大学の学生はその程度ではなく、大半が知らぬ顔で卒業し、一流企業や官庁に就職し、現在は社会の第一線で活躍しているという。

現在の年齢が四十五歳前後とすれば、まさに働き盛りだ。

満代商会の総帥、元尾忠久は彼らの証拠を握っていた——ということではないか。そしてその資料がマニラの反社会組織と華裔情報部に渡ったとなると、一大事だ。

爆弾を仕掛けられたり、特定の誰かが暗殺されるよりも、じわじわと日本の中枢機関が蝕まれることになる。

芽衣子は胸底で舌打ちをした。

マイクの声がスピーカーフォンから響いた。

「昨日までモニカはガルシア・ファミリーのクイーンだったが、今日からは第一線の娼婦《フッカー》に逆戻りだ。おそらく十日ぐらい前からその女に見張られていたに違いない。責任はきちんと取ってもらう」

暗黒街の掟を厳格に適用しているということだ。

「責任を取るってどういうことよ」

「おまえも裸になるってことだ」

塔山のその声と同時に、光の向こうから、モニカが突き飛ばされてきた。

「痛いっ」

「ライトだけではなく銃口が向けられていることも忘れるな。さぁ、全部脱げ」

塔山の声が響いてくる。

「そんな……」

突如、立場が変わったモニカの頰が引き攣っている。だが、唇を尖らせながらもモニカはサマーカーディガンを脱ぎ、ワンピースの脇ファスナーも下ろした。こうした状況にはなれているようだ。悪党業界の下剋上は日常茶飯事だ。

「私は歓迎よ」

芽衣子はモニカがワンピースを脱ぐのを手伝おうと背中に手を伸ばした。

「触らないでっ。私はそっちじゃないっ」

モニカが眦《まなじり》を吊り上げ、肩を振った。

「心配するな。やるのは男だ。3Pのリアル映像を撮影させてもらう。無修正動画では3P物が人気らしい」

塔山がそう言うと背後で、男が喚く声がした。

「やめてくれ。俺のヤードなら使ってもいい。自衛隊の高機動車だろうが、ブルドーザーだろうが再生可能な分解をしてやる。県に解体した届けも出す。それでいいだろう。だから服なんか脱がせねぇでくれ」

モニカと一緒にいた浪岡の声のようだ。

「二時間前に素直に金を受け取っていたらこんな目には遭わずにすんだのさ。取引もずっと先のことになった。けどよ、あんた見ちゃったんだよな。金を持ってきた男の顔も、この諜報員の顔も。それはまずいんだよ。ただ仕事をしてもらうだけでは保証がなさすぎるんだ。世間に見られたくない姿を撮影させてもらうよ」

「うわっ」

殴る音がした。

頬を歪めた裸の浪岡が芽衣子とモニカの間に転がってくる。仰向けに倒れ、眼に涙を浮かべている。殴ったのはたぶんあの白人の大男、アンドレだ。一般人なら肩を小突かれただけで、膝が震えるだろう。逸物は萎えていた。まだウインナーソーセージサイズだ。

「演出は俺だ。まずモニカがしゃぶれ。バキバキに硬くしてやれよ」

「わかったわよ」

塔山の命令にモニカは素直に浪岡の股間に顔を埋めた。モニカの裸体は美しかった。着痩せするタイプのようで、着衣ではスレンダーに見えた肢体だが、脱ぐとバストもヒップもボリュームたっぷりでウエストの縊《くび》れは、悩ましいほど引き締まっていた。

芽衣子の好みの体つきだ。後ろから揉みたくなる。

「エイミーとか言ったよな」

「はい」

塔山の声に芽衣子は頷いた。光の方を向くたびに目が潰れた。視界がホワイトアウトする。コンクリートの饐《す》えた臭いばかりが鼻孔を突いた。

「おまえは浪岡の乳首を舐めろ。ダブルで責められたらすぐに勃起するだろう」

「モニカを舐めたいけれど、無理よね」

「そうか、おまえはLか。だったら、あとでモニカのあそこをたっぷりしゃぶらせてやる。クリトリスがすぐにデカくなる女だ」

「やめてよ、塔山さん。私は女はだめなの。そんなことされたら吐くわ」

「おまえが吐こうが、洩らそうが知ったことじゃない。黙ってしゃぶっていろよ」

ライトが少し動いた。カメラのレンズが浪岡の逸物にぬっと近づいてくる。陰毛に隠れてしまうほどのサイズだった肉茎が徐々に膨張してきた。

芽衣子は浪岡の乳首に舌を這わせた。女好みなので乳首舐めは得意だった。右を舐め、左に指を這わす。

「んんんっ」

歯を食いしばっていた浪岡が喘ぎ声を洩らし、腰を突き上げ、上半身を捩《よ》じった。

股間を見るとモニカの唾液塗れになった肉棒は膨張し、バナナのように反り返っていた。

「よし、そしたらエイミーが騎乗位で入れろ」

性癖を知ったうえでやりたくない方向へと導いてくる。塔山はドSタイプのようだ。

芽衣子は覚悟を決めて浪岡の股に跨った。根元を持ち調整する。秘孔に硬直した亀頭をあてがったところで尻を沈めた。ずるっと茹で卵のような亀頭が肉路に割り入ってくる。男根は苦手ではあるが、感じないわけではない。

特に肉層が最初に拡張されていく瞬間は恍惚となる。

「はうっ」

貫かれた瞬間、芽衣子は背中を反らせ、胸を張った。お椀形のバストの先端でピンクの乳豆がいやらしく尖った。

「モニカ、おまえは男の顔に跨れ、あそこで男の口を塞げ」

指示する塔山の声が上擦っていた。

「男なら、いいよ」

モニカは従った。浪岡の顔に跨る瞬間、亀裂が薄く開き、肉豆が覗けた。確かに大きい。

「んはっ」

顔面にモニカのヒップが乗り、ちょうど口のあたりに女の渓谷をあてがわれた浪岡が呻いた。それでも男の本能として舌を這わせ始めたようだ。

「うっ、どこ舐めてんのよ。ふはっ」

いきなりクリトリスをしゃぶったようだ。芽衣子とモニカは向かい合っている。

「エイミー。ピストンしながら、モニカの乳首をしゃぶれ」

「ノー、やめてっ」

塔山の指示にモニカは顔を強張らせた。この状況にあっても芽衣子は発情した。女を受け付けない女を女好きにさせるほど興奮することはないのだ。その方面に限っていえば、自分は好色だと思う。

騎乗位でピストンをしたまま、モニカの右乳首にしゃぶりつき、舌を回転させた。乳豆が一気に凝《しこ》る。舌触りのいい弾む乳豆だ。

「んんんっ、何よこれ、上も下も同時じゃ、おかしくなっちゃう。ぁあああぁ」

モニカの股間では浪岡も恐怖から逃れようと必死に舌を動かしているはずだ。大きな肉豆を集中的に舐めているようで、モニカの身体は何度も痙攣し始めた。

「よし、そのまま続けろ。いい映像だ。モニカ、尻を上げろ。そのおっさんの顔を映す。エイミーはモニカの股を弄っていいぞ」

「そんな……」

モニカがためらいながらも、尻を浮かせた。塔山の命令は絶対のようだ。

「頼む、なんでもするから、こんな顔を映すのはやめてくれ」

浪岡はとろ蜜塗れの顔を歪ませた。その顔にカメラのレンズが近づいていく。撮影しているのは白人の男だった。塔山は煌々と輝くライトの向こう側でモニターを見ているのであろう。

芽衣子はモニカの股間に指を伸ばした。自分も塔山の命に従うまでだ。乳首を舐めながら、クリトリスを摩擦してやる。そこは、ねばねばしていた。

「ぁあああっ、やめてよ、んんんっ」

男とは違う指加減で異次元へと誘う。

モニカの肉豆はもとから大きく、そのぶんだけ敏感だ。乳首を甘噛みしてやりながら、肉豆の尖端を転がすように弄ってやると、一気に絶頂へと向かいだした。

「あっ、はっ、はう。だめ、なんかおかしくなっちゃうよ」

もう少しのようだ。芽衣子は指の動きを止めた。

「うぅううう」

寸止めされたモニカがしがみついてきた。またゆるゆると触ってやる。浪岡の肉茎がさらに硬度を増した。女が女を責めているシーンに昂ったようだ。その顔を撮影されているというのにだ。

「エイミー、おまえさん、やはりプロの諜報員だな。こんなときにも実に冷静だ。モニカを愉しませてやがる。気に入らないな。おい、撮影はやめろ。もう充分だ」

ついに塔山が、光の輪の中に入ってきた。

手にウイスキーボトルをぶら提げていた。シーバスリーガルの十二年ものだ。

「エイミー、ケツをあげろ」

「えっ？」

「恥ずかしがらない女に興味はないよ」

カメラを置いた白人に髪の毛を鷲摑みされた。本気で闘えば勝てるかも知れない。ただどこから銃口を向けられているかわからなかった。

浪岡の欲望を飲み込んでいた股を上げる。膨張した男根がスポンと抜けた。左右に揺れている。浪岡も寸止めを食らったわけだ。

次の瞬間、ガツンと後方の孔にボトルネックを差しこまれる。

「うぅうううううう」

さすがに呻いた。マニラのアベルといい、この塔山といい、今回の事案ではやたらアナルを攻撃される。

どくどくとウイスキーが尻に注がれた。これはやばい。直腸に一気にアルコールが入ったら酩酊する。下手をすれば急性アルコール中毒だ。

「お願い、そこまでにして……」

芽衣子は死を意識した。腸と胃袋が急に熱くなった。まだ脳は平静を保っているがじきにくらくらするはずだ。

ボトルの半分ほどを注がれたところでネックを抜かれた。

「あうっ」

芽衣子は腹を押さえて床を転がりまわった。まだそれほど苦しいわけではないが、少しでも塔山を油断させる必要があった。

ライトの外側に飛び出したところで、フロアの全体をもう一度見渡した。

やはり廃ビルのようであった。

フロアの隅にはダイナマイトや黒色火薬の袋が積まれている。切断された鉄パイプや発動機などもいくつも置かれている。

窓の外には大型トラックやブルドーザーが積まれている。その周囲は高いフェンスで覆われている。

ここはスクラップヤードだ。しかもすでに閉鎖されているようだ。次第に視界は霞みだしたが、芽衣子はそう理解した。

不正輸出するためのさまざまな車や工業品を、ここで一回解体し、正規輸出品の中に隠すのだ。

「おい、その女に服を着せろ。OL風でいいぞ」

塔山が叫んだ。女が大型トランクを開け、黒のパンツスーツと白のブラウスを取り出している。下着は白の上下だ。

「モニカ、おまえもケツをあげろ」

「な、なんで。塔山パパ、私をどうするのよ」

「おまえは知りすぎてしまった。マイクも同意している」

塔山がアンドレに顎をしゃくった。

「いやぁあああああああああ」

モニカが真っ裸のまま逃げようとしたが、アンドレが後ろ抱きに捕まえた。無理やり四つん這いにさせている。

「お願い、それはやめて。私、お酒弱いよ。あぁあああああああああ」

泣いても叫んでも、こいつらはやるといったらやるのだ。モニカの尻にボトルの残りがすべて流し込まれた。

芽衣子は徐々に朦朧となる中で、黒のパンツスーツを着せられ、ビジネスバッグを腕に絡ませられる。

たぶん、こいつらが拉致して海外に連れ去ってしまった女の身分証を持たされているのだ。天涯孤独な女を選び出しているのだろう。

モニカはグレーのスカートスーツを着せられていた。フィリピンパブのキャストではなく、まるで外資系証券会社の美人トレーダーのようだ。

浅草から連れ去らされたフォードとは異なるミニバンに押し込まれたときには、芽衣子もモニカもすでに酩酊状態になっていた。

浪岡は廃ビルに残されたままだ。

おそらく千葉の浪岡のスクラップヤード『アルキメデス浪岡』があらたな不正輸出の拠点として加わるのだろう。映像がある限り浪岡は、命じられるままに請け負うしか術がないことになる。

7

鉄条網のゲートが開き、ミニバンが一般道に出た。運転しているのは白人のアンドレだ。助手席には塔山に代わり先ほどの女が座っている。シャンパンのドンペリを持っていた。アンドレはわざとあちこちの角を曲がり始めた。酔いがさらに廻る。

空はとっぷりと暮れていた。春の夜空に星が浮かんでいる。

ほろ酔いにはいい季節だが、泥酔いに季節は関係なかった。芽衣子は出来るだけじっとしていた。

後部座席に乗せられていたが、モニカは酔いが回っているせいでじっとしていることが出来ず、何度も寝返りを打っていた。

まだ吐いていないだけましだ。

芽衣子はうなされるモニカに足蹴りされたり、体当たりを食らったりしながらも、必死に正気を保っていた。

もちろん酔ったふりはしている。

この辺りは豊洲である。芽衣子たちが撮影されたビルは、ヤードではなく、どうやらこれから解体されるビルのようだった。

浪岡のように塔山の手に落ちた解体業者が請け負った現場を一時的にアジトに使っているのではないか。

巨大なフェンスで覆われ、さまざまな解体用工機や火薬がここに集められても、なんら不審に思われない。

なるほどね。

と芽衣子は、口元を歪めた。吐く息が酒臭くなってきた。直腸にストレートのウイスキーが溜まっているのだ。尻の奥もアルコールでヒリヒリとしたままだ。

これはいまに吐くわ。

ミニバンは東雲《しののめ》へと向かっているようだった。倉庫が並ぶ運河沿いを走行している。

「気持ち悪くなってきたんだけど、ここで吐いていい？」

芽衣子は英語で言い、つづいてうえっ、とえずいて見せた。

相手に予定通りことを運ばせないほうがいい。そのほうが隙が生まれるというものだ。

「車を汚すな。いま停める」

アンドレが運河沿いにミニバンを停車させた。

車のインパネにある時計を見やると、午後八時四十分。泥酔したＯＬが運河に落ちて溺死するにはまだ少し早い。それに酔ったＯＬと外国人キャリアが飲むような場所でもない。アンドレは台場の海浜公園まで運び、付近の高級ホテルで呑んだ体をとろうとしてるのではないか。

助手席の女がドンペリニヨンのボトルを持っているのも、ウイスキーだけではなく胃袋にシャンパンも残しておきたいからだ。

女ふたりでシャンパンとウイスキーを飲み過ぎ、浜辺ではしゃぎ海に入った結果、溺死。そんなストーリーを仕立てているのであろう。モニカはすでにどろどろの状態で、芽衣子も平衡感覚が失われつつあった。

アルコールを直腸注入された上で車に乗せられたせいだ。

ふたりがかりで暗い浜辺に連れ出され、波打ち際に放置されただけで自然に死ぬだろう。時間がたつほどに自分は動けなくなる。

勝負をかけるならいまだ。

「うっ、もうだめかもしれない」

芽衣子は口を押さえながらスライドドアを開け降りた。わざとモニカの手を引くと、転がり落ちてきた。

スカートを捲りながらタガログ語で小便と言っている。

「この女は下から洩らしそうだけど」

足手まといだが連れていくしかないのだ。この女の場合、見殺しには出来ない。道路の真下は、運河だ。

「アンドレさん、もうここでいいんじゃないですか。口からシャンパン突っ込っこんじゃいましょうよ」

女が助手席から降りてきて面倒臭そうに言う。

ゲロをまく女と、小便をする女が並んでいるのだ。ここで放り投げたいに決まっている。

「だめだ。ここでは必然性がなさすぎる。それに時間が早すぎる。ひと息つかせたら、乗せる。覚醒してきたらまたウイスキーかブランデーをぶち込むだけさ。おい、モニカのパンツを脱がせろよ」

アンドレが運転席に座ったまま言った。行き交う車は少なく、人気もなかった。

「私がですか？」

女が途方に暮れたような顔をした。

「濡れたパンツのまま車に戻られるとシートに証拠が残る。この車はまだスクラップにしたくないんだ」

「引っ掛けられそうでいやですよ……」

殺伐とした闇の中での喜劇的な会話だ。

「うぇっ、気持ち悪い」

芽衣子はアスファルトの上を四つん這いですすみ、運河にむかって顔をだした。

吐くふりをして距離を測る。

川面まで二メートル。

この運河は東京湾にそそがれている。

モニカはスカートを捲りながら、がに股になって下着の股布をずらそうとしている。酔っぱらっていても人としての本能でそうしているのかもしれない。

「うぐぐぅう」

芽衣子は声を上げながらモニカの腕を引き、道路下へとずるりと落ちた。がに股だったモニカはバランスを崩した。

「あぁあああああ」

モニカがしぶいた。

どうせ濡れるのだからかまわない。

芽衣子は顔から落ちた。モニカは尻からだ。

ほぼ同時に川面に激突した。芽衣子は水中で勢いよく吐いた。濁った水にアルコールと胃液が吹き出され、ごぼごぼと泡があがる。

泳ぎには自信があった。ＮＩＳの潜入要員はスカイダイビングから海中水泳まで、ありとあらゆる訓練を受けているのだ。

素潜りで五分はいける。

狂乱しているモニカの手をしっかり握り泳ぐ。苦しくなったところで、川面から顔を上げる。モニカは喚きながらも泳いでいた。さすがはマニラの女だ。海には慣れているようだ。

道路上にアンドレと女の影が見える。

芽衣子は片腕を上げたまま、大きく息を吸い込み、ふたたび水中へと消える。溺れた真似だ。

このまま死んだふりをする。

モニカにはゲロの他にもたっぷり吐いてもらわねばなるまい。芽衣子は水中からモニカの身体を押しながら、夜の海を目指した。

第七章　パリは燃えているか

1

五月十五日　午前十時　麻布台《あざぶだい》

「三十年以上も目をかけてきたのに、こんな裏切りにあうとはな。言わずもがな、おまえに後を託そうと思っていたのに……」

目の前で満代グループの総帥、元尾忠久はパイプの煙を吐き出しながらソファの背に深々と身体を沈めた。

塔山数馬は元尾の身体がいつの間にか、一回り小さくなったような気がした。

それとも自分が一回り大きくなったのか。

麻布台に出来た真新しい複合ビルだ。

ここにあらたに満代ホールディングスを構え、グループ全体を見渡すのだという。

結局いつまでたっても権力の座にしがみついていたいのだ。

今年七十二歳になる元尾は、これを機に上場を計画していると言う。

話が違うではないか。違いすぎる。

「その口車に乗って三十年経ちます。本当に満代を自分に預けるつもりだったら、これほど長く裏の仕事ばかりさせないでしょう。もっともそのおかげで総帥の裏を掻くことも出来たんですけどね」

塔山は笑いながら、みずからも葉巻を取り出した。

自分が葉巻やパイプで刻み煙草を吸うようになったのは、明らかに元尾の影響だ。何らバックグラウンドを持たない男がカリスマ性を演出するために、葉巻やパイプを小道具にするのは、なかなかいいアイディアだと思う。

ハッタリのようでもあり、一流の趣味人にも見える。元尾は決して蘊蓄《うんちく》を語らない。それで余計に相手は幻惑される。元尾も自分と同じ修理工上がりなのだが、出会った頃からそんな過去は微塵も感じさせない男だった。

塔山が元尾から最初に学んだことだ。

＊

出会いは三十二年前になる。塔山、三十三歳、元尾は当時三十九歳だったはずだ。平成四年（一九九二年）の春。

塔山が大阪、名古屋、静岡のキャバレーで約五年ボーイの修業をし、いよいよ時節到来とばかりに東京に進出し、蒲田のグランドキャバレー『ゴールデンゲート』に職を得た直後のことである。

昭和の遺構のようなキャバレーだった。

昨今のキャバクラならばボーイは黒のスーツでスマートな接客をするが、この頃のボーイはワイシャツの上に店名の入った法被《はっぴ》を羽織り、鉢巻きをしてフロアを走り回っていたものだ。

ただし、いまどきのキャバクラなどではお目にかかれない、シャンデリアが煌《きら》めく豪華な内装で、巨大ステージには生バンドが入っていた。

塔山は懐かしく思う。

そんなド派手なキャバレーで、バンドがグレン・ミラーのナンバーを演奏する中、ボルサリーノの中折れ帽に濃紺、縦縞のスリーピースのスーツで悠々と現れたのが、元尾忠久だった。それもいつもひとりでやってきた。

そして二階のバルコニー席に腰を下ろすと、決まって極太の葉巻を咥えるのだ。まるで禁酒法時代のギャングのボスだ。

塔山はホステスが席に着く前に、必ず元尾の席に飛んでいき、床に跪いてライターを差し出していた。

それが気に入られた。

バブル景気の残り香がまだある時期で、見栄っ張りの不動産業者や土地を売った農家が中古の外車を、どんどん買っていた時代のことだ。

中古車販売会社の経営者であった元尾が波に乗っていた頃だ。

元尾が遊ぶのは場末のキャバレーばかりで、けっして銀座や六本木の高級クラブには足をむけない。

いつもひとりでゴールデンゲートにやってきた。

ある夜、訳を聞いた。

『俺はね、財界ジュニアや一流企業のエリートサラリーマンとは一緒に飲みたくねぇんだ。高級クラブのホステスも芸能人気取りで好きになれない。俺と同じように、必死に働いている女たちを見て、また明日も汗を流そう、と気合を入れている』

これを聞いて元尾の下で働いてみたいと思ったのだ。

元尾に弟子入りしたいと決めてから、担当ホステスに取り入り、ボーイながら元尾とのアフターに相伴するように持って行った。

そこでも塔山は出しゃばらず、食事の席でもカラオケ店でも、キャバレーにいるとき同様裏方に徹した。

ホステスと元尾が食事を共にする際にはテーブルにはつかず、近くから見守り、次の店に行くとなればすぐに通りに出てタクシーを止めた。

そして、自分は後から追うのだ。

元尾からはチップは決して貰わなかった。

一万円札を押し付けられても、

「食事を頂いています。社長の側にいるだけで勉強になります」

と頭を下げ続けたものだ。

金に綺麗な男を印象付けるためだった。

そうした振る舞いは、ホステスやマネジャーからも評価され、キャバレー内でも意地の悪い先輩ボーイたちから守られることになった。

その甲斐あって半年後には満代モータースにスカウトされた。

それも修理工やセールスではなく元尾の付き人である。

当時の満代モータースはまだ神奈川県内に二店舗を持つだけで、従業員も十五名たらず。

秘書などはおらず、元尾は塔山を銀行や仕入れ先へ交渉に行く際の鞄持ちとしたのだ。

これも元尾一流のはったりである。

ところが二か月間、元尾の付き人をしたあと、いきなり水商売に戻されたのだ。

元尾が満代モータースとは別に日ノ出町のパブを一軒、買い取ったのだ。その店の社長をやれと言われた。

中古のマスタングを購入したそのパブのママが、より大きな店《ハコ》を手に入れたために売り出そうとしていた物件だった。

塔山はてっきり転売益を得るためだけに買い取ったのだと思った。

ところが元尾は、本格的なフィリピンパブをやりたいと言い出した。日本に出稼ぎに来るフィリピーナたちが安心して働ける店を作りたいというのだ。

塔山は元尾特有の不遇な者たちへの愛着だと思った。

後にわかることだが、実はフィリピンパブ開店は華僑情報部からの指示だったのだ。

塔山は日ノ出町にフィリピンパブ『マハルキタ』を開業する。元尾の命令でVIPルームを設置した。

バブル経済が崩壊した頃のことである。

この時期、元尾は、外車の並行輸入や不動産ビジネスにも進出しようとしていた。

バブル期に手堅く貯蓄してきた元尾は、この機が来るのを息を潜めて待っていたわけで、大手が投げ出したリゾート地を暴落し始めた値で買い漁っていた。

当時の元尾は、それまで既得権益の上に胡坐《あぐら》を掻いていた企業主が没落していく様子を、ほくそ笑みながら眺めていたが、同時に自分も身ぎれいな実業家に変身しようとしていた。

水商売は、財界入りの妨げになる、とも考えたわけだ。

そこで塔山への資金提供という形だけで独立させたのだ。

日ノ出町に開業した『マハルキタ』はあくまで塔山数馬の会社であり、元尾は借用書を取ったうえで一億円の資金を提供してくれた。

利息は年三パーセント。破格である。

塔山がおいそれと返済できないと踏んだのであり、追加融資を続け十年単位で塔山を金で支配すればよいと思っていたはずだ。

香港、澳門に近いフィリピンに根を張るための糸口、その近道が日本におけるフィリピンパブの経営だったとは、塔山は露とも知らず、馬車馬のように働きだした。順調に返済を続けながらもすべての収支を明確に元尾に報告した。そして利益が出るほどに店を拡張し、元尾への借金も重ねた。

借用書を書き換えることこそが最大の忠誠心の表し方だと思ったからだ。

元尾の背後に香港や澳門の華僑が付いていると知らされたのは、平成九年（一九九七年）七月一日のことだ。

香港が英国から中華人民共和国に返還された日だ。

数人の中国人がマハルキタにやってきて元尾と祝杯を挙げた席で、塔山は事情を聞かされたのである。

中国人女性との間に子供までいるという裏事情を知らされたのもこのときだ。元尾は中国情報部の手先でもあったわけだ。

塔山はこのとき、将来、元尾の後継者になることを華僑情報部の幹部から保証された。それまでは黒子に徹するようにとのことだった。

塔山は承諾した。世代交代まで約三十年と見立ててのことだ。

やがて満代モータースは事業を拡大し満代商会となった。常に華僑情報部からの資金注入があったからこそだ。

満代商会が大きくなるほど、塔山は黒子に徹するようにした。

新たな利権を得るための政界工作のため、パブで働く女の中から枕営業用の通称『特攻隊』も用意した。

政界ばかりではなく企業や役人たちを取り込んだのも事実だ。

二〇〇〇年代に入ると、若いIT起業家たちが台頭してきたのを元尾は見逃さなかった。

Tシャツとジーンズで高級レストランに出入りするこのベンチャー企業の経営者たちを伝統的な財界人たちは忌み嫌っていたが、それをよいことに元尾は彼らを積極的に支援した。

これが後々ものを言う。

旧来の任俠団体の組員たちがパソコンもインターネットも理解していなかった二〇〇〇年代初頭、半グレたちはいち早く出会い系サイトを立ち上げ、ヤクザとは異なるシノギを始めており、ここにIT起業家と半グレの接点が生まれていた。

一見、水とバターのような両者だが、この時代においては双方が利用しあう関係であった。

とはいえIT起業家は成功していくにつれ、半グレとの関係が面倒くさくなった。

元尾はその調整役を買って出た。

実行担当は満代グループに属していない塔山がやることになった。

塔山は華裔情報部のデータや資金を駆使し、いくつかの半グレと若い起業家との間に入り、さまざまな利害を調整した。

勢い元尾は新興企業の経営者たちから感謝され、株式譲渡などの恩恵を得た。

その一方で塔山は半グレ集団との親交を深め、徐々に闇社会にも顔が利くようになっていく。

いつしか、満代グループの表の顔は元尾、裏を仕切るのは塔山という構図が出来上がった。

二〇一〇年代に入ると中国人団体客の訪日ブームとなった。

塔山は中国人富裕層に、元尾が寝かせていた土地を順次高値で売りさばいた。

ここにきて満代商会の総資産は一気に増加し、非上場ながら元尾はさらに拡大再生産に乗り出していく。

元尾と塔山は、あしかけ三十二年の間、表と裏の関係で満代グループを巨大化させてきた仲であった。

*

「裏切りと言いますが、元尾会長の尻拭いもずいぶんしてきたつもりですよ。特にこっちのね？」

塔山は小指を上げた。

「夏彦のことか？」

元尾がため息をついた。

沢村夏彦。元尾が当時、横浜日ノ出町の娼婦、沢村多江《たえ》に産ませた子である。

元尾は本妻との間に二男一女を儲けており、他に中国人との間に生まれた子供もいる。

リー・ズハオだ。

だがそのほかにも何人もの愛人を持っている。そのすべてが風俗嬢というのが元尾の特異なところである。

逆に普通の男ならば、性処理の対象としか考えない風俗嬢に元尾は入れ込むのだ。法外の金を提供し、風俗店を出させたりしている。

元尾はそれを帳尻合わせと呼んでいた。

時に非情でなければならないビジネス界において、元尾はいくつものライバル企業を潰してきている。苦界に生きる娼婦を自立させることで、なんらかの贖罪《しょくざい》になると考えているのだ。

その沢村多江と息子の夏彦の面倒を陰ながら見てきたのが塔山だった。

手の付けられない不良だったが、地頭の良さがあった。計算が早いのは元尾に似ていた。母の多江は夏彦に絶対に父親の名を伝えなかった。

常に塔山が多江を監視し資金援助をしつつ、元尾のことを一言でもしゃべれば、援助は引き上げると言い続けていたからだ。

沢村夏彦に特殊詐欺の知恵を付けさせ、マニラに拠点を持つように仕向けたのもすべて塔山の差し金だった。

日本国内に潜む、さまざまなスリーパー・セルを夏彦に近づけ、華裔情報部にとって都合のよい人物に育てたのである。

い。

「私が面倒を見てきたのは夏彦君だけじゃないですよ」

塔山は葉巻の煙を大きく吐き出した。これまで元尾の顔に向けて煙を吐いたことなどな

「リー・ズハオは山中誠吾と名乗って生きているのだろう」

元尾が目を細めた。

「はい。私が山中家を設立しました」

神戸で亡くなった一家をそのまま座間で生きていることにしたのだ。

「何から何まで世話になったな。で？」

元尾が苦笑する。

「表向きはトップを続けてもらいます。何も心配ありません。ただ決定権は今後私にあります」

「蛇羅館のリストがそっちに移った以上、やむを得んな」

元尾が、詰んだ、という顔をした。

「はい。でも御子息が慶陽《けいよう》大学時代、蛇羅館のメンバーと沖縄で一緒に輪姦をしていたことは永久に封印しておきますよ。あの動画と慶陽大のメンバーのリストだけは、私が握っている。マニラに渡してはいません。繰り返しますが、私が握っています」

元尾の長男、春雄《はるお》は現在四十二歳で、満代モータースの副社長を務めている。

慶陽大学経済学部卒業後、丸菱《まるびし》商事のエネルギー事業部に勤務し、長らくクウェートやイランでの油田開発に関わってきた。三年前に満代モータースに入社、現在は帝王学を継承中である。

春雄は二十年前の蛇羅館事件に関わっていた。

インカレとなった蛇羅館には早法大学以外の有名大の学生が多く参加していたが、慶陽大の春雄もそのひとりだった。

事件発覚後、直接の証拠がないことで春雄が逮捕されることはなかったが、春雄は沖縄ツアーでの輪姦の際に、こっそり撮影をしていた。

仕掛けた隠しカメラには自分も映っているのだが、後に各界で有名になる人物たちが女を嬲《なぶ》っている様子が克明に記録されていた。

総勢十二名の男で、三人の女をマワシあう壮絶な動画だ。

春雄が二十二歳のときのものだ。

ある日、自宅で見ているところを父親である元尾が目撃し、逆鱗に触れた。だがその動画は元尾の自宅書斎に長らく保管されていたのだ。

これは元尾にとって、キラーコンテンツとなった。

塔山にとっても想定外の出来事であった。

約二十年が経った。

動画に映っている強姦野郎たちは出世した。中には国会議員になった者もいる。また大手広告代理店で国際的イベントの運営に関わる者もいれば、メガバンクのニューヨーク支社のナンバー2についている者もいた。

これは元尾親子の大きな力となり、場合によっては塔山が切り捨てられる可能性もあった。春雄が徐々に古希を超えた父親の側近を排除しだす気配も感じられた。

同時にこの動画は華裔情報部にとっても工作上大きなレバレッジとなる。中国情報部の対日工作の肝は侵略の手引きではなく、内部崩壊である。

混乱させることだ。

動画を奪って塔山が実権を握るタイミングはいまだった。

「俺はおまえの軍門に下ろう。だが春雄は何処かへ逃がしてくれないか。満代グループとは縁のない海外企業で働かせる。おれが直接説得する」

元尾が泣きを入れてきた。

「春雄さんと、沢村夏彦、リー・ズハオは父親が同じなのに、それぞれ母親が違うというだけで、すいぶん差のある人生になってしまいましたね。私はそこがちょっと気に入らない」

「沢村夏彦にもリー・ズハオにも手厚い援助をしてきたつもりだがね」

「金銭的には彼らも不自由はしていません。ただ負い目を持って暮らしていたことは間違いないです。親を知らないというのは、ちょっとね、妙な気持ちなんですよ」

塔山は自分の生い立ちもまたそうだと、言おうとして止めた。

わかるはずがないのだ。

「春雄をどうしようと」

長い付き合いの中で、元尾が初めて塔山に対して不安そうな顔を見せた。

「じきに世の中が変わりますよ。日本の国家体制も変化するでしょう。その時は、リー・ズハオや沢村夏彦の方が春雄さんよりも立場が上になっているかもしれません。いや国家体制まで変わらなくとも、私が沢村夏彦とリー・ズハオをこの会社のトップにし、春雄さんを平社員にすることで、あのふたりも溜飲が下がるのではないでしょうか」

塔山はここで高笑いをしたくなったが、堪えた。元尾の狼狽える顔を見るだけでいい。

「春雄はそんなことになったら辞めるぞ」

「辞められないでしょう。あの動画を私が持っている限り辞められないですよ。辞めたら公開しますから。春雄君には修理工場でスパナを持って油まみれになって働いてもらいます。それが帳尻合わせというものです」

「それは……」

元尾は顔を歪ませた。

「いいじゃないですか、どちらにしてもあなたのお子さんが満代グループのトップになるんですよ」

これは小さな革命だ。塔山は笑みを浮かべた。

「運命とは恐ろしいものだ」

元尾が肩を落とす。

「私に刺客など差し向けないほうがいいですよ。不慮の事故で私が消えても、あの動画はネットにアップされます。まぁ、それもこれもパリのあとですがね」

塔山は葉巻をクリスタルの灰皿で揉み消し、立ち上がった。

「どうしてもパリでやるのかね」

「はい。やります。それを機に、あちこちで武装蜂起が起こりますから満代商会の需要はますます高まるでしょうね。この際ですから、装甲車や戦車の廃棄処分もこちらの手の内の会社に落札させせます。新たに千葉の優良産廃業者を配下にしたので怪しまれません」

「DIHに飼っていた星野が死んでしまっては、廃棄処分車の応札に必要な価格が読めないのではないか」

元尾が言った。

これまでは星野がすべて手引きしてくれていたのだ。

DIHが満代商会に目を付けたのも星野からの報せで塔山は把握していた。

星野はDIHとして首都圏のフィリピンパブやチャイナクラブへの潜入捜査を繰り返し

ていた諜報員だが、日ノ出町のマハルキタの客としてやってきたときに、塔山が見破り逆にハニトラを仕掛けたのだ。以来星野は二重スパイを務めていた。

「防衛装備庁の礒部《いそべ》と園部《そのべ》を直接強請《ゆす》ります。ふたりも浅草のサラマッポの女を抱いています。その映像がありますから、どうにでもなりますよ」

「経済安全保障推進法を完全に無視するわけだな」

元尾は苦虫を嚙み潰したような顔をした。

かつてはリスクを恐れずに危ない橋も平気で渡った元尾だが、長男に帝王学を授けるようになってから、急に順法をとなえるようになったのだ。

それもまた塔山がことを急いだ理由である。

「経安推進法は勇み足で中小企業の工場を挙げ、裁判所から違法捜査と賠償命令が出されたことで公安は捜査に慎重になっています。いましばらく緩いでしょう。今がチャンスです。がんがん武器の輸出をして儲けましょう。儲けた金でさらなる政界工作をすれば法など怖くなくなります。元尾さんが令和の政商になればいい。この会社のトップは今後もあなたです。春雄さんは、いまから本気で一度汗をかいて、あなたのような芯のある経営者になればいい。挫折のない人生を送った者に人はついてきません。そうなれば腹違いの弟たちも、陰に回って支援するようになるでしょう」

塔山は、おだてることも忘れなかった。

「春雄をきちんとカムバックさせるんだろうな」

「はい、満代グループの経営は、一度人生の辛酸をなめた春雄さんが引き継ぐのが良いと思います。私はそこまでセットアップするつもりですよ」

さらに甘言を伝えた。

「塔山、おまえの仕切り方に感謝する。もう経営はすべておまえに任せよう。わしは今後、表向きの役を演じるだけにする」

元尾が陥落した。名誉だけが残ればよいということだ。

2

七月二十四日　午後四時　パリ　モンマルトル

小林晃啓はモンマルトルの坂の途中にあるカフェで、ようやく沢村夏彦を発見した。一緒にいるのは菊池智恵美で間違いない。

モナコでは確かな収穫はあった。

小林はキリマンジャロブレンドを飲みながらふたりを観察し、モナコでの萩原健との会話を思い出した。

『ちょいと前におかしなことがあった。フランス対外治安総局の女諜報員の車が転落した。パラシュートで脱出したその諜報員は東洋人の車を追っていたという情報がある』

クルーザーのデッキで優雅にバーベキューをしながら萩原がそう言ったのだ。

『山中誠吾ですかね？』

『いや、空港の記録から割り出したのは台湾人のリッキー・ショーという人物だ。ドバイに戻っている』

『リッキー・ショー。それが山中誠吾ですよ。女豹の証言です。中国国家情報部か華僑情報部に雇われた狙撃手ではないですか』

小林は聞いた。

『なるほど。近頃、モロッコ系のテロ集団という衣を被ったフレンチマフィアが華僑情報部と手を組んでいるという情報がある。うちのカサブランカに潜伏している諜報員から得たものだから間違いない。ボスの名前はヴィッシー・ラズロー。表向きはカサブランカで貿易会社をやっているが、実はバリバリのフレンチマフィアで武器商人でもある。ドバイやマニラ、澳門にもネットワークを張っている。マニラを中継して東京の満代商会とも闇取引をしているらしいという情報もあった。そこは裏が取れていないがな』

萩原はかつて東京にいたときと同じように醒めた笑いを浮かべた。

『マニラ・コネクションがモロッコまで繋がっていたとは』

小林はコート・ダジュールに浮かぶクルーザーの後部デッキで萩原に振る舞われたモエ・シャンドンで喉を潤しながら聞いた。

女豹は浅草で消えたままだ。だが遺体も上がってはいない。何処かに潜伏しているに違いない。

『フランスには旧植民地だったモロッコからの移民が多いことは知っているよな』

『はい。すでに三世代目に入っているのに、いまだに職業選択では差別が多いと聞いてます』

萩原が肉を焼きながら続けた。

『それで何度か暴動が起こった。するとモロッコ系フランス人たちは、さらに差別されていく。タイガーちゃん、これ、中東のテロとはちょっと違うんだよ。宗派とか関係ない。たんなるモロッコ系と生粋フランス系の仕事の奪い合いなんだ』

いきなり先輩にタイガーちゃんと呼ばれた。

『そこにモロッコ系のフレンチマフィアが目を付けたと』

小林も立ち上がりマトンの肉を刺した鉄串を回し、裏返す。

『そうだ。テロに見せかけると、ただの犯罪もどこか正当性を帯びる。そこに目を付けたんだろう。ラズロー・ファミリーがやっていることは、テロなんかじゃないんだ。ただの強盗。そこに中国情報部が目を付けた。パリオリンピックで騒ぎを起こしてくれとね。俺が集めた情報ではそうなっている。少なくともモナコに潜伏しているモロッコの本格テロ集団は、いまは動こうとしていない。オリンピックの時期に何かをやったら、それは世界を敵に回すようなものだ。世論を味方に付けたい奴らはそんな無謀なことはしない』

萩原がよく焼けた豚肉をトングで皿に載せてくれた。

『で、ラズロー・ファミリーは何をしようとしているんですか？』

小林はフォークを取りながら訊いた。

『パリオリンピックで狙撃だよ。たぶん中国選手団を狙う。中国情報部の委託を受けてな』

『はい？　フランス選手団とか、マクロン大統領ではないのですか？』

『だから、これはモロッコ系のテロじゃないんだよ。たとえば台湾人が中国選手団を狙撃するとかじゃないかね。とりあえず開会式もてんやわんやになる。そこで、ラズロー・ファミリーは一気に高級店を襲撃しさらに混乱を引き起こす。そうなるとモロッコ系移民たちも蜂起せざるを得なくなるだろう。それはテロ集団じゃない。日頃から差別に苛立っている一般のモロッコの人々だ。ついでにアジア系や中東系もパリだけじゃなくあちこちで暴発してくれたら、彼らにとって最高の結果になる。ラズロー・ファミリーは武器商人として儲ける。だが、このパリでの狙撃の核心は、中国の台湾侵攻への口実づくりだってことだよ』

　萩原はよく焼けた豚肉を満足そうに食べた。

　小林は膝を叩いた。

　すべてのピースが揃った瞬間だった。

　中国が「中間線」を越えて台湾に侵攻するための口実として、パリオリンピックで台湾人が中国選手団を狙撃する。そういうことだ。

　これですべての合点がいった。

　小林の前髪がコート・ダジュールの風に靡《なび》いた。

『リッキー・ショーの国籍は香港系中国人だが、パリでは台湾人になっているかもな。ついでに沢村夏彦も加担させたら、日本人も中国に弓を引いたことになる。そしたら尖閣諸島を一気に乗っ取る理由もつく』

『まさか。日米同盟があります。中国の台湾侵攻には米軍もすぐには対応できないでしょうが、こと日本への侵略に関しては米軍は即応するかと』

　小林は否定した。萩原は日本から離れすぎて実感がなくなっているのではないかと思った。

『どうかな。パリ、ウクライナ、イスラエル、台湾で同時多発的に交戦状態になったら、ホワイトハウスもいったんは立ち止まるのではないか。迂闊に手を突っ込むと、引き返せなくなる。今年は大統領選もある。バイデンは中国と揉めている暇はないはずだ』

『何のための日米軍事同盟なんですかね』

小林は肉の旨味を感じる余裕もなくなっていた。

『中国も慎重な策に出るさ。台湾には軍艦を向かわせるが、尖閣諸島には丸腰の大漁船団を戦闘時の緊急避難のためと言って上陸させる。それでは米軍も海上自衛隊も迂闊に発砲は出来ない。すべてがオリンピックの開会式での一撃の後に行われたとしたらどうだ。いや、すべて俺の妄想だよ。毎日テロリストの情報を分析していると、最悪のシナリオばかり想像する癖がついてな』

萩原はそう言って小林が持参してきた焼酎を飲んだ。

『いえ、本当にそうなるような気がしてきました』

小林は空を見上げた。今にもあちこちから爆撃機が飛んできそうな、いやな気分になった。

『そうならねぇように動くのがおまえの仕事だろう。なったらＮＩＳの負けだ』

萩原にあっさり答えを言われてしまった。

『萩原先輩。頼みがあります』

『なんだ？』

『そちらの諜報網でリッキー・ショーとヴィッシー・ラズローの繋がり、確証を摑めませんか」

『高くつくぞ』

『ポアロとボンドがいくら使ってもいいと言っています』

萩原が考え込んだ。マトンの肉を嚙み終わってから言った。

『わかった。コロンボが何とかすると、伝えておいてくれ』

一週間前のことだ。

＊

小林はパリ入りすると同時にリッキー・ショーと山中誠吾、沢村夏彦という人物の入国記録を調べたが、その名はなかった。

今朝まで空港近くのホテルで待機していた。

二か月前からドバイの日本人セレブたちの間で、藤森武雄と香川智恵美というカップルがオリンピックの開会式を見物に行くという噂が流れていた。

わざと流している噂だと、ＮＩＳは見破っている。

その藤森武雄はリッキー・ショーではなく沢村夏彦であることを東京のデータ分析室は割り出していた。ドバイ空港の監視カメラの映像を入手出来たのだ。

藤森と香川を名乗るカップルはなりすましのためのアリバイをつくっていたということだ。

今朝、その沢村と智恵美がシャルル・ド・ゴール空港に到着した。データ分析室の浦部からの報せが入ると同時に、小林は到着ロビーに向かい、ふたりを視認するとすぐに追尾を開始した。

オリンピックの開会式は明後日だが、今日から、サッカーとラグビーの予選は開始されている。すでにパリはオリンピックムード一色だ。

シャンゼリセ通りの高級ホテルにチェックインし、ふたりは凱旋門《がいせんもん》やエッフェル塔の見物などまさに観光客の動きをしていた。

いたるところで写真を撮ってもいた。

エッフェル塔を出るとセーヌ川を渡るイエナ橋で何度も写真を撮り合っていた。

それからモンマルトルの丘へ移動してきたのだ。ムーラン・ルージュの外観を眺め、それからカフェに入った。

小林はル・モンドを大きく開いて、耳をそばだてたが、彼らはまったく会話をしていなかった。

ＮＩＳの特殊スマホが震えた。モナコのコロンボからのラインだった。

【リッキー・ショーこと山中誠吾は、華裔情報部のスリーパー・セルのリー・ズハオだ。二〇二一年の八月三日にリー・ズハオはヴィッシーの事務所に現れている。ヴィッシーの事務所のあるビルのレストランの主人をうちの諜報員が買収していた。東洋人が来たのを珍しく思い、盗撮していた。そこから追跡して割り出した。本名かコードネームか知らんがリー・ズハオだ。確実な情報だ】

当然東京の小口たちも共有しているラインだ。

リー・ズハオ。

女豹もどこかで共有していてくれたらいい。

スナイパーはこいつだ。

それでは沢村の役目は何だ？

囮であろうか？

しばらくすると白のポロシャツにハーフパンツ姿で、首から公式ガイドのＩＤカードをぶら下げた女がやってきた。

北東アジア人の顔つきだ。

「深草里奈《ふかくさりな》と申します。藤森様と香川様でございますね」

日本人ガイドのようだ。

「はい。僕が藤森です。彼女は香川です」

沢村が答えている。

「私がこれから、明後日のエッフェル塔でのチケットを受け取れる場所に案内いたします。ご本人様しか受け取れないものでして。そこでパスポートを見せてください」

深草里奈はふたりに名刺を渡しながら伝えた。

「OKです。いきましょう」

「私の車へどうぞ」

沢村が立ち上がると、ガイドの深草はカフェの前に止めてあったブルーのプジョー208アリュールを指さし、先に出ていった。

小林もル・モンドをゆっくり畳み先に店を出た。プジョーのナンバーを記憶し、リアにコイン式GPSを張り付ける。そのまま通りを渡り、向かい側の歩道から様子を眺めた。

後部席にふたりが乗り込むと、プジョーはすぐに発車した。

パリ七区の小高い丘から弾むように下って行った。

小林は目の前の通りを見やった。夕方の日差しが容赦なく石畳みの道に照り付けている。

少し先からタクシーがやってきた。

黄土色のルノー・トゥインゴ・サンクだ。うろうろ餌を探す野良猫のようにゆっくり走っている。流しのタクシーだろう。

だがルーフに『Ｔａｘｉ　Ｐａｒｉｓｉｅｎ』のランプがあるので正規タクシーのようだ。

手を上げて止める。グレンチェックのハンチング帽に髭面のドライバーが満面に笑みを浮かべて急ブレーキを踏んだ。六十過ぎの腕に幾何学模様のタトゥーをしたドライバーだった。

「メーター金額の倍払う。坂の下に見えるブルーのプジョーを追ってくれ」

乗り込むなりそう告げる。フランス語は女豹ほどうまくない。

「あんた、刑事かい」

「いや、ラズロー・ファミリーの者だ」

ドライバーの反応が見たくて、そう言ってみる。

「ウィ、車壊れたら弁償してくれるか」

「もちろんだ。前金だ」

小林は後部席から手を伸ばし、助手席に百ユーロ札を七枚置いてやる。日本円で約十一万円だ。

「私、絶対見逃さないよ。けどこの車の窓から拳銃は出さないでくれ。明後日からオリンピックなので、セーヌの近辺は白バイとパトカーがうようよいる」

「こんな日に銃撃戦をする気はない。逃げた売春婦を捕まえたいだけだ」

「ウィ、ウィ。ムッシューそれは大変だ。私はジャンという。頑張るよ」

老ドライバーは一気にアクセルを踏み込んだ。

パリ二十区と呼ばれる市街地は東京よりはるかに狭い。東京で言えば山手線の内側だけぐらいのサイズだ。したがって隅々まで知るのに大して手間はかからない。

プジョー208はセーヌ川南岸のコンコルド橋には向かわず、逆に六区、十四区と南下していく。十四区のモンパルナスは通りに面したカフェのテラスで語り合う学生たちで、活気にあふれていた。

――ここはパリだ。

カルチェラタンは、そんな気分にさせてくれる通りであった。

それからプジョー208は、となりの十三区に入った。

十四区と十三区はパリ二十区の中でも南の端にあたる。

プジョーは十三区のイヴリー大通りの高層ビルのある一角に停車した。

ガイドの深草が沢村を先導して細い通りへと進んでいく。智恵美は周囲の中国人に愛想を振りまきながら続いていた。

このあたりはパリ最大のチャイナタウンである。

だが周囲に旅行代理店らしい看板は見当たらない。妙な気がした。

「ここでいい。メーター料金は安いんもんだな。あと三百ユーロ置いておくから、すまんがここで待っていてくれないか」

さらに三枚の百ユーロ紙幣を置いて車を降りた。

「ムシュー。なんならドアを開けたまま待っていますかい」

ジャンが札を数えながら陽気に笑った。

「アラン・ドロンの時代のフィルムノワールじゃないんだ。弾丸を背に逃げてくることはない」

冗談を言いながら小林は車を降り、三人を追った。

北東アジア人が多いので、他のエリアよりも目立たずに尾行が出来そうだった。

パリにはふたつのチャイナタウンがある。移民の町として伝統があるのはここ十三区のチャイナタウンではなく、北東部の十九区のベルヴィルという町にあるチャイナタウンだ。

いま小林が歩いているイヴリー大通り周辺のチャイナタウンは、一九七五年頃にインドシナ半島から大量に中国人難民がパリに流れ込んだ際に出来た町で、歴史はさほど古くない。旧フランス領インドシナをルーツに持つ中国人なので、さらにそのルーツは多岐にわたる。ベトナム系、カンボジア系、ミャンマー系と様々だ。

そのぶん、このタウンには中華レストランばかりではなく、アジアのさまざまな料理店や雑貨店が並ぶ。

ガイドに案内された沢村夏彦と菊池智恵美は中国茶の店に入った。

『ジャンポール・ローン商会』

全面ガラスの窓から店内の様子が見えた。アールヌーボー風のインテリアの店内正面の棚に色とりどりのブリキの缶が並べられ、中国茶葉店というよりも紅茶の店のような雰囲気であった。茶葉だけではなく、茶具や菓子類も販売しているようだ。

沢村と智恵美はカウンターの奥のオフィスらしき部屋へと進んでいった。小林は客になって店内に入る。

オーソドックスにプーアール茶と東方美人茶を二百グラムずつ頼み、店員が紙袋に詰めてくれている間に、奥の様子を覗いた。

財布から小銭を取り出すふりをして、最小のマイクロマイクを取り出し、オフィスのドアの方へと転がした。

「メルシー、ムッシュ。出来ました。他に何か入用なものはないですか」

ポニーテールの若い女性店員が紙袋をカウンターに置いて聞いてきた。

「おすすめの甘いお菓子はありませんか」

「ウイ。中国茶にフランス菓子はよく合います。当店で作っているビスケットはどうでしょう」

女店員が日本で言うところのロシアケーキのような焼き菓子のコーナーを指さした。

「あなたのおすすめを五個ください。でもショコラのかかったやつはマストです」

言いながらメガネをかける。耳にかかった部分の蔓から、骨伝導でマイクが拾った音が聞こえてきた。

【パスポートをありがとう。それではこれがエッフェル塔二階展望台の特別席から観覧できる開会式チケットです】

声の主が店名のジャンポール・ローンだろうか。しわがれたアジア人の発音の英語だ。

【他に荷物もあるそうですが】

沢村の声だ。

【現場でこれをお兄様にお渡しください。いろいろと修正してあります】

しわがれた声が言う。

【お兄様？】

沢村が聞き返している。

【そう聞いています。それと日本からの手紙を預かっています。ドバイ経由で受け取っていますが、私は盗み見などしていません。日本語はわからないですし。どうかおひとりで読んで欲しいとのことです】

【わかりました。あとでゆっくり拝見させていただきます。ミスター・ローン。いろいろありがとうございました】

【ヴィッシーにはあなたが無事ここに来たことを伝えておきます】

【エッフェル塔から見られるなんて最高ですね】

これは智恵美の声だ。

【そうですね。マドモアゼル智恵美には、明日の夜にお仕事をしていただくことになっていますが、よろしいですね】

ジャンポールの声が一瞬湿り気を帯びたように聞こえた。

【そのつもりですよ。蕩けるようなサービスをいたしますわ】

【パリでも日本のAV嬢に憧れている紳士は多い。明後日の仕事を左右する相手です。よろしく頼みますね】

【はい】

【それでその相手は誰なのかな？　彼女のエージェントとして僕には聞く権利がある】

沢村が言った。特に嫉妬が混じっているニュアンスはない。

【オマール・レノという議員ですよ。われわれチャイナタウンの意見を国会に反映させてくれる元老院の長老です。エッフェル塔の観覧席にも彼が同席してくれるので、簡単に進めます。ただし、明後日は夫人が同伴ですから、お仕事の件は内密です。それで警備のハードルはさらに下がる】

【もちろんですわ。私は弁えております。明後日の夜は、私も彼と共にエッフェル塔に行きますから、ご心配なく】

そういうことか。

小林は合点がいった。では沢村が狙撃手なのか。エッフェル塔から中国選手団を狙い撃つつもりか？

「お菓子のセットが出来ました。ムッシュ、合計で三十ユーロになります」

店員の声で我に返る。

「メルシー。今夜は妻にも喜んでもらえる」

長居は無用と小林は外に出た。

前方を見て、小林は驚いた。いま中にいるはずの沢村夏彦とそっくりな背格好の男が歩いているのだ。

身長も背中の形も、そして歩き方もそっくりだ。

さらに驚いたことに、不意に路地から女が出てきて、その男を追い始めた。

女豹だ。

どういうことだ？

沢村夏彦はふたりいるのか？

いや、違う。

あの男こそリー・ズハオだ。

そう思った瞬間、いきなり腰の後ろ辺りに激痛が走った。

ナイフで刺された感じだ。前かがみになりながら振り向くと、痩せた一重瞼の男がダガーナイフを持って立っていた。その横に先ほどの女店員も立っている。

「ムッシュ。あなたがコインを転がす様子、ガラス窓に丸映りでした」

「ちっ」

腰骨のやや背中側。そこから血が溢れ出てくるのがわかった。

「死ねよ」

男がもう一度、今度は腹部を狙ってナイフを突き出してきた。

「死ぬかよ」

小林は腕を伸ばし渾身の力を込めて、痩せた男の股間を握りしめた。女豹が得意とする玉ハグをここで使うとは思わなかった。黒のズボンの生地は薄かった。ぎりぎりと潰す。

「うぅうう」

痩せた男は細い眼を最大限に見開いた。それでも手の甲で柔らかな睾丸を平らになるほど握り込む。

「ぐふっ」

男は唇を歪ませ、ダガーナイフを落とした。それを右足で遠くへ蹴り飛ばす。

「クロードになんてことを」

女が眼を吊り上げ、蹴りを打ってきた。その股間に膝頭を打ち込む。ボキッと音がする。

恥骨が折れたはずだ。

「うぅぅうぅう」

女もその場に蹲った。

「ふたりともしばらくセックスは控えるんだな」

小林はイブリー大通りに向かって走った。血がどんどん溢れてくる。

ジャンが本当に後部扉を開けて待っていてくれた。

「たすかった。ホテル・テレーズへ」

ループルに近いホテルを告げて、小林は目を閉じた。

*

七月二十五日　午後二時　パリ一区

リー・ズハオは、オテル・リッツのメインレストラン『レ・エスパトン』の奥まった席で、メインディッシュのメカジキのソテーを愉しんでいた。

ランチでも大変なボリュームだ。

円卓に五人の客がついている。全員台湾人だ。

ズハオ以外はカップルだ。一組は老夫婦。もう一組はいかにも若くして成功した実業家とそのフィアンセのようだ。

もうひとつのテーブルにも五人団体客がすわっている。同じ台湾からのツアーの客だ。

名門リッツのウエイターは、最初は顔を顰めていたが、この団体客が中国本土からの客ではなく台湾人であると知って、穏かな表情を見せた。

パリでは、中国人は嫌われている。老舗ブランドショップや名門レストランでは、その傍若無人な振る舞いに腹を立て、予約を受け付けない店さえある。すべてにウエルカムな姿勢の日本とはかなり対応が違う。

欧米のマナーが浸透している台湾の国民に関しては、いたって親切だ。

ズハオのルーツは澳門で、中華人民共和国の工作員として教育されたが、育ったのは日本だ。

そのせいか日本で見る中国人団体客の民度の低さには辟易する。

「エッフェル塔の上から入場行進を見られるなんて、一生の思い出だわ」

白髪を綺麗にセットした老婦人が夫に微笑みかけた。シャンパングラスを手にする様子も実に優雅だ。

「ほんとですね、奥さま。でも船上入場行進なんて、セキュリティは本当に大丈夫なのですかね」

若い実業家が言った。

「まぁ、橋の上や沿道の観客スタンドでは何が起こるかわからんが、我々の観覧するエッフェル塔では何も起こらないだろう。テロが起きても、高みの見物だ」

老いた夫がせり出た腹を撫でながら言う。

二泊三日で二百五十万円。台北―パリのビジネスクラスの航空券とこのオテル・リッツの宿泊がセットになっている。とはいえ食事は朝食とランチのみである。団体でのディナーは他でとってくれというのが実にフランスらしい。

台湾の旅行社が十名限定で募った見学ツアーだ。ズハオはパリからの参加にした。これに紛れて、明日エッフェル塔に上ることになる。

富裕層の団体ツアーに紛れるのが、もっとも疑われにくい方法だ。

「リーさんは、ルーブル美術館やムーラン・ルージュのツアーにも行くんでしょう」

若いカップルの男の方が聞いてきた。北京語だ。

「ええ、せっかくですから参加します。並んで入るのは嫌ですが、このツアーだと優先的にモナ・リザの前まで進めるそうですからね。友人たちにはべたな観光は苦手と言っているんですが、本音は見たいですから」

「そうですよね。私たちも同じです」

女の方も笑った。

「夜は、私たち夫婦が御三方を、ディナーに招待ましょう。三ツ星とかそんなところではないですが、九区によいビストロがあります。『シャルティア』です。大衆的でおいしいですがどうですか」

老夫婦から申し出があった。

「喜んでご馳走になります」

ズハオは笑顔で答えた。

「私たちも」

若いカップルの女が華やいだ声をあげる。

さらに溶け込めそうだ。

「では、僕が『ヴァンドーム』でアフタヌーン・ティーをご馳走しましょう。口直しにハーブティーなどいかがですか」

ズハオが提案した。

「まぁ素敵。なんだかアガサ・クリスティの物語に入るようだわ」

老婦人が目を輝かせた。

ズハオは、そこで自分は日本育ちだが、心は台湾にあるなどと四人に強調した。愛国者と思わせることが、後々の効果を生む。

明日の夜が勝負だ。

あとは弟が無事、道具を届けてくれるかだ。

――そう。弟だ。

＊

午後三時。

沢村夏彦はひとりでカフェのテラスにきていた。サン・ジェルマンにある『メゾン・ソバージュ』。大学生や三十歳前後の若者でごった返していた。

ハンチング帽を被った男女が多かった。それがなんとなくマニラやアメリカとの違いを際立たせている気がする。

パリでは野球帽よりハンチング帽が多い。

日差しが強いのでサングラスをし、行き交う車や、喋りつづける若者たちを眺めていた。

――本物の兄がいた。

しかも自分の父親が満代商会の総帥、元尾忠久であったとは。本当ならば、自分は父親の家を襲撃させたことになる。

そのことについて手紙の主は詫びていた。

浅草のフィリピンパブ『サラマッポ』のオーナー塔山数馬である。塔山が満代商会の裏のパートナーだったということも初めて知った。

封筒には、いまも横浜の日ノ出町で風俗店を営む母、沢村多江からの証言も入っていた。間違いなく母の文字だった。

塔山は、兄の冬彦とともに満代商会の陰の経営陣になるよう求めてきた。表の経営者は正妻の子である元尾春雄がいずれ継承するが、事業の本筋は裏にあるという。

この三十二年間、塔山が仕切ってきた仕事を、リー・ズハオと夏彦で受け継げとあった。

塔山は具体的な役割まで提示してきた。

兄、リー・ズハオは華裔情報部の一員として、日本を内部から崩壊させる工作を主に政財界に対して仕掛ける。そのためには満代商会が日本の財界の一員であることが重要だとも。

正業で得たステイタスを中国のために行使するということだ。

そしてこの夏彦には、日本およびアジアのマフィア組織との交渉一切を任せたいという。アジアのマフィアを糾合する資金は、満代商会から出る。

面白いと思った。

けちくさい詐欺や強盗でしのいでいるよりも、遥かにやりがいがある。

もっとも心境は複雑だ。

私生児として生まれ育った自分と元尾家の子供たちとの差、工作員だという兄の突然の出現。母はすべて知っていたのに一言も教えてくれなかった。

憤懣《ふんまん》、反感、哀しみ、いろんな感情が交叉する。

だが、それに勝る高揚感もあった。

表の元尾ファミリーとは異なる、私生児同士の悪のブラザーがいる。

自分一人だけがはみ出しているわけではないのだ。もうひとり裏の道をあるくしかなかった兄がいる。

リー・ズハオ。

悪くない。

ふたりで悪の華を咲かせようではないか。

明日、兄の顔を見るのが楽しみだ。

＊

深夜。パリ八区。フォーシーズンズ・ホテル・ジョルジュ・サンク・パリの一室。

菊池智恵美はまだフランス人の陰茎を舐めていた。

でっぱった腹の下でウインナーのように縮こまっていた陰茎を、フランクフルトサイズにまで膨張させては、白液を吐き出させていた。

「三度目でも大きくなるなんて、三十年ぶりだ」

オマールは六十歳だという。

乳首舐めと棹擦りを合わせ技でやると、三度目も勃起した。夏彦以外の男の前でパンツを脱ぐのは三か月ぶりだった。

久しぶりなので自分も燃えているのは確かだった。娼婦という職業を苦行だと思ったことはない。下等な職業だと思ったこともない。

好きでやっているのだ。

世界に通用する娼婦になるために腕を磨いてきたのだ。

智恵美は自分のことを風俗嬢のメジャーリーガーだと思っている。年俸も億はある。ここ数か月は夏彦の専業になっているだけだ。ヴィッシー・ラズローから提示された額は、過去最高だった。

このところ夏彦が、マジ惚れしてきているようでちょっとうざい。

「オマール。また私が上になっていい？」

甘えた声で聞いた。

「もちろんだとも」

薄くなった白髪を掻き上げながら、オマールは子供のように笑った。どんなに凄い仕事をしている男でも、亀頭に精子が溜まりだすと、出すことしか考えなくなる。

「いっぱい腰を振っちゃうわ」

「チエミのテクニックは最高だ」

決して賢者タイムは与えない。完全に寝落ちするまで射精させ続けたい。それがリピーターを付ける最大のこつだ。

智恵美は上からヒップを下げた。細い肉層にむりむりとフランクフルトソーセージが割ってはいってきた。

「おうっ」

オマールが眉間に皺を寄せる。

「オマール、明日、展望台ではよろしくお願いしますね」

腰を振りながら、おねだりした。

「ぁあ、いいとも。私と一緒なら手荷物チェックなんてありえないよ。家内には日本大使館の友人だということにしてくれよな」

「大丈夫です。わたしもフィアンセと一緒ですから。ぁああん。パパ、すごく大きいっ」

智恵美は肉層を絞り込んで、腰を激しく振った。ちょっと自分もその気になっている。たまには昇天してしまうのも悪くない。

3

七月二十六日　午後七時　パリ

陽がとっぷりと暮れた。

パリの街全体がうっとりするほど艶やかに輝き始めていた。

第三十三回夏季オリンピックの開会式まであと一時間。

セーヌ川の右岸、左岸、双方から立ちのぼる熱気は、まさに最高潮を迎えようとしていた。

芽衣子は腕時計に目をやった。東京は翌二十七日の午前二時を示している。

日本は土曜日になったばかりだ。明日の仕事を気にすることなく多くの人が自宅でテレビの前にいることだろう。

霞が関の国家情報院では大会議室に多くのパソコンを持ち込みながら、大型液晶画面で、この様子を見守っているはずだ。

朝倉長官《ポアロ》と小口副長官《ポンド》は、東シナ海やウクライナ、イスラエル、イエメン沖などにも気を配っているはずだ。

第三次世界大戦の開始を告げる一発の銃声が、このパリで鳴り響くかもしれないのだ。世界を混乱に陥れ、その隙に荒稼ぎしようとする悪徳ビジネスマンと台湾侵攻への口実を作りたい中国が手を組んだテロ攻撃。

それが今夜起ころうとしているのだ。

芽衣子はエッフェル塔の近くに立っていた。

塔の真下のジャン・ド・マルス公園ではオペラ用の野外ステージが組まれ、いまはオーケストラがピットでフレンチポップスやシャンソンを演奏している。

どれも聞きなれた曲ばかりで居心地がいい。

セーヌ川での選手入場行進はノートルダム大聖堂からスタートし、ルーブル美術館、オルセー美術館、エッフェル塔界隈まで約六キロとなる。パリのど真ん中をすべて巻き込んでの式典だ。

セーヌ川の両岸に居並ぶそれらのモニュメントもまたイベントの演出の対象となっている。芽衣子は昨夜から何度も頭に叩き込んだセレモニーの数々を、もう一度頭に浮かべた。

最初に選手入場だ。

東のオステルリッツ橋から西のエッフェル塔の真近のイエナ橋まで、国旗を立てた各国の船が続々と入場する。

各船にはカメラが搭載され選手たちの表情は周囲に用意された八十台もの大型スクリー

ンに映し出されることになる。

有料無料合わせて約六十万人の観客が開会式を楽しむことが出来るのだ。

すでにセーヌ川沿いの上段の歩道には無料の客が大挙していた。

警備は本当に大丈夫なのだろうか？　商売柄、芽衣子はそっちの方が気になった。

この間、さまざまなイベントが用意されている。

ルーブル美術館前のセーヌ川にはオーケストラのステージが組まれており、夜空にはカラフルな気球が飛ぶはずだ。

川から吹きあがるウォータースクリーンにホログラムが浮かび、グラン・パレの近くでは船上でのサーカスショーが展開されるという。

なんともスペクタクルな内容だ。

エッフェル塔のふもとではオペラが催される。

最後はトロカデロ広場でのフィナーレとなる。

聖火台もここだ。

まだ姿を現していないが、フランス大統領やＩＯＣ会長は、ここで開会式を鑑賞することになるのだろう。

各ポイントに設けられた有料スタンドには、続々と観客が入場しだしているが、沢村夏彦と菊池智恵美はまだ現れていなかった。

芽衣子は何気にオペラステージの脇に設置されたオケピットを眺めた。地下ではなく地上に組まれている。

タキシードを着た団員が身体を揺すって軽快なポップスを演奏していた。

盛り上がってきた。

エッフェル塔に沢村夏彦と菊池智恵美が現れることはモニカに歌わせた。

モニカはリッキー・ショーの正体も知っていた。

リー・ズハオ。

華裔情報部が日本に埋め込んだスリーパー・セルにして、吹き矢の名手。駒沢大学駅でDIHに追われたサンタクロースのモニカを助けたのやはり、ズハオだった。

あの夜、豊洲で飛び込んだ運河から、泥酔したモニカの手を引きながら東京湾まで泳ぎ切り、漁船に助けを求めた。

酔って海に落ちたといったら、イカ釣り漁の漁師に呆れられた。

羽田港で下船し、昭和からある洋品店で二人分の服を買い、モニカをラブホに連れ込んだ。完璧なレズビアンに仕立て上げるまで、三日三晩、彼女の身体を舐めしゃぶり、指を駆使した。

愛人にするとモニカは徐々に口を割り出した。

いまも一緒だ。腕を組んで横に立っている。

国内の空港、港に足跡を残さず出国する方法がひとつだけある。

米軍基地を利用することだ。

芽衣子は個人的に知るＣＩＡの女性職員を通じて横田基地からイタリアのアヴィアーノ基地へ運んでもらった。

そこから陸路を使いフランスに渡った。隠密行動を華裔情報部に見破られないように、小口との連絡を絶った。

報せたのは一昨日だ。

モニカはマゾヒストだった。責められるのに弱い。そしてご主人様には忠実だった。マイク・ガルシアから芽衣子に主が代わると、それはもう献身的に尽くしてくれる。

「モニカ、終わったらカンヌとモナコとどっちで抱かれたい？」

「モナコね」

「ＯＫベイビー。やばいことになったら、ホテルでね」

尻を撫でてやる。ノーパンにタイトなパンツなので触り心地がいい。

「沢村夏彦と智恵美だわ」

不意にモニカが顎をしゃくった。

芽衣子は身を隠した。エッフェル塔が煌々とライトアップされているが、少しずれると暗がりだった。光があれば必ず闇はある。

ふたりはエッフェル塔の入り口へ向かう。

沢村は濃紺のブレザーにグレーのパンツ。ブレザーの中はスカイブルーにカラーだけが白になっているシャツだ。

智恵美は白のワンピースにブルーのサマーカーディガン。首に紅いスカーフを巻いている。フランス国旗が歩いてくるようだ。エルメスのショルダーバッグを提げていた。

その隣をフランス人らしい老夫婦が一緒に歩いてくる。

「オマール議員ようこそ。今夜は車がここまでは入れませんで申し訳ありません」

セキュリティよりも先に背の高い、いろいろなパスをぶら下げた中年の男が歩み寄ってきた。さしずめ大会運営委員のＶＩＰ担当といったところだろう。

「おぉ、ムッシュ・ピエール。わざわざ出迎えありがとう。こちらの若いカップルは日本大使館の関係者だ。私と一緒に観覧する」

「はい、わかりました。チケットだけ拝見出来たらＯＫです」

四人は揃って紙チケットを提示した。

保安員は敬礼しただけだった。

四人そろってエレベーターへと進んでいく。

続いて、台湾人のツアーの一団がやってきた。やってきたといっても十人だ。この計画もすでに割っていた。

モニカの助言から、チャイナタウンの中国茶店を張っていたのだ。ズハオは現れた。仕事道具を受け取るとおもいきや、受け取ったのは台湾人ＶＩＰツアーのチケットだった。

これで頭の中でパズルのピースがすべて埋まった。

撃つのは台湾人だ。

芽衣子はここで初めて小口に連絡し、在フランス日本大使館の公安捜査員にエッフェル塔の観覧チケットを用意させた。

「ズハオがいるよ」

モニカが目だけで、教えてくれた。

見ると老夫婦と若いカップルに挟まれたズハオが、楽しそうに会話をしていた。手荷物は何もない。

ズハオも紺ブレにグレーのパンツ。シャツもまったく夏彦と同じものだ。

「こちらでセキュリティチェックを受けてください。荷物は保安員にお見せくださいね」

先頭のガイドがそう言って誘導した。

ズハオはブレザーのボタンを外し、堂々と検査を受けている。何も持っていないのだ。

――沢村が渡すのだ。

それ以外に考えられなかった。

「私たちも入るよ」

芽衣子はモニカの肩を抱きゲートに進んだ。モニカにも日本人のパスポートを持たせている。

日本名、羽田晴海《はねだはるみ》。

ゲロを撒きながら飛び込んだ界隈に因んでそう名づけた。本人も気にいっている。

「桜田桃子《さくらだももこ》さんと羽田晴海さんですね。三階展望台へどうぞ」

芽衣子も偽造パスポートだ。パリで作った。

保安員は笑顔でエレベーターを指差し、次に並んでいたアラブ系と思われるふたり組の男には厳しい視線を送っていた。

エッフェル塔に展望台は三か所ある。

第一（二階）、第二（三階）、最上階展望台だ。高さは第一が五十七・六メートル。第二が百十五・七メートル。最上階は二百七十六・一メートルである。

セーヌ川を見下ろすのにちょうどよいのは、三階の第二展望台だった。

エレベーターを出ると風に前髪が揺れた。

東京タワーやスカイツリーと違うのは、エッフェル塔の展望台は吹きっ晒しだということだ。目の粗い金網が張ってあるだけなのだ。

その気になれば飛び降り自殺も簡単そうだ。

観覧客は八十人ぐらいだった。おそらくこの人数まではないか。エッフェル塔は平常時でも入場者数に制限がある。何せ一八八九年の竣工だ。丁寧に使わなければ倒壊してもおかしくない。

すぐに沢村と智恵美をみつけた。

沢村と智恵美は肩を寄せ合って金網の前に立っていた。ずっと前を向いていた。芽衣子はその様子を後ろから見張った。

沢村とは顔を見合わせないようにする。

メイクは変えてあるが視線が重なるとバレる可能性がある。モニカは鬘《かつら》を付けて、大きな眼鏡を掛けている。パリにいるとは思わないので、簡単にはわからないだろう。

背後では国会議員たちが談笑している。

リー・ズハオたち台湾の一行は見当たらない。

——どこだ？

「オマール議員、フランソワ夫人、一緒に写真を撮りましょうよ」

智恵美がスマホを振っている。世界を文字通り股に掛ける高級コールガールらしくフランス語が堪能だった。

「そうしよう」

オマールが同行している秘書に撮影するように命じた。

四人並んで笑顔を作った。智恵美のスマホに続いて、秘書が自分のスマホでも撮影した。

沢村も笑顔で収まっている。

「帰りは議員と一緒なら早く出られそうですね」

何気に智恵美が言っている。

「あぁ、下まで一緒に出よう。うちの秘書たちが先導する。トロカデロ広場までもわたしと一緒の方が早い」

なるほど、退路の確保だ。混乱が起こっても有名政治家と一緒なら、さっさと退避できるというものだ。

混乱は起こさせない。

きっとリー・ズハオもこの一団に交じって逃げる気だ。

芽衣子は沢村を見逃すまいと、離れた位置から凝視し続けた。沢村はさかんに上空を眺めている。

風向きを気にしているようだ。

何をしようとしているのか？

＊

リー・ズハオはエッフェル塔最上階にいた。

セーヌ川がキラキラと光って見えた。その左右の観覧席はさらに輝いており、宝石が帯状に連なっているようだった。

「ここからでは、入場行進がよく見えないわね。普通の観光だったら最上階がいいのかも知れないけど、開会式を見るのには、ちょっと遠すぎるわ」

「そうだな。これは少し割高だったかもしれない。二階だったらよかったのにな」

老夫婦がそんな会話をしていた。

ズハオも同感だった。

ここからでは、直接吹き矢で中国選手団を狙うことは不可能だ。だが、弟が下から風船を上げてくれたなら、そいつを狙う。

風船にはＶＸガス入りのカプセルが一個ずつ入っているはずだ。風船は十個上がってくる。十個のＶＸガス入りカプセルがセーヌ川へと降っていく。

もちろん中国選手団の真上で撃ち落とす。

――そろそろ下に道具を貰いに行くか。

と、スマートウォッチが震えた。

ヴィッシーからのメッセージが流れてくる。今夜はカサブランカにいるはずだ。

【聖火がパリを燃やすのが楽しみだ。成功を祈る】

いい気なものだ。ズハオは肩を竦め、二階へ向かった。エレベーターを使わず階段で降りる。鉄製の古い階段だ。

下から同じ紺のブレザーを着た男が駆け上がってくる。体形は自分と同じだった。髪型も短髪で似ていた。

ちょうど二階と最上階の中間地点あたり。

ズハオは足を止めた。下から向かってきた男も一歩踏み出したところで止まり、こちらを見上げている。

目が合った。

同じ形と色をした目だ。感情のない眼だ。似ていると思った。

無言で見つめあった。下の男も無表情だ。怒ったようでも、笑っているようでもない。

「夏彦か。もっと早くマニラで会えていたらよかったのにな」

ごく自然にそんな言葉が口を突いた。男の表情が緩んだ。

「兄さんか」

弟は確かにそう言った。兄さんか、と。

「俺は父親に冬彦という名前をつけられているそうだ。キミより半年先に生まれている。中国名はリー・ズハオだ」

自分から中国名を名乗ったのははじめてだ。血の繋がった者と逢うのもはじめてだった。

「これ……」

と円筒状の包みと小さな箱を寄こす。包みには吹き矢筒がくるまれているはずだ。箱の中は修正してもらったはずの矢だ。

「よく持ってきてくれた」

「弟だからな」

リー・ズハオが照れくさそうな笑顔を見せた。

「積もる話は澳門でしよう。まずは仕事だ」

「段取りは？　風はその都度向きを変えている。うまくセーヌの方へ飛ぶとは限らない」

なかなかクレバーな弟だ。

「いくら兄弟の呼吸の良さがあっても、バレーボールのトスのようにうまくいかないかもしれんな。その場合は、俺が下に降りて、キミと入れ替わり、ダイレクトに狙うしかない。さすがに吹き矢を持って下の展望台に降りるのは、リスクがあるがな」

ズハオはセーヌ川の方を向いていった。夏の生ぬるい風はアゲンストになっている。

「リスクはないよ、アニキ。きっと母親の顔も似ていたんだろうな」

弟にしげしげと顔を眺められた。種は同じで半年差の生まれでしかない。似ていて当然だ。

「オヤジが同じような顔の女を好んだってことだ」

ズハオも笑った。

「しょうがねえオヤジだ。下にいる智恵美は仕事を理解している。入れ替わってもカバーしてくれるはずだ」

「なら、やるぞ。風船を頼む。十日後にドバイで」

ズハオは道具を受け取り、踵を返した。階段を上がっていく。弟も降りていった。

*

いきなり花火が上がった。

「入場行進がはじまるわ」

智恵美がはしゃいだ声をあげ、金網に手を掛けた。金網の高さは三メートルほどだ。登れなくもない。

「わしは座っているよ。見たいのは英国と米国、それに日本ぐらいだな」

オマール議員が言っている。

「あなた祖国を忘れてもらっては困りますよ」

「開催国は最後だ。当分先だろう」

オマール議員は夫人とともに後方のベンチに座った。スマホでモニターしながら、臨場感を味わうのも悪くないだろう。

すでに出発地のオステルリッツ橋の方から色とりどりの気球も上がっていた。いくつかの気球は塔の直ぐ近くまで接近して来ている。

芽衣子は金網の前に進んだ。モニカはベンチに下がる。

対岸に見える巨大モニターに目をやるとギリシャの選手団を乗せた船が航行しはじめたようすが写されていた。

続いてアルファベット順でどんどん入場しはじめた。

中国のCまでに三十分もかからないだろう。

芽衣子も金網を摑みながら、ふたつ先の沢村と智恵美を覗いた。

ふたりはヘリウムガスの小型ボンベを出し、風船を膨らませ始めた。

ふたつ飛んでいく。文字が描かれている。

白い風船に『Chiemi Sil te plit epouse-moi（智恵美、結婚してくれ）』

赤い風船に『La reponse est oui（答えはイエスよ）』

それを見た観客から盛大な歓声が上がった。

「ふたり、おめでどう！」

「ブラボー」

オマール夫妻が立ち上がって喝采している。

「ありがとうございます」

と沢村。振り返って言う。

「永遠の思い出になります」

智恵美が沢村に抱きついた。

風船はセーヌ川の方向ではなく、逆の方向へと流されていった。

あの風船に仕掛けがあるのは一目瞭然だった。風向きが変わればセーヌ川を行進する選手団の方向へと飛んでいく。

ふたりは再びせっせと風船をボンベで膨らませ始めた。風船を飛ばすことに不自然さはなくなった。

幸いなことに、風はどんどん逆風になっている。

先頭のギリシャの船が国旗を翻しながら、すぐ目の前のイエナ橋までやってきた。

沢村が上空を見上げた。

芽衣子も見上げた。

最上階の展望台が見えた。金網から筒の先が見えた。

ズハオは上にいる！

風船を吹き矢で狙っているのだ。だが思うような方向に飛んでいない。芽衣子は沢村を捕えたい気持ちを抑えた。

阻止しなければならないのはズハオだ。他にどんな手段をもっているかわからない。もうしばらく様子を見るしかない。

芽衣子は風がセーヌ川に向かわないことを祈った。

十個目の風船が飛んだ。

カナダが近づいてきている。大選手団だ。

数隻後ろにチリと中国の旗が見えている。間もなくだ。

沢村が智恵美とともに、階段の方へと向かった。

観客たちは、入場行進に夢中だ。次々に船がやってくる。誰もふたりの動きに気づいていない。

芽衣子とモニカだけが、人影に紛れながらもその動きを追っていた。

十秒後だ。

智恵美が男と腕を組んでセーヌ川側の金網の前に戻ってくる。

──入れ替わっている！

智恵美が腕を組んでいる男は沢村ではない。リー・ズハオだ。右手に吹き矢を握っていた。

「モニカ、あなた智恵美に抱きつける？」

金網に並んで立つふたりの後ろ姿を凝視しながら聞いた。

「ちょっと前までは女は苦手だったけど、いまは平気よ」

「後ろから抱きついて、おっぱい揉んで、ついでにスカートを捲っちゃうとかできる？」

「指まで入れられると思う」

モニカが卑猥に笑った。

チリが通り過ぎ、中国選手団の船が近づいてきた。船首で旗手が五星旗を大きく振っている。

ズハオがスコープを覗いている。距離を確認しているのだ。水平に飛ばすならば難しい距離だが、矢が下降することを考慮すれば充分に届く距離だ。

三階からでは無理でも二階からなら、選手団をダイレクトに狙えるということだ。案の定、ズハオはスコープを外すと、ポケットから矢と小瓶を取り出した。小瓶には液体が入っているようだ。蓋を開け、矢の尖端を小瓶に入れる。そのまま吹き矢筒に装塡した。誰もが入場行進に夢中でズハオの様子に気づいていない。

ズハオがスコープを外した。中国選手団を乗せた船が間もなく射程に入りそうだった。

「モニカ、行くわよ」

芽衣子とモニカはふたりを挟むように接近していく。芽衣子はズハオの左側に寄った。

ズハオが頰を大きく膨らませた。恐ろしく大きく膨らんでいる。フグの顔でも見ているようだ。

「智恵美、こんなところで仕事？　後ろの国会議員とやったんでしょう。だからこんないい席にいるんだ」

モニカが智恵美に後ろから抱きついた。右手でバストを揉み、左手でスカートをたくし上げている。智恵美はショーツを穿いていなかった。生尻が露見する。

「なにをするのよっ」

肩が大きく動いた。

「ちっ」

はずみでズハオの顔も揺れた。

放たれた吹き矢が、中国選手団の船から大きくずれて、川に落ちていく。

「モニカ、なんであんたがここにっ。んんんっ」

モニカの指が智恵美の股の中心に沈んでいる。

「一発百万円なんだってね。パリで荒稼ぎ？」

「あなた、あの方、日本大使館の関係者じゃないの？」

マダム・オマールが不機嫌そうに夫の方を向いた。

「知らん、私は、そんなこと知らんよ」

オマール議員の顔が引きつった。

「嘘よ、昨日フォーシーズンズ・ホテルでやったでしょっ」

モニカがまくし立てた。

「煩《うるさ》いわねっ。フィリピンの売春婦《フッカー》が」

智恵美が肘打ちを食らわせた。負けじとモニカが生尻を蹴り上げた。

ズハオは素早く二本目の矢を筒にいれ、咥え直している。頰が膨らんだ。中国選手団の船は、まだ射程内だ。

芽衣子はズハオの背中に肩をぶつけた。吹き矢筒の尖端がずれた。矢はふわっと勢いなく飛んでいく。川の手前の林の中に吸い込まれていく。

「リー・ズハオね。母国の選手を殺す気？」

北京語で言ってやる。

「なんだおまえ、ＣＩＡかＤＧＳＥか」

ズハオが片眉を上げて睨みつけてくる。

「そういうあなたは華僑情報部の工作員。長らく座間にいたようね」

「かまってられない」

ズハオがセーヌ川とは反対側の金網に向かって走り出した。

シャン・ド・マルス公園が見えるほうだ。

芽衣子は追った。背中ではモニカと智恵美が喚き合っている声がする。

ズハオが金網を上った。

歪んだ笑いを浮かべている。

目の前に気球が舞っていた。

気球のバスケットには誰にも乗っていない。

「リー、もう詰んでいるのよ。諦めなよ」

気球で中国選手団を追うつもりだろう。やはり工作員だ。依頼された仕事は完遂するまで諦めないようだ。

芽衣子も金網によじ登った。その手をズハオが踏んできた。手に金網が食い込むが痛みも感じない。

先にズハオが金網を乗り越え、気球のバスケットに飛び込んだ。

気球が離れていく。

ええい、ままよ。とばかり芽衣子はダイブした。

地上三千メートルのスカイダイブではない。

地上はすぐで、真下ではオペラを開演中だ。

空中で手を伸ばした。

気球のバスケットの縁を片手が捉えた。

その甲をズハオが鉄製の吹き矢の筒で激しく叩いてくる。皮膚が切れ、血が滲んだ。

あえて吹き矢を向けてこないのは、矢を無駄にしたくないからだろう。

「死ねや」

ズハオが、バスケットの縁を握っている指を一本ずつ剝がしてきた。

「だったら共倒れにしてやるわ」

芽衣子はバスケットをグラグラ揺らした。

ズハオがバランスを崩し、バスケットが芽衣子の方に大きく傾いた。

這うようにしてズハオの横に転がり込んだ。

「どこまで邪魔をする。ならおまえから殺してやるさ」

遂にズハオが吹き矢筒の尖端を向けて来た。大きく息を吸い込んだ。膨らんだ頰が窄まる前に、股間に膝頭を打ち込んでやる。金玉が割れるのではないかと思うほど強く打ち込んでやった。

「あうぅう」

ズハオはのけ反った。吹き矢筒の尖端が上を向き、矢は夜空に向かって飛んでいった。

「吹き矢にこだわりすぎたわね。この場合、殴っていたらそっちの勝ちだったたと思う」

股間を両手で押さえ、ぐったりとしゃがみこむズハオから吹き矢筒を奪った。

気球が風に流されエッフェル塔を半周した。

第二展望台にはすでにモニカと智恵美の姿はなかった。

気球は上流へと流されていく。

オステルリッツ橋の方へと押し戻されているのだ。

「残念ね。中国は離れていくわ。ＵＳＡにでも撃ちこむ？　即刻核戦争になるわよ」

オルセー美術館の前まで流された。

ぐったりしているとはいえ、ズハオがすぐ目の前にいるので、気球を操ることが出来ない。そもそも気球は風任せの飛行体である。

下方を見やるとセーヌ川に設置した巨大ステージの上でオーケストラが演奏していた。見覚えのある顔があった。

「パンチョス」

リサール公園でよく会っていたギタリストのパンチョスだ。いまはギターではなく、トロンボーンを吹いている。タキシードがやけに似合っていた。

突如、ズハオが笑い出した。大声を上げて笑っている。

パンチョスを凝視するとトロンボーンの尖端が夜空に浮かぶこの気球に向いていた。

「あのトロンボーンからもＶＸガスが飛び出すわけね」

聞いてもズハオは笑いつづけるだけだ。正解ということだろう。

「とんだ出稼ぎだわね」

「俺は知らんよ。そいつはフィリピン人でも中国人でもない」

「どういうこと？」

「モロッコ人だよ。俺たちを落とした後に、台湾か香港の選手団を狙う」

「それじゃ、台湾が仕込んだことにならないじゃない」

芽衣子はパンチョスを見たまま訊いた。

「夏彦が今頃は、トロカデロ広場側に行っているはずさ。居並ぶ中国選手団の中に弾丸を撃ち込む。俺が失敗した場合そういうミッションを受けているはずさ。拳銃はおそらく岸辺の木立にでも隠している」

「そんなのすぐに捕まるって。その場で殺されるわ」

「俺たちはいいんだよ。最後に兄弟がいることがわかってよかった。ここで死んでも俺はハッピーだ。満代の親父もそのほうが安泰だろう」

トロンボーンを吹くパンチョスの頬が大きく膨らんだ。

「私はここで死ぬわけにはいかないわ」

ズハオを抱き起こし、バスケットの縁へ運ぶ。

「な、なにをしやがる」

まだ睾丸が痛むズハオは反撃できずにいる。

「トロンボーン対リー・ズハオ」

バスケットの縁から上半身をはみ出させた。芽衣子は屈んで、ズハオの両足を抱えた。

「最低な殺し方だな。美学がなさすぎる」

そういうズハオのスマートウォッチが震えた。

メッセージが流れている。

【パリは燃えているか？】

ヴィッシー・ラズローからのメッセージのようだ。

第二次世界大戦の末期、パリを火の海にしようとしたナチス・ドイツのアドルフ・ヒットラーもパリ占領司令官ディートリヒ・フォン・コルティッツに無線機で何度も同じセリフを吐いていた。この命令を無視したコルティッツは敵ながらパリを救った男として後世に名を残す。

「残念ねぇ。第三次世界大戦は起こらないの」

抱えた足を持ち上げた。

ズハオの身体が気球から乗り出した。

「おおっ」

「オーゴブワー《じゃあね》」

そのまま放り投げた。

ズハオの身体がオーケストラステージにむかって落ちていく。トランペットから吹き出た液体がその顔にかかった。

ズハオがもがきながら落下していった。

アトラクションの波のスクリーンに包まれながら、ステージ手前の川に落下した。

パンチョスは警備員に取り押さえられていた。

芽衣子は気球を操った。

バーナーの温度を調整し下降させた。

風の流れが下流へと向いているポイントで止める。

インディ・ジョーンズにでもなった気分だ。

気球は下流に向かった。

トロカデロ広場が見えてきた。いよいよ聖火が点灯されようとしていた。

沢村夏彦を探す。

広場に向かう裏道をひとり歩く沢村を発見した。ＶＩＰパスの威力で、裏道を歩けているのだ。

だが武器はない。

神に祈る気持ちで気球を見上げた。気球をコントロールするバーナーが赤々と燃えていた。燃料用の灯油も積んである。二リットルのペットボトルだ。

この際、燃やしちゃう？

芽衣子は気球を急降下させた。気流が変わり何度か煽られた。

だがどうにか沢村の頭上に辿りついた。

突然の気球の降下に沢村は呆然となってたちどまっている。

こちらを見上げた顔に灯油をかける。

「なにしやがる」

「聖火じゃなくて罪火を灯すの」

芽衣子は気球の中に向いていたバーナーを捥《も》ぎ取り、燃えたままのバーナーを沢村に投擲する。

一瞬にして沢村は炎に包まれた。

沢村に同情する余地はいくつもある。けれどもこの五年間だけでも、この男の作った特殊詐欺集団によって多くの老人や若者があるはずの未来を失った。金が奪われるということはそういうことだ。出来るはずだった暮らしを奪われたのだ。

あげくに詐欺に引っかかったのは自己責任もあると苛《さいな》まれ自死した者も多くいる。

闇バイトで雇った若者に、バールで無辜《むこ》の人々を殺傷させたのもこの男の指示によるものだ。

――火あぶりに値する。

芽衣子はそう確信している。

浮力を失った気球は、よろよろと林の中に落下した。

「闇処理、終了！」

後は人ごみに紛れて、ドゴール空港をめざすだけだ。

後方で聖火が燃え上がった。

――パリが燃えている。

＊

モナコのクルーザーの上で休日を過ごす芽衣子がタブレットを立ち上げると、一日遅れの日本のニュースがアップされていた。

衆議院議員、民自党の松平隆信の事務所と満代商会本社に国税庁が入ったとある。

外務省の外局である国家情報院が、お隣の財務省の外局である国税庁に密告したのだ。

警察や諜報機関は悪を捕まえて牢にいれるか抹殺することは出来るが、金を奪うことは出来ない。

悪党どもが蓄財した金は、いったん国が吸い上げ、公金として再分配する。

特殊詐欺で財産を失くした人々に直接戻すことは出来ないが、悪党たちが次の犯罪の資金にするよりは、マシであろう。

国税庁は、防衛省に関してはあえて捜査のメスを入れなかった。

だが不正輸出の手引きをした者がＤＩＨの諜報員であったことは国家情報院から官邸に証拠書類付きで報告した。

ＤＩＨとしては痛恨の極みであろう。

今後の対外諜報は、国家情報院が主導権を握ることは間違いない。

芽衣子は、シャンパンを一杯だけ飲み、モニカがいるベッドルームへ降りていった。

＊本書はパリオリンピック２０２４の開会式より四か月前に執筆を終えています。刊行は二か月前です。したがってパリオリンピック開会式の様子は、著者が大会予定表やイメージ図を参考に創作したものに過ぎません。
また本書はフィクションであり、実在の個人、団体とは一切関係がありません。

著者

光文社文庫

文庫書下ろし
女豹刑事《めひょうデカ》 マニラ・コネクション
著者 沢《さわ》 里《さと》 裕《ゆう》 二《じ》

2024年5月20日 初版1刷発行

発行者 三宅貴久
印刷 萩原印刷
製本 ナショナル製本

発行所 株式会社 光文社
〒112-8011 東京都文京区音羽1-16-6
電話 (03)5395-8147 編集部
8116 書籍販売部
8125 制作部

落丁本・乱丁本は制作部にご連絡くだされば、お取替えいたします。
ISBN978-4-334-10312-5 Printed in Japan

組版 萩原印刷

光文社文庫　好評既刊

シャルロットの憂鬱　近藤史恵
機捜235　今野　敏
女子と鉄道　酒井順子
シンデレラ・ティース　坂木　司
短劇　坂木　司
和菓子のアン　坂木　司
アンと青春　坂木　司
アンと愛情　坂木　司
和菓子のアンソロジー　坂木　司 リクエスト！
死亡推定時刻　朔　立木
光まで5分　桜木紫乃
屈折率　佐々木　譲
北辰群盗録　佐々木　譲
図書館の子　佐々木　譲
天空への回廊　笹本稜平
素行調査官　笹本稜平
卑劣犯　笹本稜平

サンズイ　笹本稜平
ジャンプ 新装版　佐藤正午
身の上話　佐藤正午
人参倶楽部　佐藤正午
ダンスホール　佐藤正午
ビコーズ 新装版　佐藤正午
死ぬ気まんまん　佐野洋子
女王刑事　沢里裕二
女王刑事 闇カジノロワイヤル　沢里裕二
ザ・芸能界マフィア　沢里裕二
全裸記者　沢里裕二
女豹刑事 雪爆　沢里裕二
ひとんち 澤村伊智短編集　澤村伊智
わたしの台所　沢村貞子
わたしの茶の間 新装版　沢村貞子
わたしのおせっかい談義 新装版　沢村貞子
しあわせ、探して　三田千恵